精华在笔端,咫尺匠心难。
日月中堂见,江湖满座看。

——〔唐〕张祜

做壶

徐风 著

江苏凤凰文艺出版社

图书在版编目(CIP)数据

做壶 / 徐风著. -- 南京：江苏凤凰文艺出版社, 2022.4（2024.5重印）
ISBN 978-7-5594-6284-8

Ⅰ.①做… Ⅱ.①徐… Ⅲ.①散文集 – 中国 – 当代Ⅳ.①I267

中国版本图书馆CIP数据核字(2021)第190926号

做 壶
徐 风 著

总 策 划　张在健
特别鸣谢　葛陶中
责任编辑　黄小初　张　黎
封面题字　徐　风
书籍设计　周伟伟
图片摄影　廖雪松
责任印制　刘　巍
印　　刷　苏州市越洋印刷有限公司
开　　本　718毫米×1000毫米　1/16
印　　张　20.75
字　　数　135千字
版　　次　2022年4月第1版
印　　次　2024年5月第4次印刷
书　　号　978-7-5594-6284-8
定　　价　78.00元

江苏凤凰文艺版图书凡印刷、装订错误，可向出版社调换，
联系电话025 – 83280257

目 录

序 章　晨课　001

第一章　记得　013

第二章　茄段壶　021

第三章　手之延伸　075

第四章　发力　181

后 记　315

序章

晨課

清晨是从一炷袅袅上升的烟气里开始的。

这是他每天必做的第一件事。给师父的座像点燃一炷香。并不飘忽的青烟里,他的目光与师父似有会心的交融。

用干湿相宜的毛巾,给坐像轻轻地擦洗一遍,也是天天。紫砂的材质,经年累月,在纱巾的摩挲与清水的淘洗下,已然现出一层薄薄的包浆。

一份时光的旧气,一种时间与空间交融的肌理,让一张饱经沧桑的脸,具有了丰富的层次与质感。

顾景舟紫砂座像

徒弟葛陶中的每日晨课

序章 晨课

时光就这么一天天、一年年过去。师父的目光有时冷峻，有时温煦，有时凝重，有时明快。他知道那是自己心念的折射，但又何尝不是师父在冥冥之中传递给他的信息，或者，是自己把相应的信息传递给了师父所引起的碰撞。

一天的工作，就这样开始了。

时间久了，就变成了一种内心的需要。他知道，这一节晨课于自己非常重要，因为它直通18年的师徒生涯。然后，师父离去20余年。他为师父焚香祈祷，从无一日间断。

师父名叫顾景舟。

这个名字带走了一个紫砂时代。而且，他留下的壶，还在继续书写新的故事。那些故事与年代、与手艺史有关，与地域、与紫砂江湖有关，与收藏、与紫砂壶的身价有关，与当年跟他的徒弟们，更是休戚相关。

早先，师父非常重视晨课。那并不是一个工艺科目，也不是机械划一的程序，而是酝酿一种饱满的精神状态。比如，你怎么进门，怎么坐下，坐在椅子上的姿态，是蓄力待发，还是松松垮垮。在师父看来，你是什么样子，壶就是什么样子，每一把壶都有自己的精神状态。那种状态，都是制壶的艺人给的。比如，你的工作台（业内俗称"泥凳"）是干净的，还是邋遢的，工具的摆放是零散的，还是井然有序的，装水的陶罐里，水是隔夜的，还是新鲜的，水笔帚是干净的，还是拖泥带水的，都有讲究。

这些，都是晨课的内容。

然后，做好了这些，你就听到一声咳嗽，不高，也不威严，但很有穿透力。就是这么一声咳嗽，让大家顿时就安静下来。静到什么程度？一根针掉到地上，你都能听到一声巨大的轰响。那是顾辅导的气场。那个年代，没有什么大师的说法，辅导，是紫砂业最高的称谓。顾辅导，一直被徒弟们叫到他临终的那一日，然后，一直叫到今天。

徒弟葛陶中说，说在师父身边的18年，改变了他的人生，并不是一句空话。

跟我的人，有文化的，得我艺；没文化的，得我技。

这是顾景舟的原话吗？显然，是被一个写他传记的作家善意地改写了。顾景舟不会那么自负，拿文化来说事。但是，这句话准确地

葛陶中的泥凳

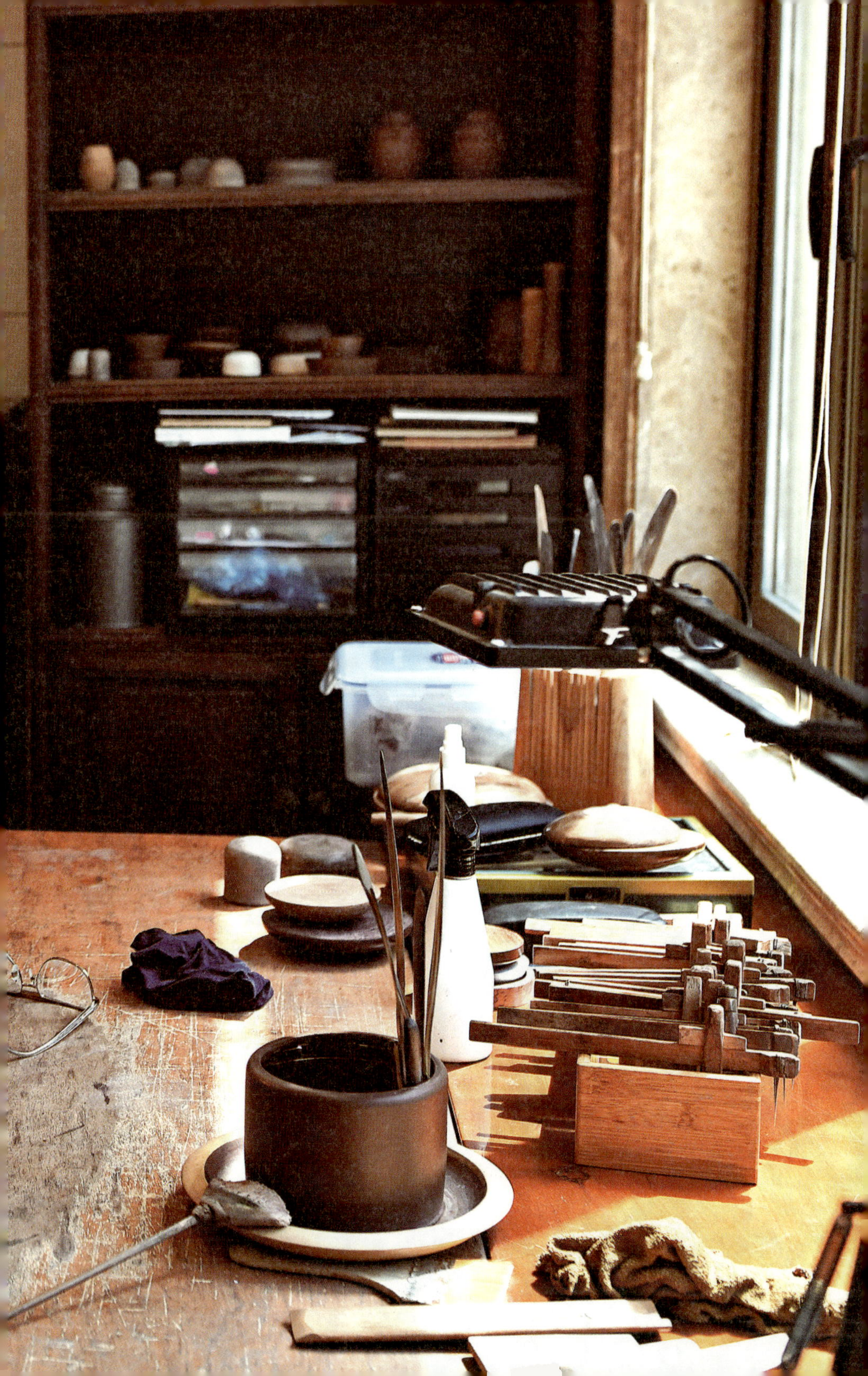

葛陶中工作室

传递了顾景舟当时的心情。如果要恢复原话,那就要换上两个人的名字。此话是顾景舟私下与朋友说的,如果征求他的意见,他未必愿意公之于世,换上"文化",他最后会同意的,因为那原本就是他要说的意思。

做顾景舟的徒弟,是不是都要被放进太上老君的炼丹炉里,煎熬七七四十九天呢?

炼成丹,太难了。不就是做一把壶吗?不就是一门手艺吗?

说到底,师父心里自有一本账,徒弟们心里也都有一本账。

艺与技,两者之间能剥离吗?顾景舟说,紫砂壶的形气神,形是第一位的,没有精准的形,遑论其他。

用什么来支撑"形"?那就是绝妙的技。

技,是一种用肢体语言演绎的术语,它背后的支撑,是用时光打底的。顾景舟说,学做壶,起码的工夫是15年。最终呢,没有最终。就像人只要活着,就要呼吸、就要吃饭,有一天,做壶人突然走了,留下的器与工具,还在替他说话。然后,那张他用了几十年的、满是包浆的泥凳前,又来了一个人,拿起了他的工具,又留下了很多器。

是的。做壶人走了,壶还活着,工具也还活着。

第一章

記得

一日，得一梦。师父问他：陶中，我教你的古法制壶，你可都还记得？

陶中不假思索地说：师父，记得。

师父说：打一个身筒给我看看。

继而，又说：就做一把茄段壶吧。

陶中以为，师父会让他做一把满瓢壶。但是，当师父说出"茄段"二字时，陶中心里顿时明白了。

这是师父的壶。

在他之前，有真正的茄段壶吗？翻遍紫砂古籍，没有。

从明代开始，时大彬、陈鸣远、邵大亨、杨彭年、黄玉麟、程寿珍，都没有做茄段壶的记载。

第一个把自然界的瓜果花卉做到壶上的人，是明末清初年间的陈鸣远。是他让一把饮茶的器皿有了儿女情长。他的"东陵瓜壶"，看似一个老南瓜，实则托载了一个气节故事。说的是秦代，有个前朝的官员召平，曾经做过东陵王，不肯为新朝做事，甘守清贫，在城南种瓜谋生。他种的瓜又大又甜，人们称其"东陵瓜"。

清代的"曼生十八式"里，匏瓜壶是有的。匏瓜是什么瓜？其实是葫芦的变种。它是一个丰满的几何体，化到壶上，体现着一种田园牧歌的乐趣，象征着丰收与圆满，从器型的角度看，也向壶手提供了一种挑战。

匏瓜壶在江湖上走了100多年。

清代制壶名手何心舟，做过一把瓜形壶，那是比较接近茄段壶的器型了。何心舟一生制壶无数，好壶自然要流进皇宫。"造办处"有记载的，是他的瓜形壶。此壶饱满，圆融，趣味横生。

清末的制壶高手范大生，也做过瓜形壶，风格与何氏壶比较接近，都是走圆润丰满这一路数的。但是，与顾氏"茄段"相比，出入还是大的。"茄段"一词，在师父之前，向无查考。师父的制壶履历里，年轻时，为谋生，给上海"铁画轩"古董店赶制过"瓜梨壶"，顾名思义，那壶似瓜若梨，器型自是饱满温润。顾景舟从来自爱，制作这批壶时，因有帮手，非其一人所为，故在壶底打款"自怡轩"——此乃师父上海仿古回乡后，在谋饭的"商品壶"上专用之印。从今天的眼光看，那批壶虽然是急赶的活儿，但不失工稳与老到。但是，跟后来的"茄段壶"相比，气度和器型上，还显得有再造之空间。

徐汉棠，是顾景舟的大弟子，在谈到茄段壶的时候，他也认为，紫砂的历史作品里，并无"茄段壶"之说。

那么，茄段壶是师父的原创作品吗？

师父却从来没有这样说过。

制壶这一行里，有句术语叫"自体伸缩"。对一个既定的器型，可以拉高，也可以压扁；可以把弯流改成直流，可以把圆钮改为扁钮。可以把筋囊改成抽角或圆柱。唯一的底线是，和谐、圆满、对称、得体。

显然，顾氏茄段壶是从古器中的瓜形壶、匏瓜壶中演变过来的。这个"演变"，要能让人服气，你得有自己的理念支撑。古人之古器，板上钉钉；无数法眼，过目不忘。你凭什么来折腾一把古壶？也就是说，你把前人的作品改来改去，能比他高明吗？你得说出点道道。

于是师父有了这样一句话：能改掉古人的毛病，也是创新。

茄段壶当如是。

如此，又出现了一个问题。既然此壶是"演变"的结果，或者，已然带有"创新"的意味，那么，为什么还称是"古法制壶"？

古人在承继前辈作品的时候，都遵守着一个默契，也是制壶的"根本"——矿料天然风化、石磨碾碎、打泥片、镶身筒……的制壶方法。古人认为，壶乃为茶而设。清虚足以侔古，廉白可以当世。这是古人心目中，人性的最高境界了。茶修，则是古人通向此境的一条栈道。通过饮茶，润喉吻，破孤闷；进而上升到肌骨清，通仙灵，欲乘清风而归去——通向"清虚"境界。

茶之真香，要靠茶壶来催发，所以，"宜茶性"，是一个壶手首要考虑的东西。茶性是通人性的。所谓古法制壶，就是古人在制壶的时候，总是想着，如何让饮茶者，通过这样一把壶，最大程度地焕发茶的灵性与韵味，并且，把这种灵与味传递给饮茶者。

然后，茶也一定会以它的灵气来熔铸壶魂。一把壶的气质，天定佳质之外，还要茶来养。壶魂也是一团气。瓯露弥山味，清欢远世尘。茶入壶中，要对味，就像一对伉俪，处到最佳处，会有夫妻相。茶和壶的气息融到一起，还会熏染持壶人的气息，壶面即人面，所有的气息加到一起，便是包浆。

所以，你可以改壶型，可以变气质，可以塑灵气，前提是，你得尊重自然法则，把最大的"真"还给真。

一把壶的气质天定佳质之外还要茶来养壶魂也是一团气瓯露弥山味清欢远世尘茶入壶中要对味就像一对伉俪处到最佳处会有夫妻相茶和壶的气息融到一起还会熏染持壶人的气息面即人面所有的气息加到一起便是包浆

这应该是顾氏赋予"古法制壶"的内涵。

山云犹淡泊,安者乐清虚。假如这是一幅超脱的仙境图卷,你一定不难找到,仙者身畔会有一把壶。

明代陈继儒的《小窗幽记》里,把"一轴画、一囊琴、一只鹤、一瓯茶、一炉香、一部法帖"当作是缺一不可的人间妙趣。这其中,"一瓯茶"应该是清心醒脑、提神回甘的主打。

做壶的人,应该有这样的自信。

那一日,陶中俯下身来,拿起一块泥,正要开始打泥片。师父叫停,说,从选矿土开始,一步也不要落下。

说完,看着他,目光清癯。

那个梦境的最后一个画面,是师父的略显佝偻的背影,踽踽远去。

茄段壶。陶中心里慢慢地升腾起一把壶来。师父断断续续地教他用古法制壶,一共教了六七把。比如,满瓢、双圈、茄段壶,茄段壶,于他是最紧要的一把。

那是很多年前的事了。

第二章

茄段壺

黄龙山

记得,当初到师父身边的时候,老听他讲起两个古人,一个叫周高起,一个叫吴骞。

起先,他不知道他们是干什么的,是哪里人。后来,他慢慢知道,周高起是明代人,籍贯江阴;吴骞就在宜兴本土,一个清代的文人。师父提起他们,神态是敬重的,也有淡淡的惆怅。

有一天,他看到了师父的一摞手稿,是工整的小楷,抄在毛边纸上。他扫了一眼那稿子上的标题——《阳羡名陶录》。

他没敢多问。

直到有一天，师父给徒弟、学生们授课，说到了紫砂历史，提到了那两个人。说他们各写了一部书，讲紫砂的，是紫砂历史上最早的两部书。

然后，有一次，师父带着他上了黄龙山。

那山不高，就在丁蜀镇的边上。不远的地方，是青龙山，也不高，山上出青石，可用来烧石灰。黄龙山到处都是黄石。烧不了石灰，但能用来砌屋，捣碎了，还可以铺路。它的岩石层里，藏着紫砂矿土，这个秘密，是让一个叫周高起的明代人说出来的。但是，紫砂矿土在哪里，一般人并不知道。

原先，紫砂泥并不是泥，而是含铁量非常高的矿石。这么说吧，在你没有遇到它并将其从地底下挖出来之前，它是沉睡的，或者是死的。在地底的时候，周遭便是它的万古长夜。然后它被你触摸到了，这非常偶然。你一锄头下去，它松动了，然后被你搞定。为什么是你，而不是别人，这件事，没有谁能讲得清楚。有一点可以确定的是，自它松动并且被拉出矿洞，就开始沾染人的温度。

天日。这也是一个关键词。阳光和空气让它有了呼吸，一阵风一片云一场雨，它就开启了生命的旅程。相信那里面有无数生长的菌丝，把砂颗粒联结起来，产生了塑性，使得泥沙有了很好的延展性，这和做面食的面粉发酵的道理是一样的。

然后是风化。冰霜雨雪都来了。让时光来摆平一切吧。矿土里的火气土气就被降服而消融了。相信那是古人的智慧。有的艺人性子急，今天挖出来的矿土，明天就碾碎了用来做壶了，结果放进窑里一烧，开裂了。于是懂得，应该让矿土放在露天里风化，任凭雨水冲刷。长久的风雨剥蚀，会去除自然界中的矿物含有的可溶性盐，这种可溶性盐经过高温会变成釉，但紫砂是无釉的，独一无二的透气性，让它一直牛到今天。

记得那一次到了黄龙山上，在一处岩石上坐下。师父环顾四周，朗声念出一段文字：

相传壶土初出用时，先有异僧经行村落，日呼曰：卖富贵土。人群嗤之。僧曰：贵不要买，买富何如？因引村叟指山中产土之穴，去。及发之，果备五色，灿若披锦。

你们可知道，这段古文，是什么意思吗？师父问道。

徒弟们面面相觑。

师父开始了讲述。他讲话的语速，跟迎面吹来的风很搭，是缓慢的，温煦的。

相传，陶土初出土时，先有一个模样怪异的和尚出现在附近的村落，见到行人就喊：卖富贵啊，卖富贵啊！村上的人，没有一个是相信他的，反而都取笑他。那怪和尚又说，"贵"不要买，买"富"总可以吧？村上的几个老人半信半疑，便跟在他的背后，往上山的路径而去。走着走着，果然来到一个很大的坑前，但见五光十色，灿烂得仿佛披上了锦缎一般。

这个故事，陶中似乎在哪里听到过。但是，经师父一讲，味道完全不一样了。师父的讲述，是一种接通——非但联接到古时，也让你浮想联翩到未来。此时每个人的想法应该是不一样的。陶中觉得，一个古老故事匣子打开了，但故事并没有完。师父在讲古人的时候，实际把自己也摆进去了，余下的故事，是他自己在续写。

想来，明代的那位周高起先生，是做了很多功课的。他还知道，紫砂陶土，并非只有黄龙山有。比如，嫩泥，出自赵庄山，此泥可以调和一切颜色的泥，好比是一种黏合剂。赵庄那个地方有山吗？有，跟黄龙山一样，不高。今天的人，可能会说，那算什么山啊，不就是个土坡吗？可是，有人推测，明代的时候，它可能还是蛮像一座山的。关键在于，那山上还出一种石黄泥，当它还在山中岩石夹层里时，它其实就是尚未风化的石骨。在古人的记载中：此泥接触到了空气，立马就变了，坚硬的质地，慢慢地风化，最后变成碎片。而烧制出来的颜色呢，是纯正的朱砂色。

土出诸山，其穴往往善徙。有素产于此，忽又他穴得之者，实山灵有以司之，然皆深入数十丈乃得。

这段话里，是不是包含着一个古人内心隐约的迷茫？可以想象，周高起先生写到这里，笔端有点滞。他的意思是，陶土原本是在各自的山里待着，它们是不带翅膀的。但是，在此处矿洞里发现的土，忽然在彼处山上，也何其相似地被发现了。

这是怎么回事？

仿佛它们有灵性，是跟着人们的脚步走的。在周先生看来，这是个谜。然后他做出了一个判断：上佳的泥料，应该都在地下数十丈的深处。它们是否会像走亲戚一样，相互串门呢？

后来的人对周先生的说法，给予一种尊重基础上的否定。他还是对此地的山势不熟，其实，早期的黄龙山东段，属于台西，西段北面属于赵庄，南面属于白宕，西段与青龙山交界处是宝山、团山，东南一块是蠡墅。所以，后人说到的赵庄山什么的，都没有跑出黄龙山矿区的范畴。

说来说去，还是说的黄龙山。

那本书上还写了什么？师父那天兴致高，说，想听的话，再给你们讲一段吧。

造壶之家，各穴门外一方地，取色土藏于窖中，名曰养土，取用配合，各有心法，秘不相授。壶成幽之，以候极燥，乃以陶瓮庋五六器，封闭不隙，始鲜欠裂射油之患。过火则老，老不美观，欠火则稚，见沙土气。若窑有变相，匪夷所思。倾汤贮茶，云霞绮闪，直是神之所为，亿千或一见耳。

那些造壶的人们，都会在自家门外辟出一块地。把他们取来做壶的矿土，按照老祖宗的做法，筛捣加工，藏进地窖里。老祖宗说过，这土要养，伏它几年也不晚。民间有句话是：心急喝不来热白粥。

何时取用？自己琢磨去吧。所谓各有心法，密不授传，说的是人做事，要靠心情，也要琢磨章法。壶坯做成，置于专用库房通风阴干，待完全干燥，放入专用匣钵，入窑烧制。过火则老，美观则无；欠火则稚且嫩，呈砂土气。运气好的时候，会有意想不到的"窑变"，那只怕是火神爷秉承上天的意志，给予某一把壶额外的造化吧。当一注香酽的茶汤从壶里倾泻而出，壶身受热，经茶水浸泡而产生的那种云霞绮闪的视觉效果，太让人惊叹了。

师父说到这里，微微一笑，不再言语。

很多年后，陶中回忆起当年往事，心头温热，仿佛就在昨天。

取矿土,要懂得眼口与宕口。

想那早先,去黄龙山上掘矿土,大都是在山脚下,南坡或北坡,先要找矿石露头处,沿泥层,步步掘进。其裸露的矿口,如同一只眼睛,便称眼口。眼口做大了,就成了宕口。也有做不大的,挖下去没几下子,寡味得紧,看不出什么稀罕,这眼口就瞎了。

早年掘矿,无非一把榔头、一把楔子、一根钢钎,至多再加一把尖嘴锄。

那尖嘴锄,仅半截手臂大小,却锋利无比。挖矿的人都知道,蜀山北街黄麻子铁匠铺里打出来的尖嘴锄,最是得手好用。

黄麻子邻居马先生,是位断文识字的塾师。有一天给黄麻子讲了一个段子,说是有一本古书,极神妙,对挖掘类器具的制作,是这样说的:

> 凡冶地生物,用锄、镈之属,熟铁锻成,熔化生铁淋口,入水淬健,即成刚劲。每锹、锄重一斤者,淋生铁三钱为率,少则不坚,多则过刚而折。

黄麻子哪里懂得文绉绉的词儿?马先生还得一句句翻译给他听。黄麻子一拍大腿,说:晓得喽咧!生铁与熟铁要搭配起来,锋口才最厉害。

这个道理，他要马先生不要告诉别人。

马先生山羊胡子一撇，说：书，又不止我一个人读。

黄麻子跺脚：你不说，哪个知道啊。读书人，就你眼刁。

马先生哼一声，说：老祖宗早就把道理教给天下人了。

后来，马先生过世。临终前，说要把心爱的几本书带走，其中一本，就是被他翻烂了的《天工开物》。他对黄麻子说，教你的道理，就是这书上说的。这本书，给你吧。

黄麻子眼泪掉下来，说：我不识字，但我会让儿子识字的。

双手将书接过，深深一拜。

都知道，蜀山地带，还是黄麻子铁匠铺打出来的器具好使，得用。

生与熟，要搭配。就像阴阳、黑白、虚实、凉热，这之间的互补、平衡关系，天知地知，你知我知。

这话不是黄麻子说的，也不是马先生说的。

是懂壶的文人说的。文人不会做壶，但他们懂这个世界。

古人与古壶，是在历代文人留下的文字里，才活到今天。

像鹰嘴啄地一样，慢慢地，掘土者把身子钻进矿土层中了。

看准了泥层的走向，采掘进深约二三十丈，左右观照，此中有否上等矿土，彼时已然明了。若尚有开采潜力，便可稳扎稳打，步步推进，凡挖进丈余，便要以石砌拱，以防塌方危险。宕洞不可大，否则容易倒塌，能容一人之身即可。坑道口，也用黄石块砌成相互支撑的拱圈门洞。靠掘土养家活口之人，彼时已将一条命系在腰间，这跟下煤窑有点类似。宕洞黑暗，愈往里走，空气愈稀薄，不可掌大灯。否则，火苗与人争夺空气，灯熄了，人也透不过气来。但若不掌灯，黑咕隆咚什么也看不见，只能掌一豆油灯，衔在嘴里，门齿紧咬灯把，不敢有半点松动。所谓一灯如豆，仅照见眼前方寸之地。

掘土的人里，也有自己做壶的。他是要省下买土的钱，弄几两白酒喝喝吗？这倒是其次。紧要的是，做壶的人须懂得泥的脾性。他要做什么样的壶，要选配什么样的泥，只有他自己心里明白。他不会跟人探讨，哪怕失败了重来。最后的秘籍终在他手，他的造化即是壶的造化。

都知道，黄龙山上，北坡宕口的泥，品性比较纯良，性子温和，像女人。南坡一带的泥，性子暴躁，像汉子，更像不肯驯服的野马。柔与刚，于紫砂壶，都是要的。一把壶里，北坡的泥放多少，南坡的泥放多少，壶手心里有数，但从来秘而不宣。

此地人骂人的时候，禁不住会用南坡的泥来形容：

臭脾气，南坡纳泥！

"纳泥"，是当地方言，泥巴的意思。

一口最原始的矿井的形成，是颇费时日的。哪能几锄头下去就挖到好土呢？除非你走了狗屎运。不过，既然有这个词，就会有这样的运气兑现。一般来说，挖到一个好泥的宕口，就可以喝一阵子小酒了。这宕若是挖得久长，经年累月，他的名字，也变成了这个宕口的名字。通常，此地人习惯，第一个做原创茶壶的人，那壶就随了他的名姓。是敬重，也为好记。比如，最早的供春壶、吴经提梁壶，后来的曼生石瓢、子冶石瓢，都是人名。壶是人做的，宕也是人开的，于是，北坡南坡，就有了二喜宕、龙生宕，就有了发根宕、德宝宕。后来，也有用姓氏做宕名的，如葛宕、鲍宕、陈家宕、白宕等。

即便是最好的泥宕，一点一点往外掏的，也并非全是可以做壶的矿土。

所谓好土，好比五花肉中的精肉，一层一层的，隐藏在甲泥当中。甲泥，是深藏于地层中未经风化的页岩，紫褐色，似铁甲，故名。说甲泥是五花肉里的肥肉，还是过于抬举了，它其实就是次于紫砂矿土的泥料，砂感差些，可塑性差些，做壶，会养不出包浆，但用来制作花盆杂件之类，还是好的。而"精肉"——紫砂上等好泥，是要小心翼翼地从甲泥中剔选出来的。于是，文人便说它是：

岩中岩，泥中泥。

早先人们的记忆里，黄龙山上并没有想象中的那种疏竹密林、冈峦重叠的风情，所谓落霞孤鹜、秋水长天的景致，都是《芥子园画谱》里，古人的精神标配，此间还真是难觅踪影。就算给人们送"富贵土"的始陶异僧，这里也并没有留下他的半个脚印。文人没有给他写诗，也许是因为，他只给手艺人饭吃。而诸般雕虫小技，又难入文士法眼。环顾四周，类似于风雨剥蚀的古朴茶亭，卧龙高士般的敞亮茅舍，牧牛的孩童吹响的竹笛，以及小仙女的裙裾飘拂，都与黄龙山没有关系。民谣或山歌会有吗？

六月溪山日头黄
乌龟出洞赶黄狼
黄狼逃开千里路
乌龟饿到肚皮光

六月溪山日头黄
茶壶跌破好心伤
千补万补修不好
换把好壶心舒畅

六月溪山日头黄

新开茶壶八面光

老板官人都欢喜

添财进宝昼夜忙

显然这调调与黄龙山有点沾亲带故。但从文字看,已然经过了搜集者的"整理",某些过于"工整"的文字与韵脚,暴露了些许缺乏野趣的拘泥。

显然我们找不到这山歌或民谣的原始传唱者。从字面看,有一点尚可确定,茶壶乃是该地陶瓷圈里的主打。无论老板还是官人,乃至平头百姓,对茶壶都有欢喜心。而且,一把好壶被摔破,给其主人带来的"千补万补"的遗憾,说明它已然是有身份人的心头宝爱,早就超越了一件喝水器皿的范畴。

有一个民间细节,或可表明挖宕矿工是不甚快活的。此地人的娱乐里,"克牌九"是一种流行的玩牌方法。克,就是押,赌注的意思。卖劳力的人,空闲时也可以去"克"一把,试试运气,也调节一下疲惫的身心。可是,挖宕的人,忌讳这个"克",此地方言里,克即是倾倒,就是塌方的意思。就像烧窑的人不能说"熄火",装窑的人忌讳说"破"一样。

所以,从你挖宕那天起,你便不能"克牌九"了。

苦命。并不是单指干活累,而是即便有点小钱,也不能玩自己爱玩的东西。

如此说来,黄龙山带给挖宕人的幸福指数,确有些偏低。

举目东眺,离此不远的地方,有一座蜀山,苏东坡到过那里,是留下传说的。《阳羡茗壶系》这样写道:

> 陶穴环蜀山,山原名独。东坡先生乞居阳羡时,以似蜀中风景,改名此山也。祠祀先生于山椒,陶烟飞染,祠宇尽墨,按《尔雅·释山》云:独者蜀,则先生之锐改厥名,不徒桑梓殷怀,抑亦考古自喜云尔。

蜀山无陶土,山坡上陶穴环绕。每到夜间,但见陶烟滚滚,火龙飞舞,映照夜空,叹为观止。按字面理解,陶穴,是烧制陶器的土窑,还是烧窑汉子的居所?

应该是土窑群吧。

此文想告诉我们,蜀山原名独山,北宋时,苏东坡卜居阳羡,徜徉于蜀山脚下,见此山颇似家乡山景,故改独山为蜀山。后人建苏公祠于山椒,以兹纪念,如今陶烟飞染,祠宇尽墨,作者偶阅《尔雅·释山》,至此

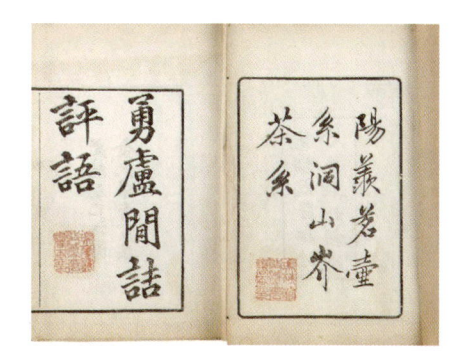

处，发现竟然写着"独者蜀也"。则苏东坡当初改独山为蜀山，并不仅是怀念桑梓，而是有考据，独与蜀是通的。

说来也是。苏东坡在阳羡，留下的故事颇多。他对百姓总是谦恭有加。比如，他置田买地，曾买下一座乡村宅邸，不料此宅的贫寡老母不允而呼天号地。东坡闻知内情，当即撕毁房契，向老太太赔礼。又因老太太贫病交加而未索回买房之银两。如此慈悲心肠，他不至于会把当地的一座山贴上自己家乡的标签。

后来，有当地民间传说，说东坡见此山，脱口说了一句：此山似蜀。当地人赶紧将独山改为蜀山。

他犯得着吗？

尽管，所有的附丽皆是善意。

总之，此山与一个叫苏东坡的人搭界了。此地俚语，稻草绑在龙虾上，便是龙虾价。这话用在蜀山上有点损。因了东坡，它是得了许多浮名。却不是它自己要的，人们附加给它，其实是为自己。因为他们靠蜀山吃饭。蜀山脚下，芸芸众生，俱是制壶与烧壶，以及陶器买卖的名利之场。又因蠡河关切，山与水盘绕互动，各自滋生活力，变成一个无法替代的活色生香的巨大气场。几百年过去，哗哗响的金银，流向了它的每一

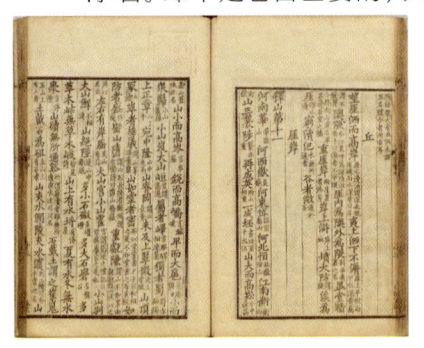

山与求盘绕互动各自滋生活力变成一个无法替代的活色生香的巨大气场。几百年过去哗哗响的每一寸空间的金银流向了它的春风沉醉岁月不居人们在享受蜀山消费蜀山的时候谁也不会忘怀几乎所有的传世茶壶都是黄龙山的矿土制成的。

寸空间。春风沉醉,岁月不居。人们在享受蜀山、消费蜀山的时候,谁也不会忘怀,几乎所有的传世茶壶,都是黄龙山的矿土制成的。

后来紫砂壶就变得越来越金贵了。

当然是文人在鼓捣。

人间珠玉安足取,

岂如阳羡溪头一丸土?

写此诗句的文人,并没有来过黄龙山,他叫汪文柏,清代浙江海宁人。他的意思是,人间的珠玉有啥意思呀,还不如阳羡溪头的一丸紫砂土呢。

汪公写此诗,因是遇到了制壶名家陈鸣远。作为一个喜欢出游的制壶艺人,陈鸣远的腿比较勤快。古时有本事的人,在家里总是待不住。他怀里揣着些壶,心里总想着,要给它们找到可以托付的知己。一路走啊走,就到了浙江。遇见汪文柏这样的壶痴,应该是彼此的造化。汪某人家世富贵,金玉之类见多不怪,俱是闲抛闲掷;紫砂好壶,却是稀罕之遇。在他眼里,一枚陈壶,哪里是人间珠玉可以相比的呢?有看客发嘘声:饿你一个月,看你还怎么说。

其实,真要是价超珠玉的紫砂壶,想必早就脱了泥胎,得了真气。那还是壶吗?但是,它若不是壶,喜欢它的人,怎又会恨不得将

人间珠玉安足取岂如阳羡溪头
一丸土

你有貌似差不多的矿土行你做
壶吧可塑性透气性之类且放一
边你有文化底蕴手艺史饮茶史
风俗史的支撑吗如此看来一把
壶的背后绝不是空的

自己的命融进去，须臾不离地宝爱呢！

不管如何，汪诗落地，紫砂壶便有"寸土寸金"之说。

看客又说，有那么金贵吗？

且慢，汪公说的是壶。并不是专说的砂土。这一把土，在谁的手里，做成什么样的壶，才最重要。

紫砂矿土不是田黄，不是鸡血石，也不是翡翠。就原料而言，它并不金贵。

说它不金贵，也是有历史资料佐证的。20世纪50年代初，100斤"底槽青"紫砂生泥的价格，是1元钱。

底槽青，是紫砂泥里的极品。

略次一点的"中槽青"泥，100斤的价格是8毛钱。

再次一点的"野山红棕泥"，100斤的价格只有5~6毛钱。

也就是说，由于太贱，紫砂生泥是以百斤为起码单位出售的。到了1962年，一块上等的25斤重的紫砂生泥，长长方方，做成年糕形状，颇有礼品感，它的身价也只有3毛5分钱。

今天看来，这是一个令人沮丧的价格。

查阅资料，那时一把"甲等"紫砂壶只卖3毛钱，略低的壶，只卖1毛5分钱。

不过，同样的一把泥到了顾景舟手里，他的一把洋桶壶，最低的价格也没有少于8斗米。

民国战乱时期，货币不值钱，江南地带民间交易，都是以大米来结算。那时一个乡村教师的薪金也不过5斗米，所以才有"不为五斗米折腰"之慨叹。

不过，后来有一种来自权威机构的说法，让紫砂泥又金贵起来。

说是除了黄龙山以及毗邻矿区，别处都没有紫砂泥。

别处没有，外地更没有。

有外地人来，风尘仆仆捧着一抔土，看着像紫砂泥，他们要争个理，别说这土只有宜兴有。陕西延安有，广东潮州有，浙江长兴、宁波有，安徽广德有，广西钦州也有。

做把壶一试，气孔、色泽、感觉、味道，怎么看都不一样。

不一样。外延很大。

砂感，透气，可塑，是紫砂壶的关键。烧成后的紫砂壶，内中有大量的团聚体，布满大量的气孔群。所谓发茶之真香，就是要靠壶体的透气孔，茶水不可能通过气孔渗出来，水蒸气却可以。那是千千万万个水分子的倾情蒸发。随之蒸腾而起的，是人的愉悦心情。

再做一个试验。外地的"紫砂土"，可以用来拉坯、灌浆；宜兴紫砂土不行，它必须经过打泥片、镶接身筒方法来制壶。早先也有人突发奇想，用紫砂泥拉坯，结果惨败。那壶是漏水的。顾景舟传记《布衣壶宗》一书，写到当年紫砂厂为了赶上"大跃进"的步伐，用紫砂泥做拉坯壶，放高产，在"广交会"上出了洋相。顾景舟忍不住拍案骂人了。

后来有"紫砂拉坯壶"问世，那是在紫砂土里加进了其他材料，它的脸，怎么看都不太舒服。老实说，它已然不配为真正的紫砂壶了。

还有一个关键是，一把壶背后，要有诸多支撑。

你有貌似"差不多"的矿土，行，你做壶吧。可塑性、透气性之类且放一边。你有文化底蕴、手艺史、饮茶史、风俗史的支撑吗？

如此看来，一把壶的背后，绝不是空的。

开始做壶

谨遵师嘱,做一把茄段壶。

就器型看,那是光器里古朴的一种。前些年故宫博物院出过一本《宜兴紫砂》,都是明清时期宫藏的紫砂器。明代中后期起,文人的审美,讲究宁古无时、宁朴无巧、宁简无诘。体现在紫砂壶上,就是返璞归真,不事雕琢。在几百件打入宫中的紫砂壶里,并没有茄段壶。类似的壶形,找来找去,只有一件瓜梨壶。

无疑,顾景舟喜欢这样的壶型。早年在为上海"铁画轩"赶制一批紫砂壶时,特意向"铁画轩"老板推荐了它。不过,当时他并没有称其为茄段壶。

仔细观察,当时以"自怡轩"为壶款的那批壶,跟后来他做的

"茄段壶"相比，风格趋近，但细部的变化还是大的。

最大的区别在哪里呢？

葛陶中认为，瓜梨壶，还是瓜果的概念。演化到壶上，它的肩颈丰腴，壶体丰盈，过渡到壶底，却慢慢下沉。这个沉，是沉潜，是沉穆，也有些许的厚拙与沉郁。当时顾景舟要养家。虽然他自己并没有成婚，但父母和几个弟弟，除了租种别人的一点薄地，并无其他收入。做这批壶正是盛夏，乡下闷热难当。上海在催货，一天也等不得。按顾景舟的性格，急火饭是不做的。但是，人家付了定金，你一点办法也没有。是夜，寂寞的乡村如一口焖锅，蚊虫飞舞，顾景舟等在昏暗的油灯下，挥汗如雨。只能把双脚放进灌满凉水的陶瓮里，这样不仅可以降温，还让蚊虫叮咬不着。肩膀上搭一块湿毛巾，是吸收汗水的。特定的情景，人的心情难免留在壶上。纵然，从壶面上，你看不出半点心急火燎的印记，但是，略略下沉的底部，却传递了这样的信息：人在低处时，任何的高蹈、优雅都只能在念想中回味。不气馁、不沉沦，便是气节超拔。

等到顾景舟再做此款壶时，瓜梨消隐，茄段从容登场了。

茄段壶，像一个立在那里的团茄，整个器型所散发的，是一种拙朴、圆浑的气息；与瓜梨壶相比，则增加了劲挺、高蹈的气度。

是的，劲挺与高蹈。彼时的顾景舟早已不是"自怡轩"时期的那个乡村壶手了。茄段壶，保持了瓜梨壶的简练与厚拙、沉穆与凝重，底部的拉高，使得壶体蓄满劲挺的力道，气质里的高蹈，是要有内涵支撑的。顾氏晚年，已然到了登高远望、一言九鼎的地步。

从最早的瓟形变成茄段，连接着历代艺人的心结。师父没有讲过，最早的匏瓜，到后来的瓜梨，为什么到他手里，就变成了茄段。

古人与后人，并不能颔首相望。但是，他们能在存世的一把壶上，找到先人的精神脉络，以及做壶时的精神状态。那层层推展、环环相扣、收放自如的线条，演示的是无止境的生命律动，一生二，二生三，三生万物。

现在，由葛陶中来做茄段壶了。

他选了存放多年的黄龙山老紫泥。

老紫泥，也有生、熟之分。生泥的概念是，它是陌生的朋友，但并不是刚进屋的陌客。它和熟泥一样，老家都在黄龙山。最早的时候，它坚硬如铁地待在山肚子里昏睡。一昼如万年，万年如一昼。某日某刻，它是在一种懵里懵懂的状态下被唤醒，随即离开万丈昏暗的老家的。假如它有眼睛，那么，在它的身躯刚露出地面的时候，一定会在突然的炫目中兴奋到差点休克。在空气、阳光、雨露、风雪的拥抱与肢解下，它慢慢变成无数形状不一的石块，然后被磨成粉末，加水，然后被一双粗粝的大手反复调和，垒成泥块。然后它进入一个葛姓的制壶人家中。此时它还不知道自己的运气如何，同样是一块泥，制壶高手可以让它变得寸土寸金；而"乡坯"（此间艺人对一切孬壶的统称，它们的出生地，大抵在偏僻的乡村，故名）之手，却可以把一块同样品质的泥料糟蹋得一文不名。之前的经历表明，虽然它还是一名新兵，但已经不需要像在集训营吃萝卜干饭那样受苦了。不过，它对自己的期待还是有些偏高，它听到了制壶主人的嘀嘀咕咕，它终于明白，即便它此刻已经是一块方方正正的泥块，有模有样，有着绅士的腔调和派儿，也不是立即就可以用来做壶的，它还要在制壶主人的阳台上或院子里接受第二次伏土。

取回的泥，照例要伏土。

伏土。说白了，就是把矿土或泥块晾在一边，通常是通风而不受暴晒的阴凉处，一年两年不去搭理它。此处的伏，不是攻城掠地前的埋伏，也不是心怀叵测的潜伏，而是老老实实的匍伏。你就伏在那里，一年两年不要有什么动静，不要让人们感觉到你的存在，你便是修了功德。如果给一块砂土赋予灵性，它会知道这是成大事之前的必然功课，它是等得起的。时间稀释、分化着它身上残存的顽劣脾性，也昭示着它未来巨大的可塑前程。伏土还有一个好处是，作为一块泥料，只有经过充分的伏土，才能经得起反复的捶打。

所谓熟泥，就是之前做壶多下来的边角料，它跟做壶的主人，已经相当熟稔；像打球，它已经做过至少一次以上的替补队员，满身的活力，却轮不到上场。不做进壶里，它就只是一块泥而已。现在，机会终于来了，它再一次登堂入室，有一种被重新起用的期待。

那一日，整泥块，也是吃紧的活。

记得当年师父教徒弟做壶时，对泥料特别讲究。

按照葛陶中的说法，生泥分两类，生泥粉和生泥块。前者就是矿石分化以后，用石磨磨成的；生泥块呢，是加水调和后，做成砖块形状。

熟泥，是壶手制壶时，裁下来的泥头泥片泥屑。

生泥就像未满18岁的愣头青，走路都横冲直撞的；熟泥呢，已经经过了捶打与晾伏，原先火勃勃的气息，在反复的捶打与阴干的交替中，品性已经趋于温煦，说难听点，也是老江湖了。而泥料该有的韧劲，却昂昂地还在。此时，将它们与刚入伍的生泥和在一起，体现着制壶主人的一种考量，生与熟，就像刚与柔、黑与白，本身就是一对偶数。生中有熟，熟中带生，刚柔相济，方显本真。最好的泥料无非是这样：它是可塑的，有丰富的质感，也有相宜的干湿度。而所有这些，必须让熟泥和生泥来联袂完成。

生泥和熟泥如何融合？并不是说，把它们搅拌在一起就成了。葛陶中备了一只水缸。里面是半缸清水。某日清晨，他把生泥粉和被敲碎的熟泥块，一点点地轮番放进水缸里，顿时，水面上泛起了一串串泡泡。这声音会让人想起小时候一个猛子扎进水里的感觉。它们是在交头接耳吗？或许，它们想象的江湖，要比这口水缸大很多。也不知道，这口水缸是不是它们最后的归宿。既来之，则安之吧。出来混都不容易,谁知道明天我们会在哪里呢?

最后,用一层薄薄的塑料膜,把缸口扎紧。这是为何?它们难道会跑掉吗?不是的,是为了让它们更好的发酵、膨胀、融合。两天两夜过去,相信它们就真是患难兄弟了。

把覆盖在水缸上的那层薄膜揭开的时候,已然分不出生泥与熟泥了。说它们是"混搭"应该不很确切,实际的情况是,它们在过去的两天两夜里相互渗透,相互成全,确实分不出你我了。

从质地看,它们现在已经不是泥块,而是泥浆了。如果你用手去抓捏,它们会纷纷从你的手指缝里钻出来,滴答滴答地落到水缸里。然后你用一根木棍在水缸里(此时应该叫泥缸了吧)用力搅拌,泥浆们就会根据你的手势和惯性,随着木棍,现出一种旋转的涡轮状。

带有弧线的搅拌。葛陶中说,这样的搅拌,是为了充分地将熟泥和生泥融合。熟中有生,生中有熟,是一种"刚刚好"的状态。

然后,晾晒。此时需要阳光直射。泥浆们以四仰八叉的姿态,接受着舒坦的阳光浴。在阳光的照射下,它们呈现着各自原有的风姿。可惜,在没有成型与烧制之前,人们的肉眼还难以分享。明代有个叫吴梅鼎的人,写过一部《阳羡名陶赋》,其中有一段文字,是谈紫砂泥色的,翻译成白话文:

说到那紫砂泥色的变化，有的阴幽，有的亮丽；有的如葡萄般的绀紫；有的似橘柚一样的黄郁；有的像新桐抽出了嫩绿；有的如宝石滴翠；有的如带露向阳之葵，漂浮着玉粟的暗香；有的如泥砂上撒金屑，像美味的梨子使人垂涎欲滴；有的胎骨青且坚实，如黔黑的包浆发着幽明之光，那奇瑰怪谲的窑变，岂能以色调来命名？仿佛是铁，仿佛是石，是玉吗？还是金？远远地望去，沉凝如钟鼎列于庙堂，近近地品味，灿烂如奇玉浮幻着晶莹。那是何等美轮美奂！世上一切的珍宝，都无法与它匹敌啊。

从语气看，这是一个古代文人玩壶玩到"痴颠"状态的一种感叹。他在为大家打开并描摹一个未知的世界。

毫无疑问，此时阳光是一位神力满满的塑造师。他在蒸发人间的水分，提炼那些在他看来有价值的干货。落实到紫砂泥浆上，那就是，把多余的水汽删除，留下最饱满的各种元素，为一场造壶的盛宴做好必要的准备。

此时如果有能力把泥与浆分开，你会发现留下的是一些有棱有角的粉状物，直到最后它们还保持着原始的姿态，以致让我们确认，浆是它的肉身，砂是它的筋骨。

这便是紫砂的真髓。

把生泥和熟泥调和在一起，原理是从哪里来的？这里又要说到明代那位宋应星先生了，他在《天工开物》一书里，说到了丝绸的纺织。大凡丝织品，织成后还是生丝，要经过煮练之后，才能成为熟丝。煮练的时候，用稻草灰加水一起煮，并用猪胰脂浸泡一晚，再放进水中洗濯，这样丝色就能很鲜艳。然后，用早蚕的蚕丝为经线，晚蚕的蚕丝为纬线，煮过之后，每十两会减轻三两。如果经纬线都用上等的早蚕丝，那么十两只减轻二两。煮过之后要用热水洗掉并绷紧晾干，然后用磨光滑的大蚌壳，用力将丝织品全面地刮过，使其现出丝绸的光泽来。

这个原理，做紫砂壶的人借过来用了。

世上的事，都讲究因缘际会。一物降一物，一物补一物；一物克一物，一物配一物。都是缘分。

生泥和熟泥，就这样变成一家了。

紫砂泥

捶泥

砂泥，天生就是用来被捶的。

陶中记得，当年跟师父学做壶，光是捶泥，就学了小半年。一起进厂的学徒，别的师父都教徒弟做壶了，他这里还在捶泥。这要捶到猴年还是马月，不知道。师父说，泥是死的，要把它捶活，要听到它的呼吸，听到它的叫唤，才可以做壶。

泥，壶坯，都是生命。同样，师父认为，不得法的捶泥，是可以把泥捶死的。

泥怎么捶？记得当年师父说过一句话：先要把泥捶和。

一个字——和。

数十年后，葛陶中捶泥，对这个"和"字，又多了一份心得。

和，不光只是说捶泥，和也是制壶的根基。这个和字好厉害，说白了，大到一个世界，小到一局麻将，和了就赢了。

就捶泥而言，虽然生泥和熟泥已经融合了，但气还没有被理顺。这里的和，就是把泥里的各种野气、土气、火气、戾气理顺，把各种不和的元素，通过捶泥来摆平。

如同一个镜头的闪回，记忆闸门打开了。

大家要看仔细了。师父说了一声。他讲捶泥的原理，一字一句，像珠子落到盘子里。不过，他只教一遍。

但见平时斯斯文文的他，突然举起那重重的木槌，以一种貌似不对称的力量，像一记弹子落地，有非常轻捷的弹性；又如重器出击，刚猛有加。你可以说他是举重若轻，事实上他的举起非常快捷。而落地时，有稳如泰山的凝重。这个由快转慢，大约在一秒钟里完成。

然后，木槌纷如雨点地落到泥块上，似急管繁弦，若影劈落江。慢慢地，又若灯草千钧，疾徐有致、水落石出。

平时师父走路，踽踽而行；与路人招呼，转颈迟缓。但一旦抄起槌把，突然发力的时候，那爆发的力量从何而来？

和，是捶出来的。捶泥当然是一门重要的技术。你得首先给它一个饱满的精神状态，也就是说，当你拿起槌把的时候，你的两只手，要像过电一样，把你的能量传递给木槌。所谓木槌，当地人称"纳泥榔头"，纳泥就是泥巴，榔头是一段被截取的完整的枕木，实实笃笃，蛮重。

它被举起时，仿佛集合了千钧之重；有节律的捶打，让它变得亢奋，像一个上场的拳手，它在持续的跳跃中不断寻找出击的落点。在力量不减的弹跳中，它强势地左右着局面，将它的力量遍及整段泥料的每一个毛孔。

经历了和风细雨，也承受了风暴雷电。此番那般的捶打，泥变了，遗憾的是你不能将它放到嘴里去尝，否则你会感觉它很筋道，很有嚼劲。做壶的熟手，此时再把紫砂泥抓在手里，一切都是刚刚好，那泥的活劲，给人一种放手便会游走的感觉。

光是一团泥，师父就让陶中捶了三个月。

姿势不对，落点不对，声音也不对。顾景舟不用眼睛看，一听就知道了。

"你是在锄田，还是在掘地？"

这句话分量够重的。

葛陶中吃不下饭。他原先的师父叫李碧芳。功力颇深的紫砂女艺人。葛陶中"逃"到李碧芳身边，说，真受不了，我不想回去了，还是继续在您这里学徒吧。

李碧芳说，小子，这样你才能学到东西啊，别人想被顾辅导骂，还轮不上呢。对你要求严，也是看重你，要是有一天你做错了，他也不骂你，那你就完了！

于是，葛陶中又回来了。他不敢表现出委屈的样子。但是顾景舟全都知道。琴弦绷得太紧，也会断的。偶尔，他也会跟徒弟们放松一下，唱一段京戏。自己也蛮开心的。

有人会趁机讲一个紫砂江湖上的段子。

早年某壶手在上海仿古，想看梅兰芳的戏，票价10块银元。省吃俭用几个月，把攒下的钱换成一张戏票。看戏的时候，眼睛也不敢眨。晚饭吃的泡饭，戏刚开场，就想尿尿。坐在那里不想动，撒个尿，一来一回的时间，等于一块钱没了。憋到第五场，实在憋不住了，撒腿跑出去，黑暗里摔了个跟头，一吓，尿裤裆里了，也不管了，赶紧回头，这一跤摔得好，少走一半路，只损失5毛钱。

尿了一裤子看戏，还是享受吗？

徒弟们笑翻。

师父却不怎么笑。他说，这个故事编得有点离谱，紫砂艺人在上海，哪有这样阔绰的。

然后，醒泥。

泥被捶累了，跟人一样，需要歇一歇。醒泥的过程非常重要，就像文章里的闲笔。你写得太紧，太满，文章就不透气了。

醒泥的时候如果再放一首古曲，师父一定会选《阳关三叠》。

师父说，紫砂壶的生命，就是手工拍打，泥本来是死的，需要震荡，才能活，呼吸才能匀称。当然，泥要正宗，才经得起捶打。

所谓正宗，从粉碎矿土开始。早先，是用牛和驴拉石磨，来碾碎矿土，终日粉尘飞扬；老辈人回忆，干活的人，用棉花塞住鼻子和耳朵。衣服是不穿的。光着身子干活的好处是利落，夏天的时候，干完活，但见一个泥人走过来，走到面前也看不出他是谁。汗水一条条往下挂，往蠡河里一跳，扑通一声，人钻进水里，一圈泥粉随着涟漪荡漾开来。

真空炼泥机是工业文明的产物。那是20世纪50年代末"大跃进"机器炼出来的泥，把人力解放出来了，但是，紫砂泥的特性，在机器的飞速分解下消弭了很多，与石磨碾粉的感觉相比，壶面上容易产生细小的波纹，像顾景舟这样的老艺人们，在乎的还是石磨碾碎的泥料以及手工捶打的那种气场。

把手工石磨碾出来的泥，和真空炼泥机"炼"出来的泥，放在一起比较，最大的区别在哪里呢？顾景舟当年曾经对葛陶中讲过一句话：

一边是糯米,一边是双季稻米。

他说的是口感。生米煮成熟饭后,一边是饱满晶亮、既香且糯,黏性十足,一边是颗粒瘪塌,难以抱团,口感粗粝。

为什么会有双季稻米?那并不单是特定时代的产物。早在公元前3世纪,《山海经》一书就说到"两熟稻"。其实它就是后来的双季稻的祖宗。

中国人口多,要填饱十几亿人的肚子不容易。特定年代还要"备战备荒",原来一年收成一次,变成两次,生长发育都得日夜兼程。稻米的产量是提高了,但口感不敢恭维,这是事实。

无可阻挡的机械化大踏步地来了。它的好处,实在很多。但紫砂壶贵就贵在全手工制作。这不是老艺人们执拗,而是紫砂矿土的特性决定的。既然制壶还是要用手工,那么,就先废除用牛和驴来拉石磨吧——这就是当时的现实考量。

怀念那一盘冷兵器时代传下来的石磨,说出来会是一种跟时代脱节的旧思想。所以,嘴上不说,那是肯定的。私下里,他们还是会找一盘碾米粉的小石磨,悄悄地、慢工出细活地碾出他们想要的泥料。粗与细,各碾几遍,什么泥和什么泥调和搭配,都在他们心里装着。真空炼泥机的马达在古南街的另一头——北厂,持续地轰响着,他们也会去瞅个热闹。在汹涌潮流般席卷而来的机械化面前,他们

捶泥

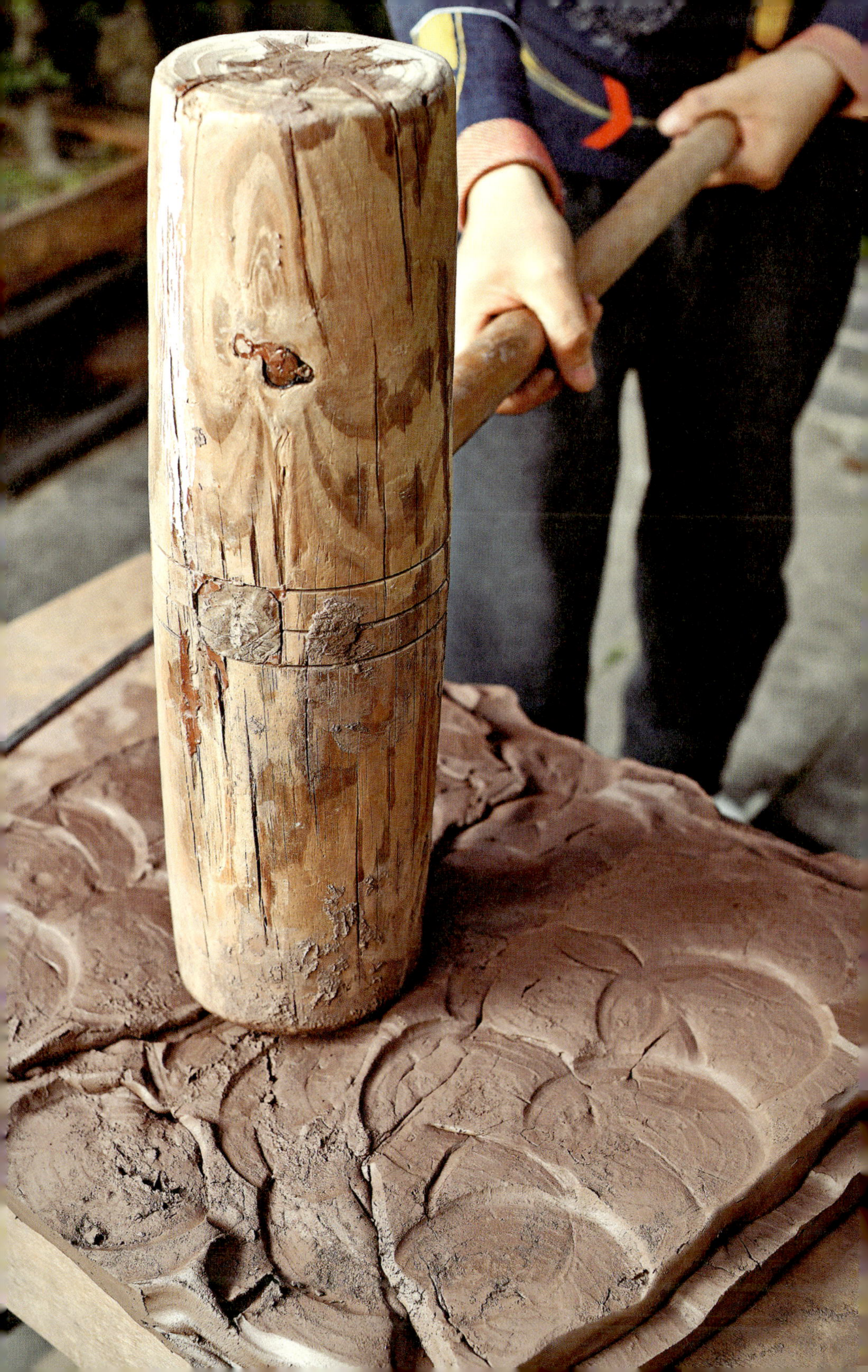

淡定的心情也会受到影响。不过，大凡自己决定要做一把可以留下来的壶，他们肯定会选择石磨碾粉和手工捶泥。

被捶打完毕的泥，师父还会放到缸里去，养上数月甚至数年，用的时候拿出来再捶，这个过程和"醒面"何其相似。我们的日常生活里，古人留下的手工艺，常常和生活、饮食的经验融会贯通，比如，卤水点豆腐、淬火要入水，那可是先辈的智慧啊。

收膏。这是中药房熬制膏方时的专用术语。
经过反复捶打的泥料，已经被"捶和"了。这个时候，跟熬了几天几夜的膏方一样，可以收膏了。

用木搭子，把分割成一块一块的泥料敲平整，彼时的它，棱角笔挺，浑身通透，表面泛着幽光。像蓄力待发的绅士，可以从容应付任何场面。俨然，它已经跻身礼品级别，作为一份礼物，会给识货的行家带来欣喜。但"膏方"里自有秘籍，一个真正的紫砂艺人，不会舍得拿它当礼品送。同样，即便一个壶手偶尔得到一块并非经自己手捶的"膏方"，他也会一时无从下手，因为，看似密不透风的"膏方"里，有着别人设计组合的密码。这块泥的性情如何，是用来做什么壶的，在窑里大约要烧几次，第一次烧多少度，第二次烧多少度，只有做

"膏方"的人自己知道。

这也是紫砂的魅力所在。

很多年后,陶中悟到了其中最重要的一点,就是要顺应自然。"征服"是一个生硬的词,做壶的词典里,应该屏蔽它。顺应,就是延伸、发挥、利用泥性的长处。把泥看成有生命的东西,这体现了人对自然、对材料物质的尊重。和烹饪一样,好的厨师最擅长了解原料的特点,并且能把它放大。这其实也是对材质的尊重。同样是青菜,施化肥和农药,跟使用自然肥料,味道能一样吗?再比如,绞肉机里绞出来的肉,跟手工剁的肉,味道能一样吗?饺子皮,手工和面擀出来的皮子,跟机器轧的皮子,口感能一样吗?

制壶本身,也是一个顺应自然的过程,把紫砂泥的本质和优点最大限度地发挥出来,这就是对它最好的成全。

泥凳

泥凳不是一张凳子，它是艺人做壶施展身手的一个平台。

看上去它是一张矮矮的台子，但它的造型确实像凳子，难怪人们会顾名思义。

但凡做壶所有的活计，都得在泥凳上进行。

从前，饭也吃不饱的制壶艺人，手下那张泥凳是很寒碜的，他用不起那种质地坚硬厚实的木料。不过，泥凳的厚重扎实，对于做壶，却又是起码条件。你进入一个老艺人的作坊，一眼就看到了他的泥凳，它的高矮，与端坐在它面前的主人，是成正比的。也就是说，泥凳跟主人要匹配。喧宾夺主，是不可以的。凳面的厚度，不能少于约定俗成的8公分，否则就单薄了。壶手在上面打泥条，泥凳要稳稳当当地承受,哪怕有轻微的晃荡或移动,这活儿就干不下去。

泥凳即气场。此话不虚。当年,师父的泥凳,选了一棵几十年的老榉树。合抱粗,居中锯开,取其一半,翻过来,底部装了4只脚,便成了一张泥凳。

老榉树的质地特别细腻,其分量又特别沉。任凭你木槌死捶,纵然你用千钧之力,它也岿然不动。师父的那张泥凳,是所有艺人中间最大的,用的时间久了,台面变得越发细腻,四边的轮廓,都有了包浆。因为师父后来到了紫砂厂研究所,主要工作之一,是给壶手们打样,做工具。原先的泥凳嫌小了,但是师父不让换,这张泥凳跟着他很多年,也处出感情了。就在泥凳边上加了一块硬木,等于是泥凳的延伸部分。师父在这张泥凳上,做出了很多传世的茶壶,此是后话。

在师父身边18年,陶中深知泥凳在师父心中的位置。即便是在干活的时候,师父的泥凳上都是井井有条的。什么工具放在哪里,都有相对固定的位置。他不用看,手伸过去,就能拿到。用过了的工具,一时再也用不到的,马上就从泥凳上拿走,放到它原来的位置。你不可能发现师父的泥凳上有乱七八糟摆放的工具,所有的物件,都有它摆放的理由。甚至,你也见不到别人泥凳上四处散落的边角泥料,他是一边干活一边清理,一把壶做完,泥凳上什么东西也没有,除了一把刚做好的壶。

葛陶中当初的泥凳,没有那么讲究。他进厂的时候,泥凳都是厂

泥凳上的工具

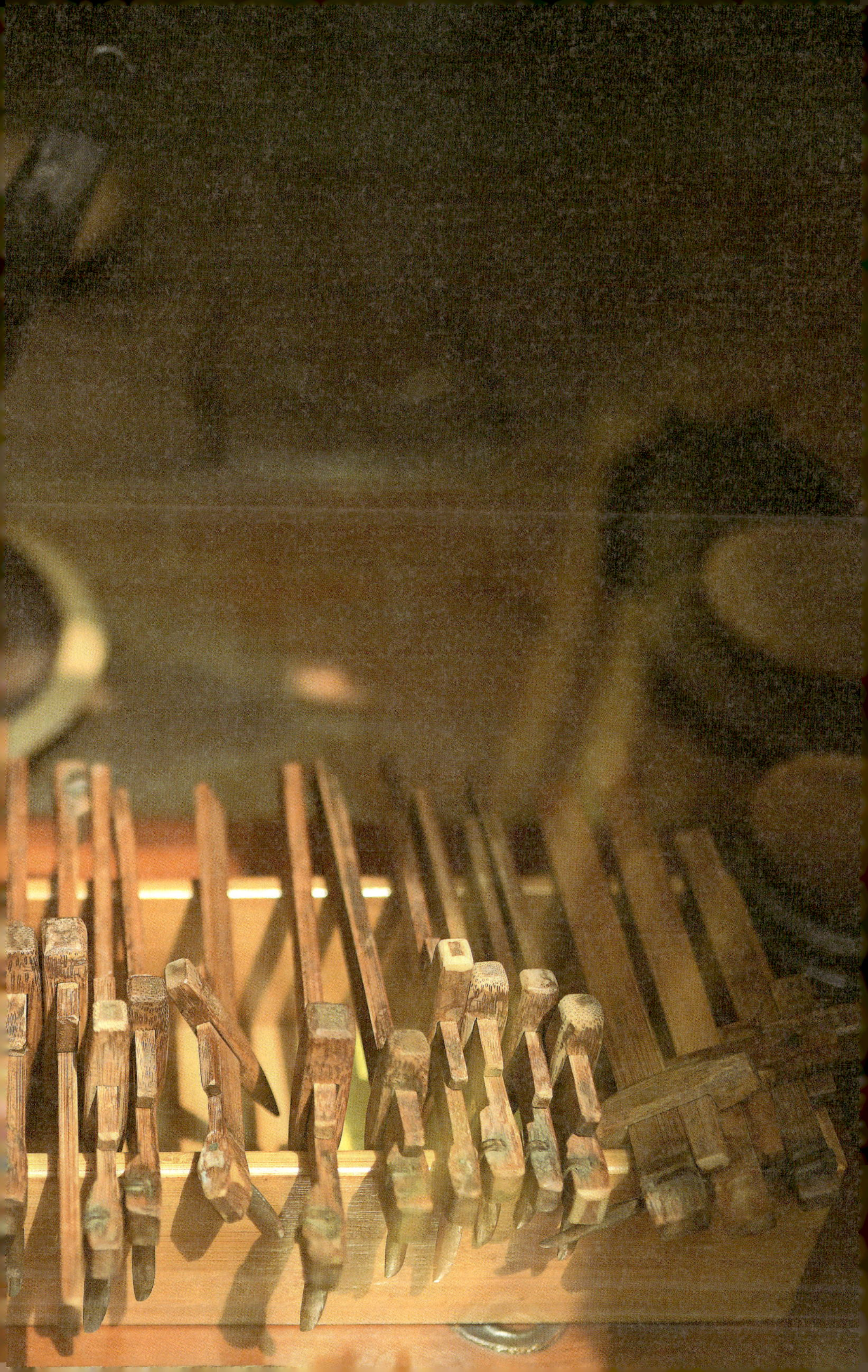

里分配的。能不能分到一张硬木的分量重些的泥凳，全凭运气。后来他自己做了一张泥凳，也是老榉木的。这是受师父的影响。他的泥凳，自然没有师父的那么厚重，心理上的感觉是，徒弟的泥凳，总该比师父的薄那么一点点。但是，有一点，那就是恪守师承。干净——无论做什么壶，做什么工具，泥凳上不可能有多余的东西。师父认为，一张泥凳，就是壶手的精神状态。干净、利落，井井有条。若壶手的精神软塌萎靡，泥凳上必定是垃圾成堆的。这种状态，必定会传递到壶上。所以，师父有句话，看一个艺人壶做得好坏，瞄一眼他的泥凳就知道了。

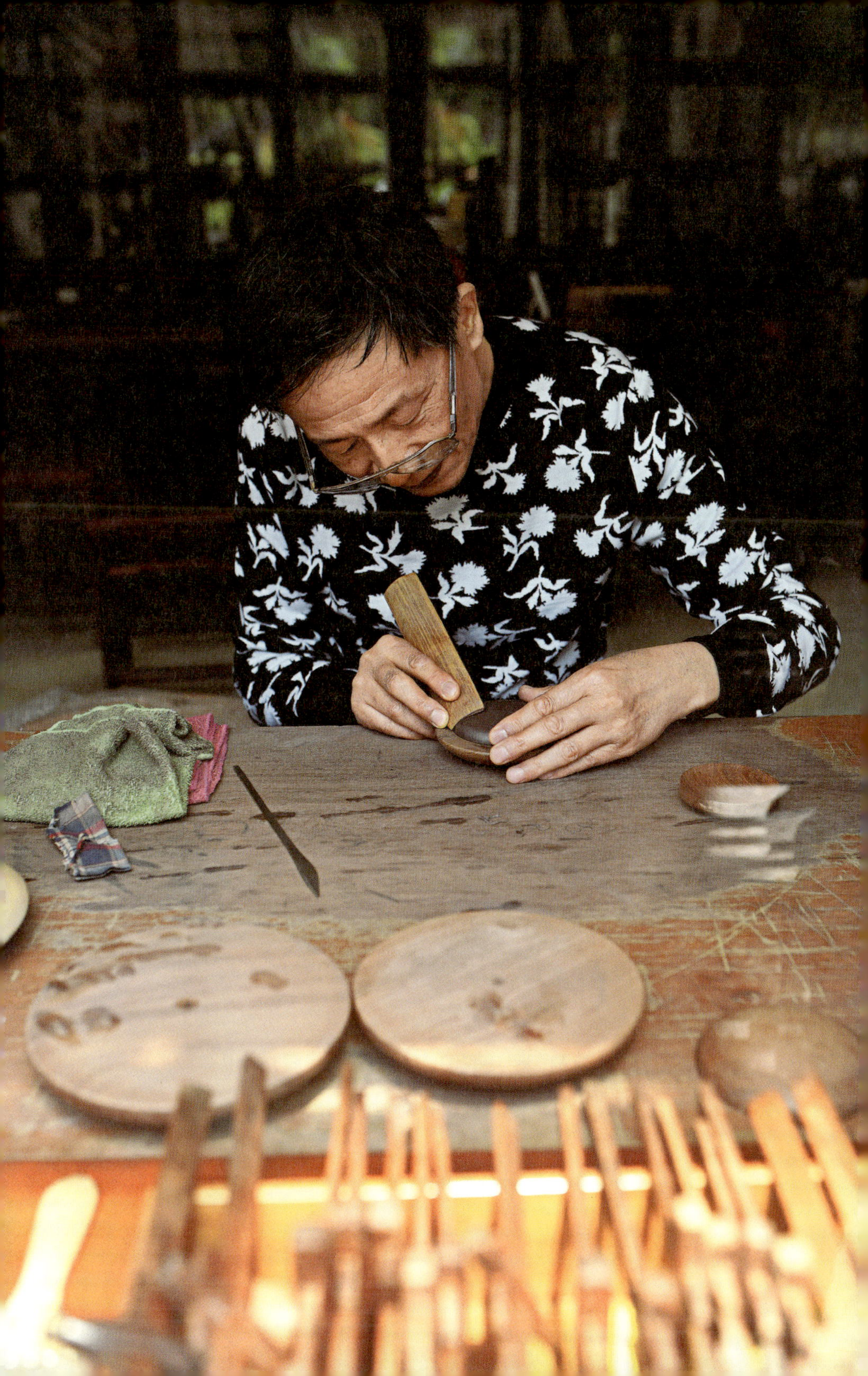

套缸

做壶时,壶坯、壶泥,要保持一定的湿度,如何安放?

套缸。从字面看,它是漫不经心的,甚至是土里土气的。

然而这小小的套缸,竟然是个容纳壶坯以及各种"零件"的大本营。

当然,在制壶人眼里,它本身也是一件工具。这一口小小的缸,集聚着隐秘的匠心与以谋生为起点的种种希冀。

一个壶手要做壶,先要置一只套缸。这是谁都知道的常识。

陶缸是现成的,套缸却是专门制作的。

除非是粗货,工艺繁复的紫砂壶,几天才能完成一把。像顾景舟这样的老艺人,几十天、甚至几个月才做完一把壶,也是常事。江南的天气,早春阴湿,秋天干燥。壶坯虽是泥质,却也有独一份的娇惯。太湿了肯定不行，壶身会塌下来；过于干燥也不行，壶没法做下去了。不干不湿才是正好。

如何让没有完成的壶坯保持适度的干湿？紫砂的老祖宗们想出了一个法子，选一陶缸，不大不小；底部放置青砖，容易吸湿；一半放水，上边铺以平整的泥片，挖若干小孔，使上下气息相通。没有完成的壶坯以及各种零部件，都可以放在里面。这缸，等于是紫砂壶坯的保温保湿间。陶缸的口部，放一层薄薄的衬盖布，上面的缸盖是两个半圆的木盖子，打开和关闭非常方便。

通常，套缸就置于壶手的身边。天气干燥的日子，壶坯容易发干。就将其放进套缸，让底部的水汽慢慢上来，滋润壶体。等到适当的时候，壶手用手一摸，就知道，干湿度如何，可不可以继续做壶。

收工的时候，没有完成的壶坯，当然要被放进套缸里。水汽的氤氲，在套缸里，是以不经意的方式，慢慢滋润的。原本有点发干的壶坯，经过微妙的水汽浸润，变得特别精神，就像一个人，一夜好觉，比平时的酒足饭饱还管用。如果壶手要出门几天，或者，这阵子身体有点不适，眼里没神，手里没劲，那就更应该把壶坯放进套缸里。

即便是不动手做，有时候壶手也会打开套缸看看，摸摸那些只做到一半的壶。

套缸在，就一切都在。壶手尽可以把心放下。客散门闭，风微日落；茶炉火红，酒瓮初开。这日子，与壶要搭配，才好。

套缸保湿,断水是万万不能的。一块闷缸布,非常关键。这块布,终年是湿的,这是必须,如此才能保持套缸空间的湿度。

套缸的另一个作用,是一般壶手不愿意说出来的。

旧时,手艺人保守,所谓艺不外传,其实还是怕自己的饭碗被别人夺走。比如,你正在干活,突然一个熟悉的壶手朋友来访,你怕做了一半的壶,让他看出破绽,或者,你壶上的独绝功夫,不想让别人知道。这个时候,壶坯就藏进套缸了。

还有一些壶上的零件,比如,刚搓好的壶嘴、壶把、壶盖之类,都还是毛坯,有些物件还没个说法,像刚出窝的雏鸡。这个时候,无论如何,是不让外人看的。

这个说法,遭到了一些艺人的反对。他们认为,真正的手艺,可不是看一眼就能偷去的。

壶界的人,一般不作兴掀开别人的套缸的盖子。就像你在别人家里,不能随便揭开灶台上的锅盖。而且,即便你突然造访,门总要敲的吧,正在干活的壶手一听敲门声,不慌不忙,顺便就把壶坯放进套缸了。这个动作,只消三秒钟。你进来的时候,他的泥凳上横七竖八放着很多制壶的工具,当然还有一些被裁下的泥条、泥屑,但是,正在制作中的壶坯,肯定是不见了。你的套缸告诉他,宝贝都在这里,就跟你家里一样。你是空城计也好,十面埋伏也罢,都闷在套缸里。别的都可以打开,套缸不行。这是个大家都遵守的规矩。所以文人见到了,会感叹,潘多拉的匣子啊,你到底藏了多少神秘的器物。

套缸在就一切都在壶手尽可以把心放下客散门闭风微日落茶炉火红酒瓮初开这日子与壶要搭配才好

做壶

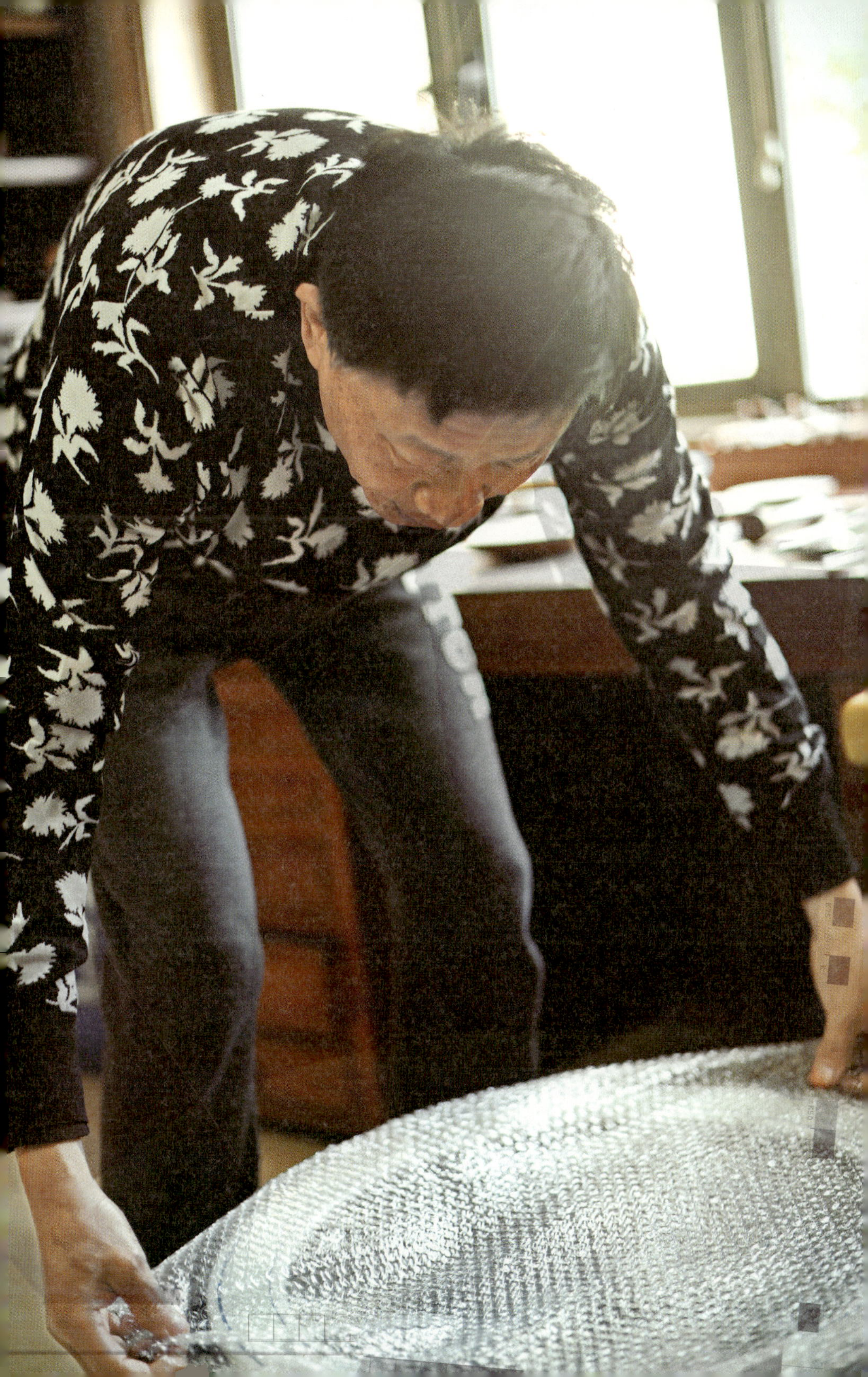

第三章

手之延伸

心结

不会做工具,就不会做壶。

因为,好壶都是好工具做出来的。

做一把壶,要多少工具?

往多里说,一百多件。往少里讲,五六十件。

并不是说,有一套工具,就可以一劳永逸了。有一些主要工具,是单为一把壶准备的。做另一把不同型款的壶,工具还得重做。

你做出的工具是什么样子,你的壶就是什么品级。所以,每个壶手的工具,看似差之毫厘,实则失之千里。

师父有个理念,一直没有说出来,但是,在他身边18年,陶中悟出来了。在做一把壶之前,你要想一想,这把壶,是打算放到哪里的?

这话有点玄,一个壶手,天天待在自己的工坊,他怎么知道,手上要做的一把壶,会流到哪里,是给谁用的呢?

但是,一个壶手如果不这么想,或者说,你心里根本就没敢想过,你的壶本该遇到冥冥之中的那些造化,比如说,能在江湖上遇到一个真正懂壶的藏家,能在一个好人家的厅堂甚至书房案头、博古架上占据一个亮眼的位置,虽然那个位置只有一点点大,但是,有与无,于一个壶手,非常紧要。没有那个一点点大的位置,你心里就会没劲。反之,气就提起来了。壶手做壶,靠一股精气神。气,要自己养,经年累月。你得抚慰自己,你的壶就是那些地方的标配之一。你的壶旁,可以放置经史子集、古玩祭器。壶跟它们在一起,眉眼不低,气宇轩昂。尤其是紫檀木的茶几卧榻,旁边若是少了一把与之匹配的壶,还就是少了点精神,少了点念想。

紫砂壶与红木,特别是紫檀木,气息相通,特别搭。但是,紫檀木也很挑剔,遇上百年甚至千年的老紫檀,那高古气,阵阵逼人。有瑕疵的、嫩生的壶,搁它身上,它会发出不屑的气息。而壶自己,趴在紫檀木上,浑身不自在,精神上已经松垮,断不了被人指指戳戳,最终,会被主人无情地放置到一边去。

只有遇到品味高古、气场强大的壶,紫檀木才会默默地低眉俯首。它释放的气息是温煦、平和;它心甘情愿地为壶站台,用它的幽光雅气给壶打底。它愿意给出自己内敛而沉潜的底色。其实,一把品级高的好壶，同样会照顾到给它站台的紫檀木架，气息这东西，是会传递，并且相互感染的。紫砂壶的灵气、贵气、大气，最终会与紫檀木的潜在气质接通，器与物，会在一种默契的融通中变成一种内涵丰富的组合语言。

　　做一把可以放在顶级紫檀木架上也一点不丢份的壶，何尝不是一个优等壶手内心的神圣理想呢？这是一个心结。你可以一生一世不说出来，但是，你内心必须无时无刻不惦记着这件事。光荣与梦想，就从选泥、做工具、做壶开始吧。

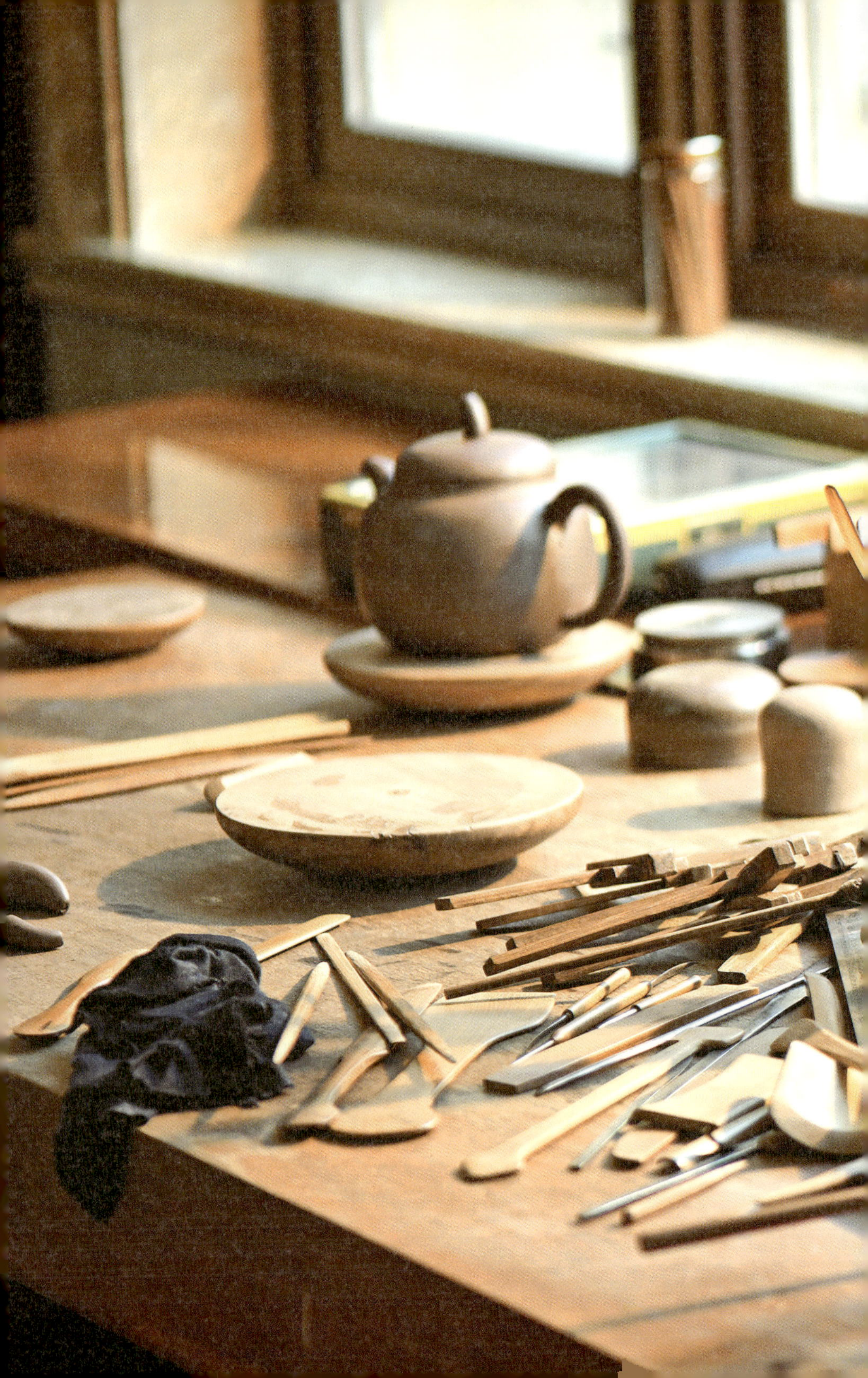

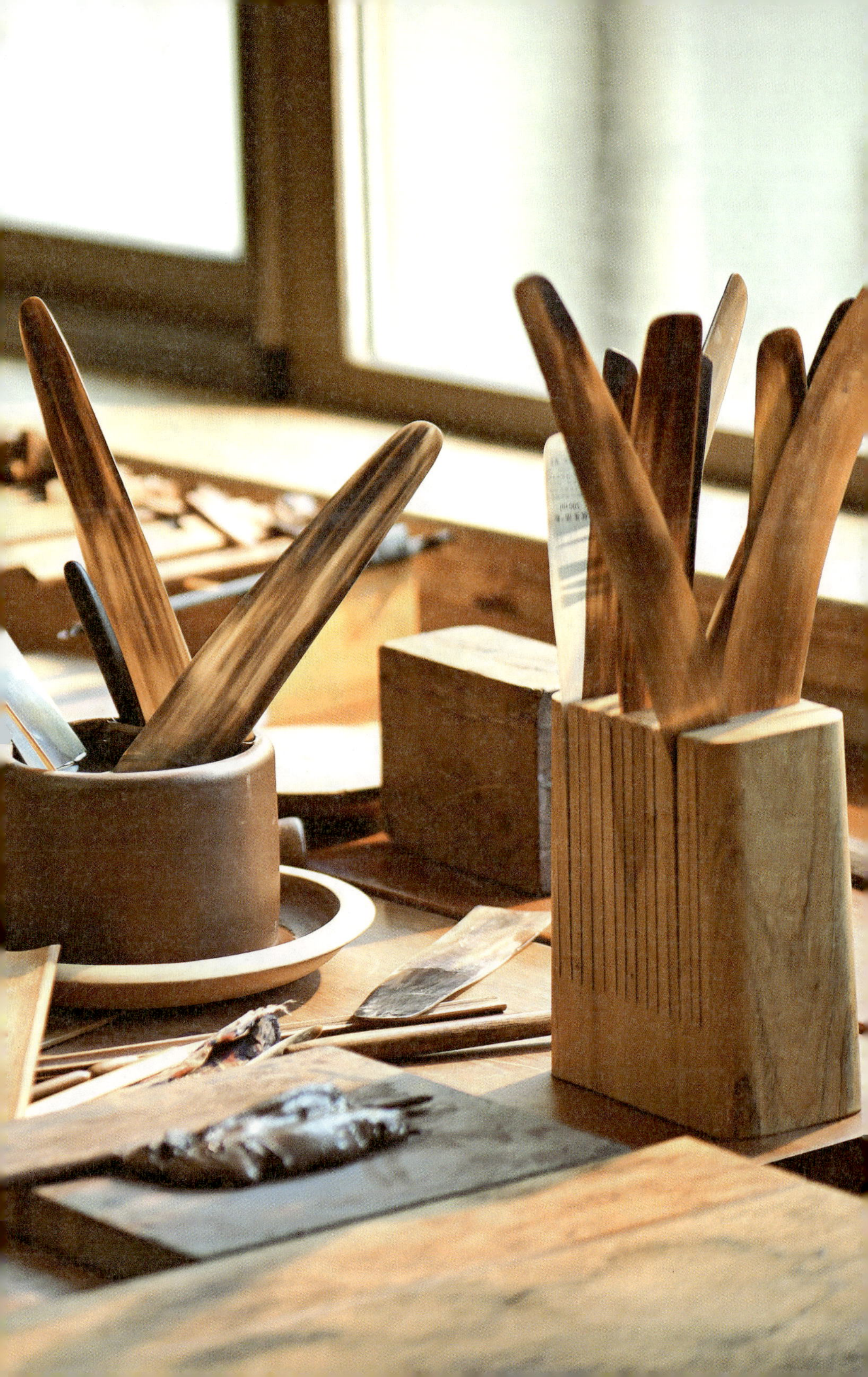

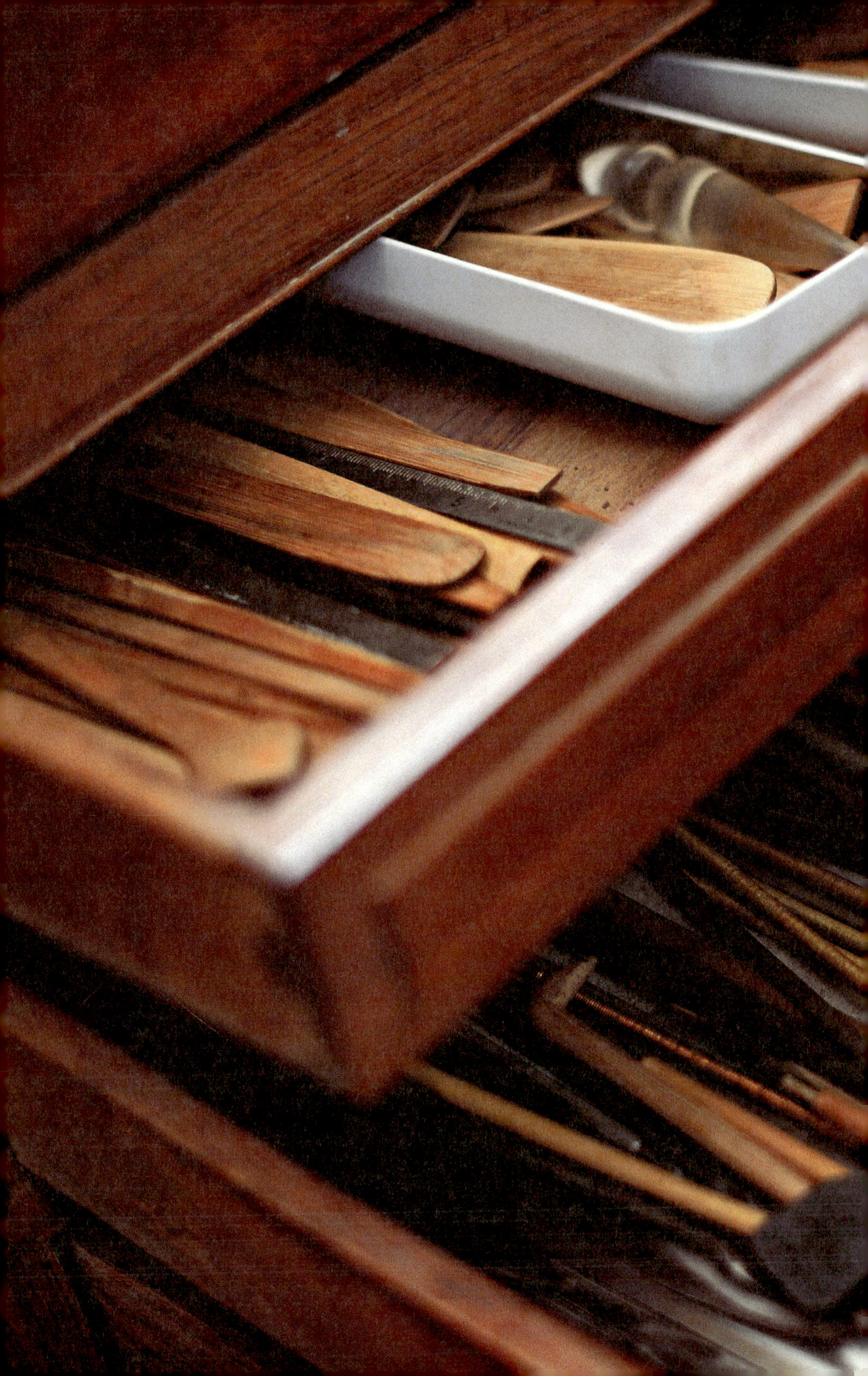

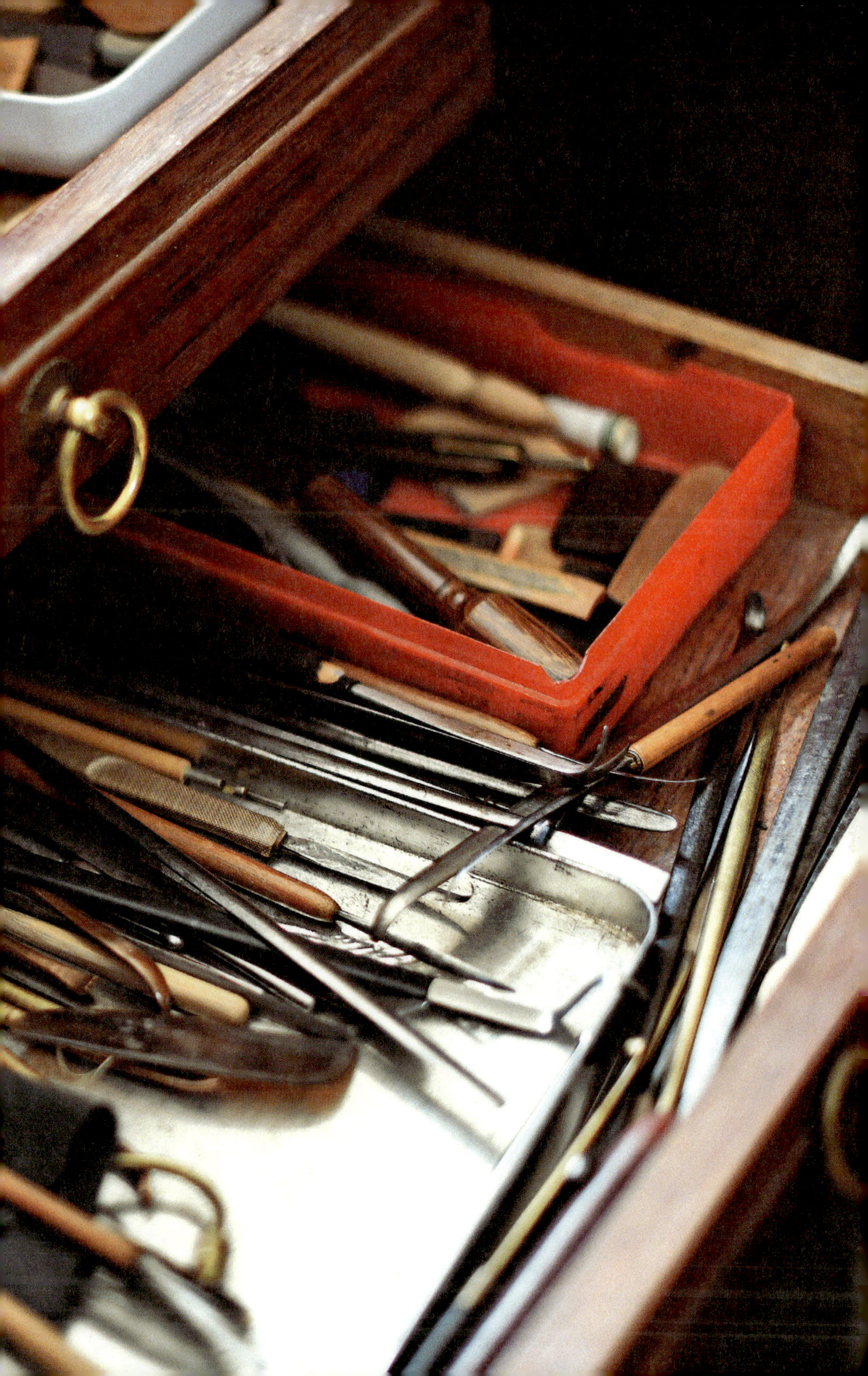

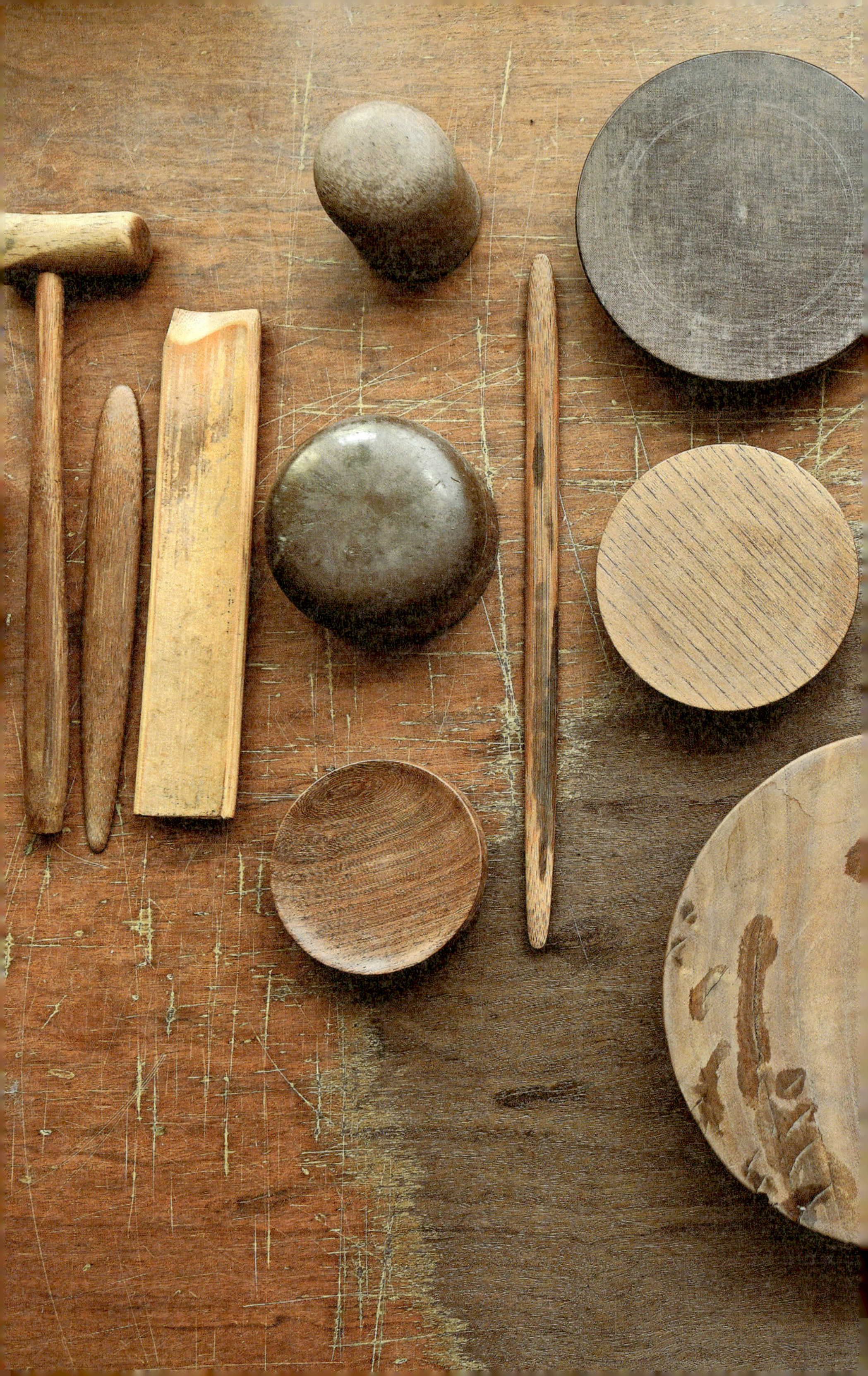

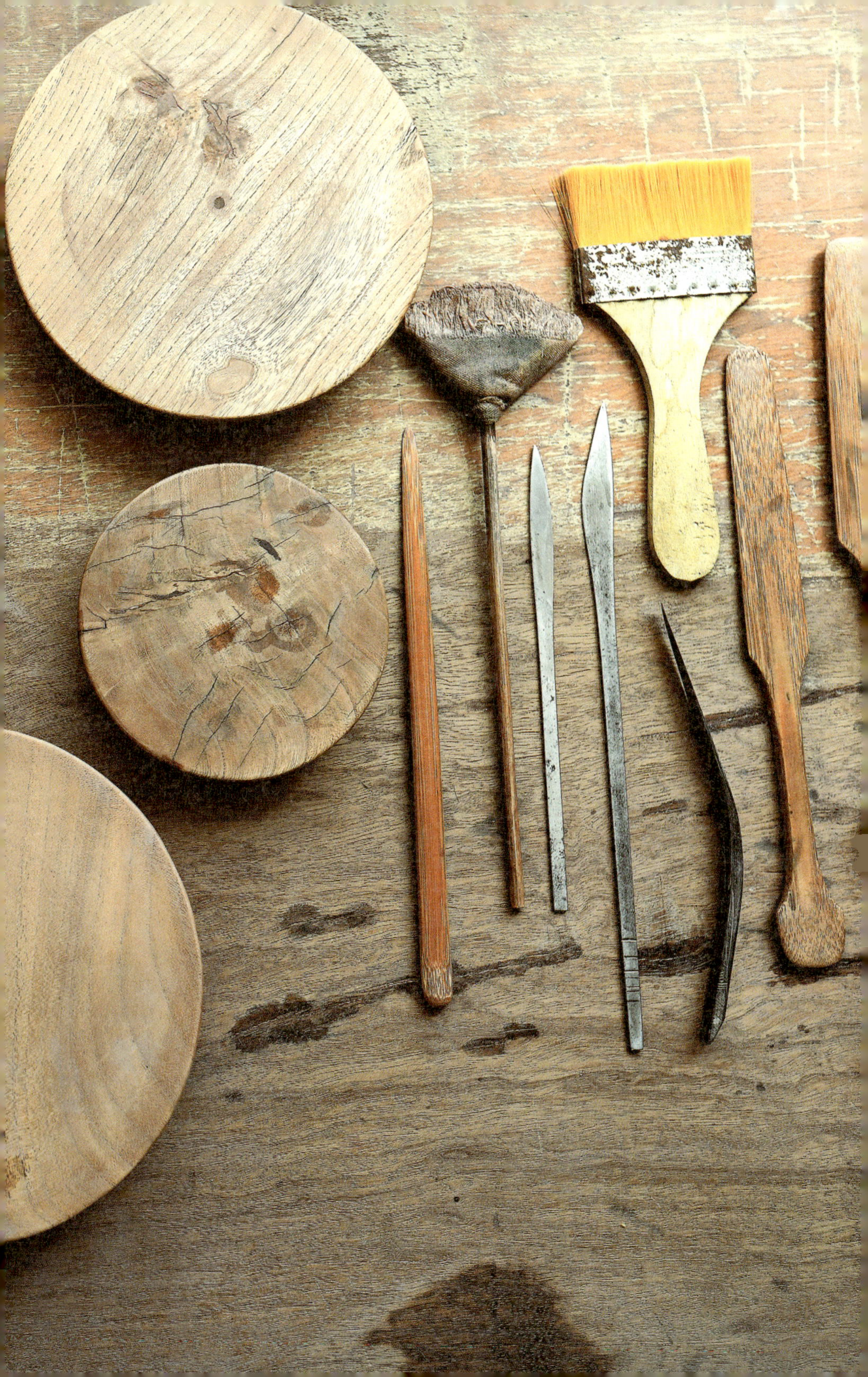

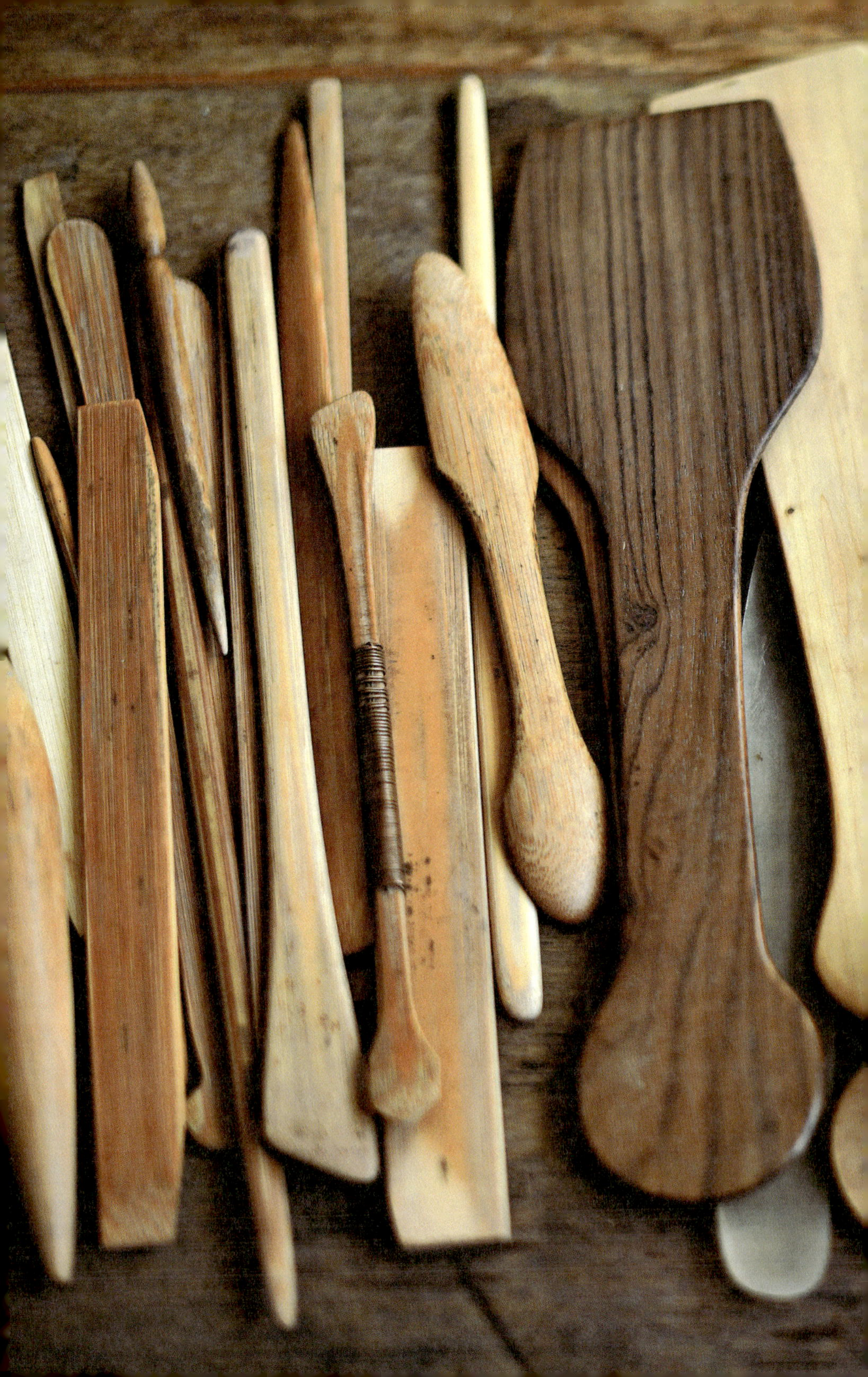

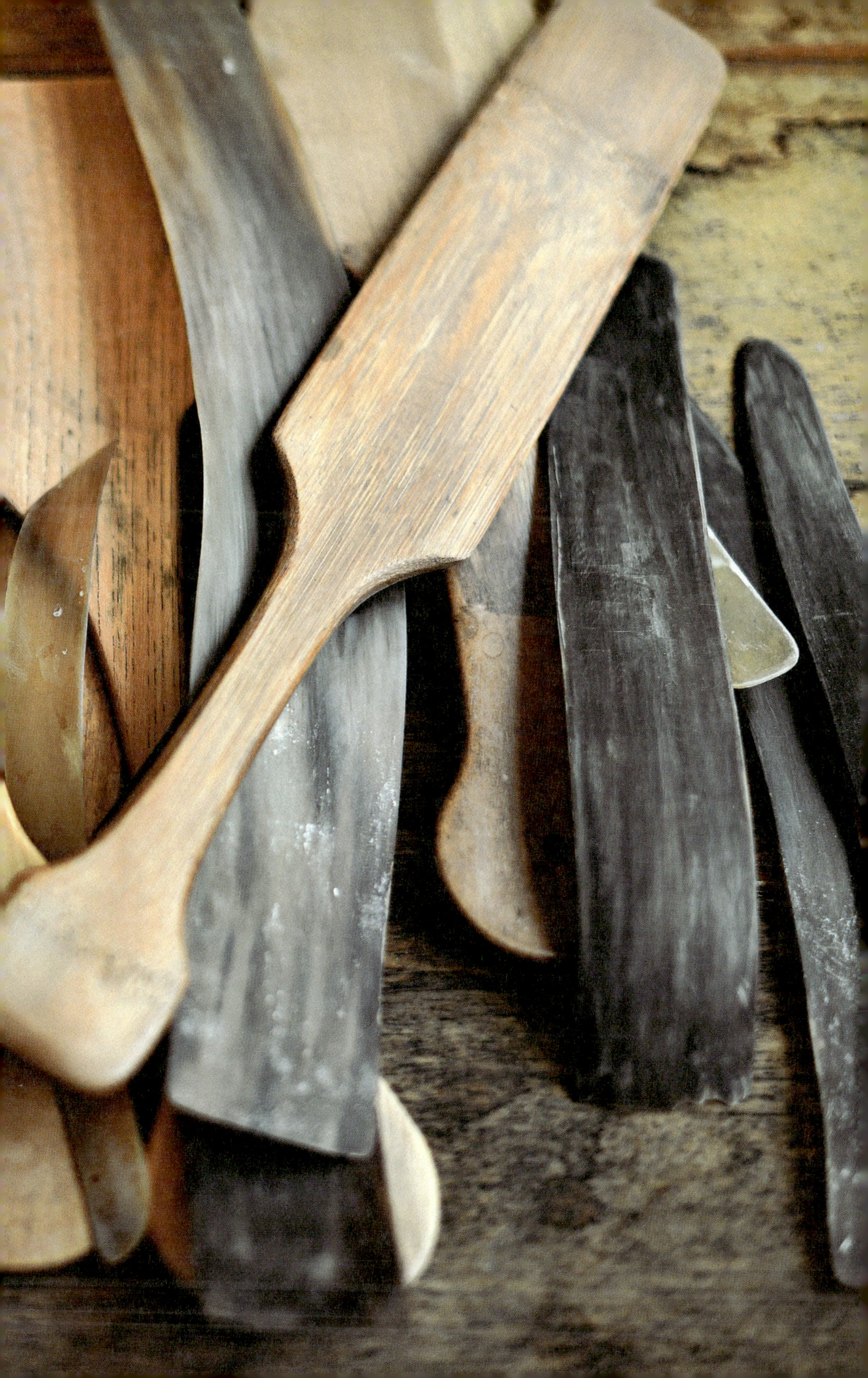

茄段蓋置

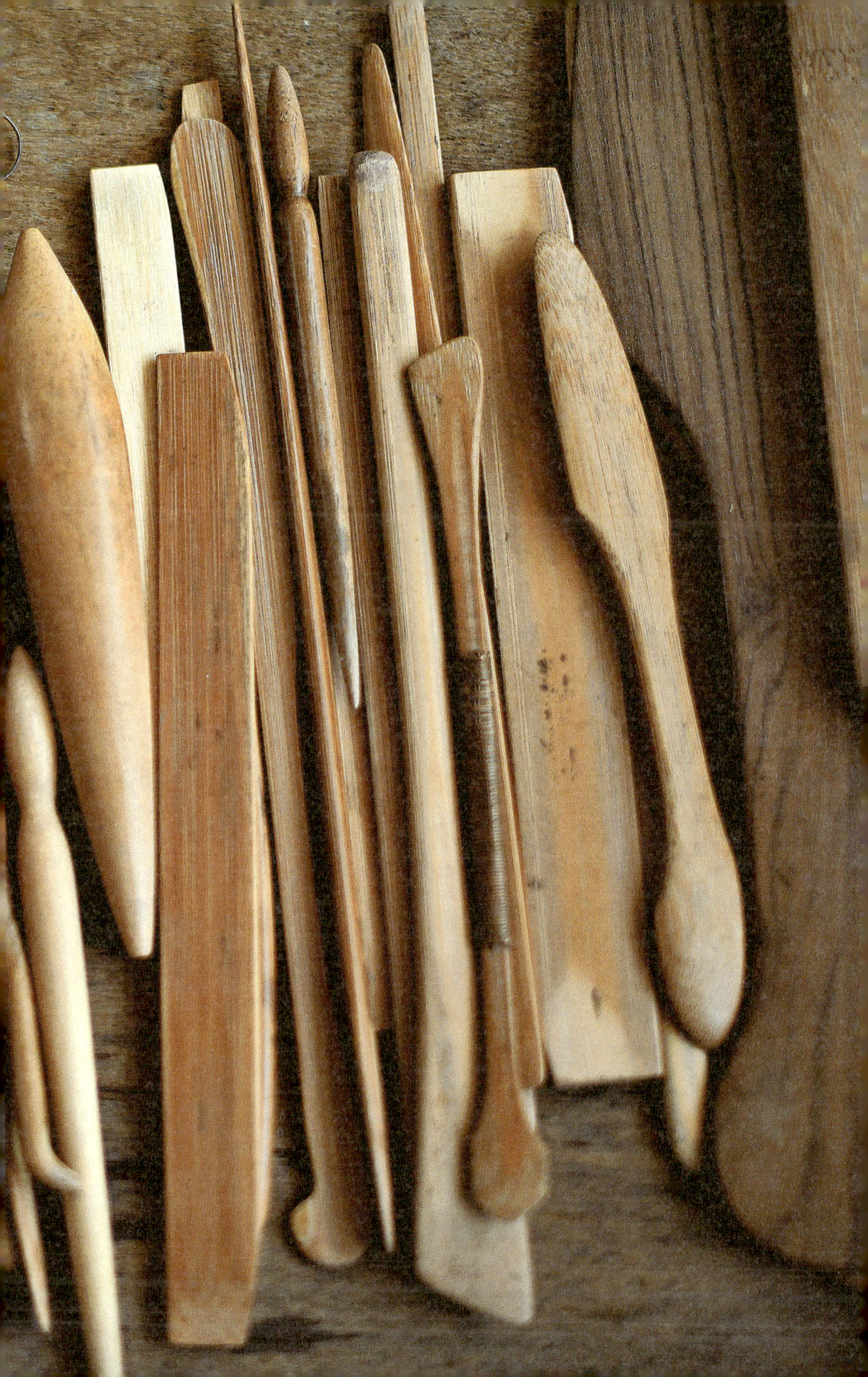

明针

明针并不是一根针。明针是一件做壶的工具。

既然不是针,为什么要称明针呢?

那先说一说针吧,古代是怎么制作它的。

打开《天工开物》。书上说,一根细细的针,做起来蛮费事。先要把铁片捶成细条,另在一根铁尺上钻出小孔,作为针眼。然后,将细铁条从眼线中抽过,便成了铁线。再将铁线逐寸剪断成为针坯,一端锉尖,一端捶扁,用硬锥钻出针鼻,也就是穿针眼,再把针的周围锉平整。彼时入锅,用慢火炒;炒过之后,以泥粉、松木炭和豆豉加以掩盖,锅底再以火蒸。然后，留两三根针插在混合物外面，作观察火候之用。当外面的针已经完全氧化到能用手捻成粉末时，表明混合物盖住的针，已经到达火候了。开封，淬火，便成为针了。

大凡缝衣服和刺绣所用的针，都比较硬，但是福建有个马尾镇，那里的工人缝帽子、皮服所用的针，却比较软。这是因为，有一些特殊的缝制，质地坚硬的牛皮、猪皮，以及马皮、羊皮，太硬的针容易折断，那怎么办呢？

春天的柳条随风起舞的姿态，让万物钦羡。就是突然来一阵狂风，也不会把它折断。它的无可比拟的柔韧度，给了人们启示，能不能做出一种不那么硬，却又柔韧适度、不易折断的针来呢？

于是就有了"柳条针"。

这个柳条针的原理，无疑给明针的诞生提供了依据。

也有人考证，最早使用明针的，并不是紫砂工艺。漆器的造型非常早，一直可以追溯到新石器时代。那个时代距离我们非常遥远，但老祖宗留下来的漆器老物件，那种圆润光洁的造型，以及熨帖的光泽，靠什么来支撑？类似明针一样的工具，就像一只神秘的巧手，帮助艺人完成让世人惊艳的传奇。这项说法并没有排挤明代才出现的"柳条针"，公说公理，婆说婆理，无论是漆器的髹饰工艺，还是紫砂的成型工艺，恐怕都与明针有着不解之缘。

做紫砂壶，明针的作用非常关键。

紫砂泥经过手工拍打和震动,"泥门"就被打开了。泥门不是一扇门,而是坯体的气孔被打开了,说泥门开了,是艺人们催自己干活的一种说法,就像你煮一锅饭,煮到锅巴都香了,那火候就到了。

泥跟人一样,也有状态。彼时泥已被捶得欲罢不能,如果它能够呼唤,它一定会大叫:师父啊,我等不及了!

砂泥的颗粒在反复的捶打中,经历了一次重新排序,很细的砂颗粒会慢慢沁出来,当用竹片压形的时候,水分带着细砂浆也会渗出来,当用牛角片去压光它的时候,目的就是让渗出来的细泥浆稳定下来,在坯体表面形成一层薄薄的膜,这就是好壶的皮肤:内部结构疏松,表面细腻绵密。一把好壶的有机构造,如同皮肤与血肉的完美粘连。这对于真正的泡茶人来说,至关重要。

这个时候,打理紫砂壶表面的光洁度和处理整个壶体和谐的工具,就数明针了。

乍一看,所谓明针,就是一张薄薄的牛角片。艺人的心思和手感,要靠它来传递。没有它,壶体表面的光洁、气韵就无从谈起。葛陶中记得,当时师父顾景舟教他做明针,先是把从常州乡下某地(似有专售)买回的牛角片,剪成像古代战国刀币的形状,放在凉水里浸泡两三天;然后用一块玻璃,将带刃的一面,轻轻地修刮其形状的边沿,使其薄而润。接下来的一个关键字是:刮。所有的要求,都是用一块玻璃的锋刃,一记一记刮出来的;要让这张刀币形的明针片,从紫砂泥经过手工拍打和震动"泥门"就被打开了。泥门不是一扇门而是坯体的气孔被打开了说泥门开了是艺人们催自己干活的一种说法就像你煮一锅饭煮到锅巴都香了那火候就到了。

尾部到头部，一点点地均匀地薄下去，这太不容易了。如果你不懂做壶，那你就不知道什么是适度的厚薄。被刮下的纤维卷曲着掉到地上，一圈一圈，一张小小的牛角片，竟然可以被刮出一堆纤维。

明针，其实就是手的延伸部分。人的手掌不可能有那么薄，手指不可能有那么尖，那么有韧劲，那么有弹性，那么张弛有度，那么随心所欲地弯曲到任何一个所需的弧度。所以，做明针，就是做自己的一只可以延伸的手，那是灵性，是手感的托付，是只有自己知道的习惯在一个器物上的演示，这只手应该怎么用力，特定的手势又是怎样的，只有明针知道。

于是就有了一个词：明针功夫。

壶上的光与润，都要依仗明针。就像写文章的人，纵然你有万般才情，也要通过文字来表达。懂行的编辑几行字一看，就知道作者的文字功夫了。这里的明针功夫，不光关乎壶体的光洁明亮以及转弯抹角的周全，还与茶壶日后的包浆有关。厉害的制壶艺人会刮得恰到好处，那就是，多一刮则瘦，少一刮则腴。明针使用不当，那就是跑气，壶韵就给弄没了，而且还把壶体的泥门给淤塞了。这听上去有些玄乎，事实是，泥门的淤塞，会导致一把壶越养越脏，像人的脸，皮肤毛囊堵塞了，就会起痘痘。壶其实是一样的，这种壶，你喂它10吨茶叶，也休想养得出光彩、包浆之类，早就跟着别的壶私奔了。

用明针修刮壶体的时候，分不清是明针在刮，还是自己的手指在刮，然后，刮着刮着，你会不由自主地把壶坯移到胸口，移到离心脏最近的地方，这时你突然明白，是用自己的心在刮了，那是真正的心手合一了。

葛陶中的一把明针做了足足两天。一张生硬的牛角片，最后变成一个精灵。它是柔软的，它是韧性的，它是跳跃的，它是静止的。它到了葛陶中手上，就变成了他的手中手，它时而宛转，时而舒展，时而大开大合，时而细雨风生；游走时峰回路转，回旋时桨声灯影。它把心性落到实处，它把韵味铺满全壶。

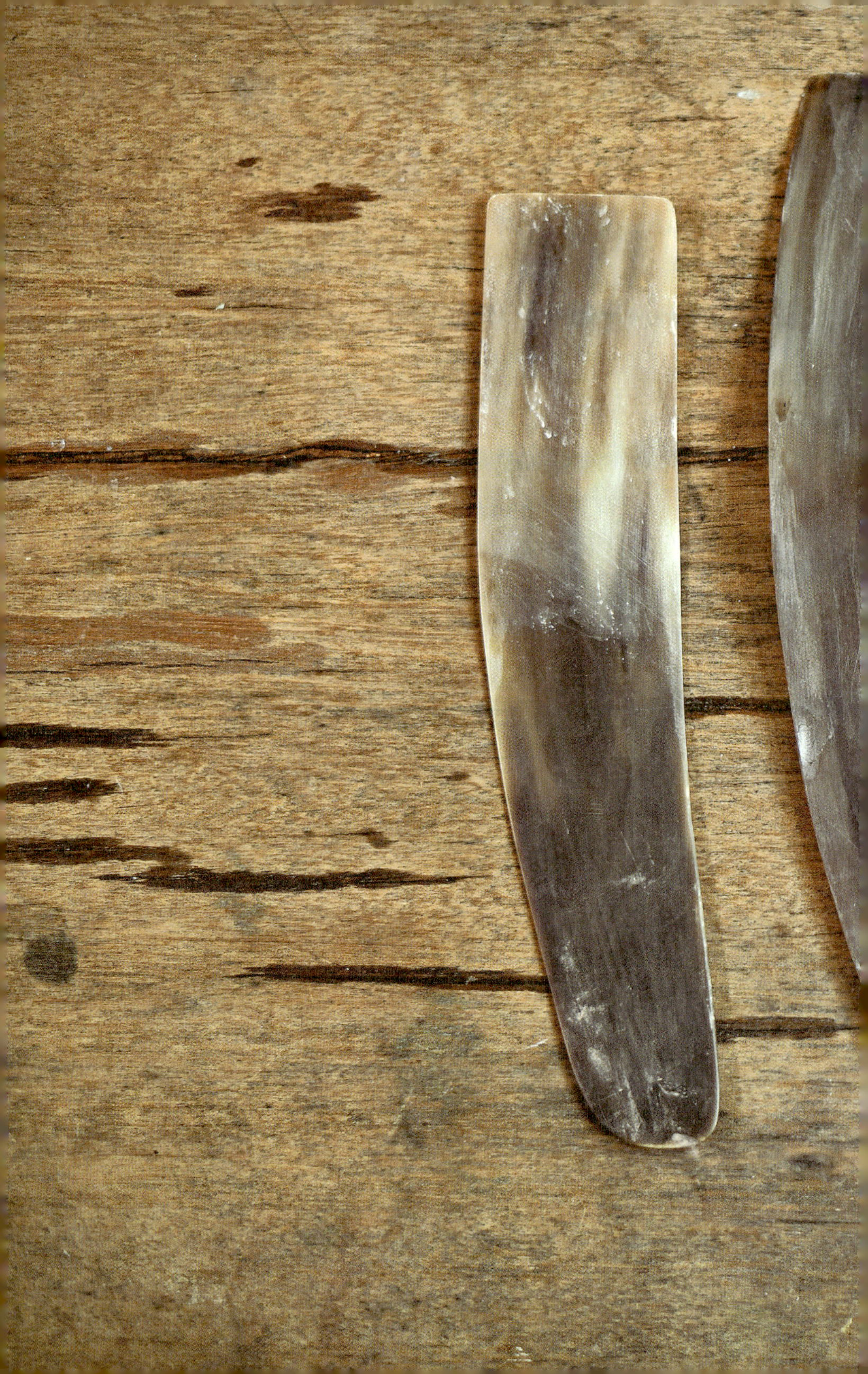

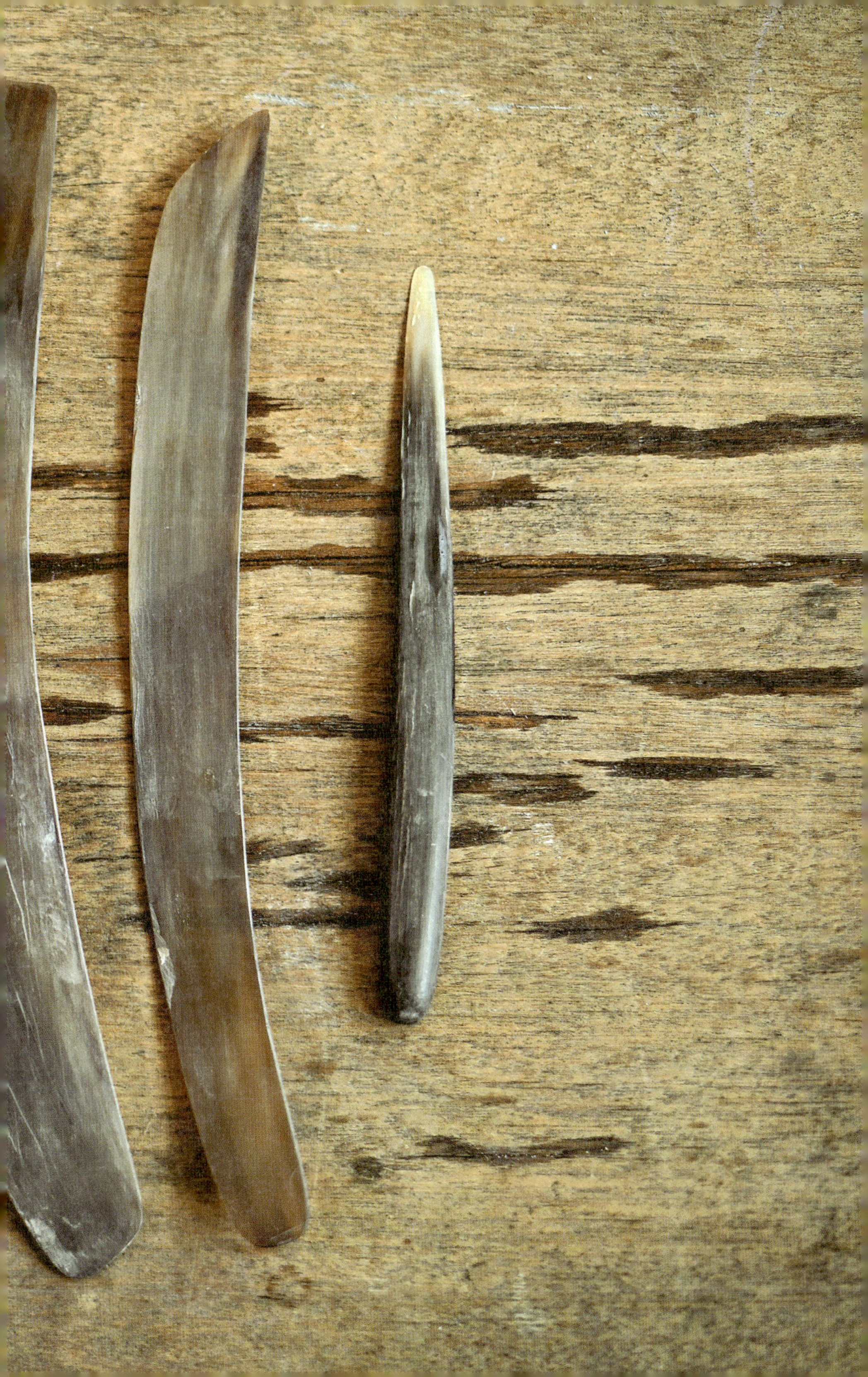

线石｜线梗

线条是线梗做出来的。

线梗又是什么做出来的呢？

选一根窄窄的牛角条，用锉刀锉出一条线槽，这根线槽需要多宽，全在手里掌握。行内的人，称其为"起底线"，壶界的人说，你若不懂壶，就做不好线槽。

你得知道，什么部位的线条，是怎样的走势，它的作用又是怎样的。壶贵气息，线条很关键；壶贵气质，其实更多的是线条的气质。

线梗，几乎是线条的摇篮啊。

一曰：子口线梗。方言里的子口，就是壶的口部，它的边沿，或宽或窄，因壶而异。要明晰它的线条，就要用专门的"子口线梗"。

子口的平整度、光润度，决定着与壶盖的吻合度。所谓严丝合缝，只是它起码的要求。一把好壶，壶盖旋转时，子口是没有一点声音的，像轻风拂过河面。涟漪荡起时，风是贴着水面走的。如果你把它放到耳边，再度旋转的时候，你会听到若有似无的回旋之声，那是声音吗？再旋转，却一点点也听不到了。原来，是你自己的耳朵营造的一种假设的声音。

相反，不平整、缺乏润度的子口，壶盖旋转的时候，那种板滞的、硌硌棱棱的声音，像一辆散架的拖拉机从你窗外开过去，那声音，不但刺耳，也太煞风景。

二曰：壶盖线梗。顾名思义，那就是专门管壶盖的。壶盖好比一个人的脑门，若说壶的气韵，壶盖是贯气的，没有气，何来韵？壶盖也是冠首，真力弥满，万象在心。其重要的程度，不言而喻。

三曰：壶脚线梗。壶有脚吗？当然有。壶脚不是用来走路的，而是用来支撑一把壶的气场的。或三足鼎立，或四足八稳。月出东斗、好风相从。从壶盖贯下之气，此时要收得住。壶脚是收场的角色。所有的惊艳都在壶体、壶把、壶嘴上表现过了，总不能没完没了吧，到壶脚这里，是最后一个造型了。它得配得上，也要扛得住。这时候，就靠线梗来撑一把了。

做线梗，并非单为规整线条，还要兼顾线条与壶坯的上下衔接，这是一个手指与手掌的关系。也是气与脉的关系，无脉则无气。这里的九九归一，指的是来路与出处的清晰过渡，也是一种只可意会、不可言传的功力。

制作线梗时，线槽上的锉刀印痕，用什么来摆平？粗针大线的艺人，会选择颗粒比较粗的砂皮来打磨，而顾氏一脉的艺人则选用一种老瓦片，按照顾景舟的要求，去找那种上了年纪的老房子，架梯爬上屋顶，取一张品相好的老瓦片。干吗？这种老瓦，经受了太多的日晒雨淋，火气全没了，质地变得非常细腻。把它磨成一个椭圆型或长圆型的片子，再把它浸在水里三五日，捞出来，放在手上摩挲，会有一种玉感。世上的事，都是一物降一物，用它来轻轻地打磨线槽上的锉刀印痕，会有一种不动声色就摆平的效果。最后，你再看那条线槽，就像天生的一样了。

葛陶中悄悄告诉我，它的名字，如今知道的人很少了。

它叫线石。

如果回到冷兵器时代，像线石这种小石片，应该也是兵士囊中秘籍级的武器，它能扼住线槽的咽喉，决定一把壶的气质。

线石也分几种，一种是精钢砂条，还有一种，是用瓦片打磨成长方形的薄片，再用手工磨制而成。打磨竹篦只，是去山里，涧溪中间，那种常年被溪水冲刷的涧石，它砂性大，粗粝，形状各异。山农们直接用它们来磨刀。壶手用它时，更讲究些，是要加工成他们想要的样子。什么样子呢？那就看壶手自己的想法了，每个人的手势不一样，他们手头的线石也会不一样。

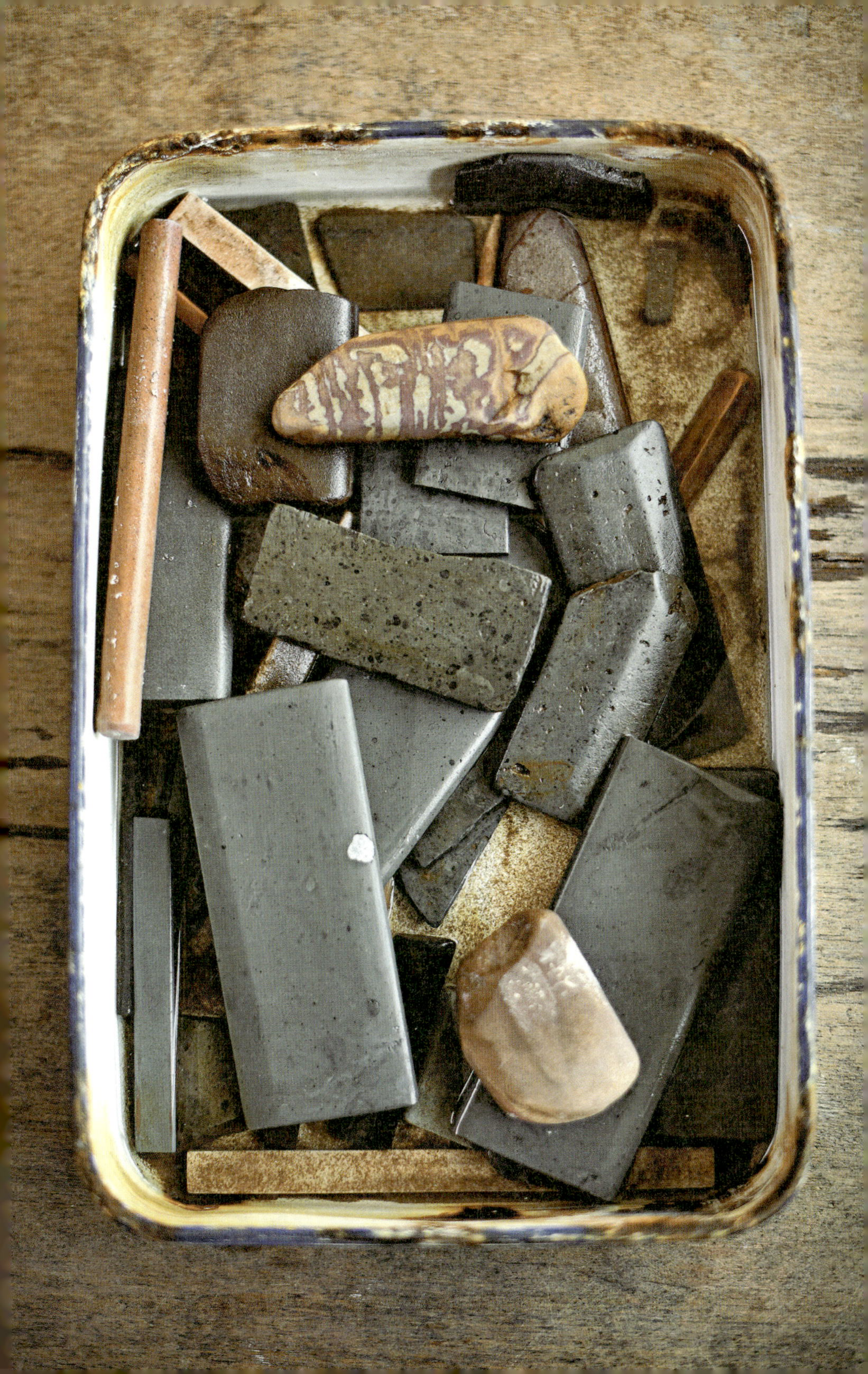

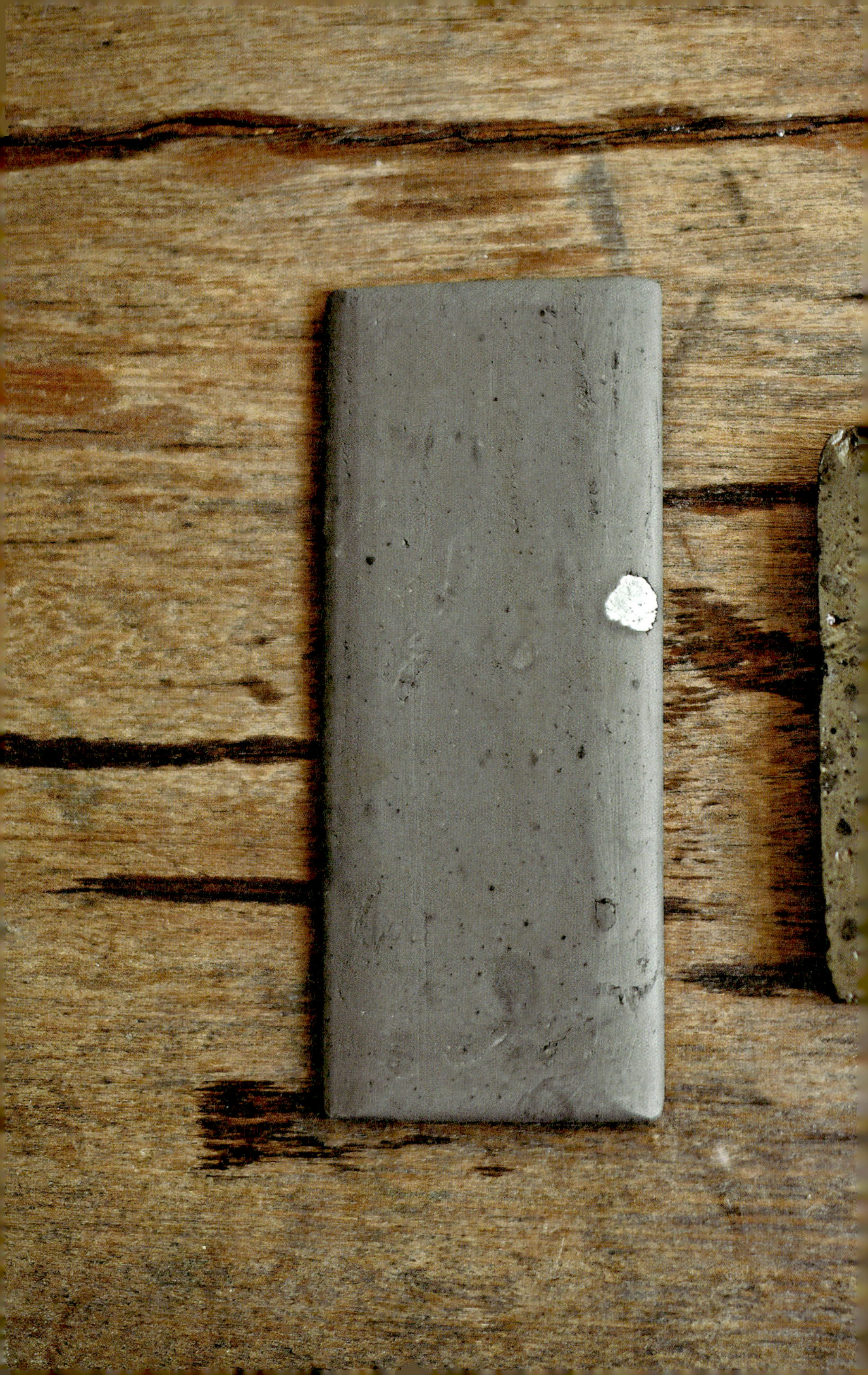

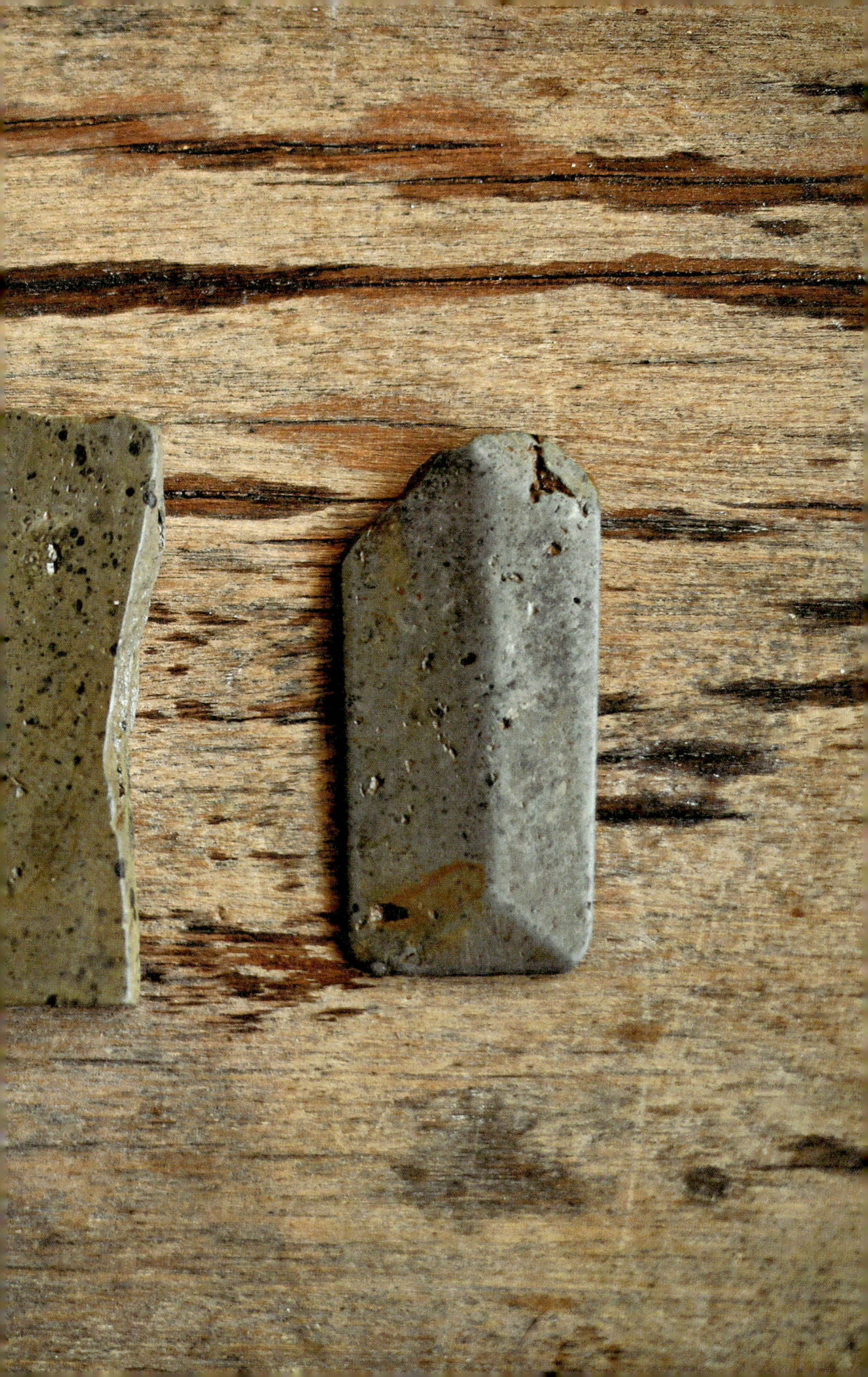

竹篦只

顾名思义,竹篦只,是竹子做的。

曾经,师父让葛陶中削一双竹筷,要求是,让竹子的质地,削出象牙筷子的感觉。

怎么可能?竹子能等于象牙吗?亏老头子想得出啊。

那时,葛陶中还没有见过象牙筷子。师父告诉他,光润细腻还不算及格,手感上要玉觉觉的。这个"玉觉觉"是方言,拆开了说,就是温笃笃、润滑滑、圆嘟嘟、凉津津的老玉感觉。

方家说,你真累赘,说珠圆玉润不就成了吗?

不成。这四个字是好看,但没有温度。

在师父看来,削一双竹筷,并不容易。一丝一缕,牵动心意。那不仅是手上的功力,更需要内心的定力。

竹篦只,也要有这样的玉觉觉。它的作用,是用来规整壶体身筒的。取10年以上的老毛竹片,要腊竹,深冬时砍下来的,腊竹的好处是,经过一冬的风霜雨雪,竹子的肌理会变得细腻,没有火气,且没有蛀虫。将其放在屋檐下,让它闲着,两三年不要动它。然后,某一日,截取其最好的一段,根据壶体外形的不同,制成不同的弧度。因为,制一把壶,需要各种不同弧度的竹篦只。

老一辈的艺人,喜欢用破旧的老竹床的床柱子,截取一段,做竹篦只。睡了几十年的老竹床,火气全没了,皮壳会发红,有一种暗亮的包浆。那是人气,也是时光,是年轮。只有人的气息熏染,才会让竹子变得不再是竹子。

陶中听老艺人们讲过,空闲的时候,去乡下转转。到了村上,专门找那堆放柴火的茅屋,或者上了年纪的老房子。有时,在旮旯里,会找到一张被废弃了的老竹床,它像一副颓败的恐龙架子,完全被人们遗忘了。在缺少柴火的年代,它难免被人们塞进灶膛——那竹床让老人睡了几十年了,烧它,老人感觉等于是烧他自己了。于是从小辈们的手里抢过来,放到了角落里。其实是安放自己的一颗已然老去的心。

然后,某一日,做茶壶的老艺人来了。

东聊西聊,就注意到旮旯里那张破竹床了。

茄段蓋露

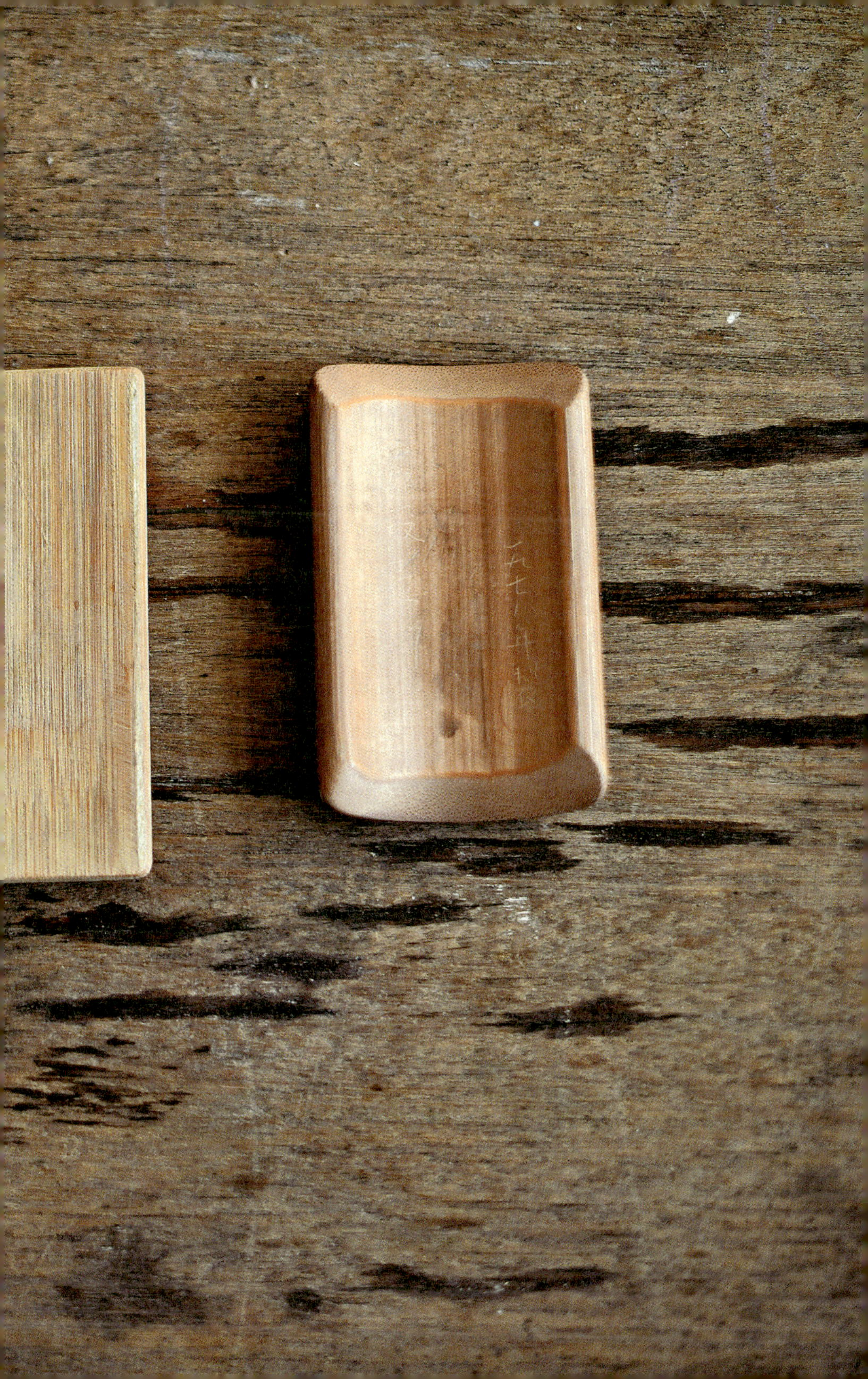

老艺人眼睛尖，一打量，再用手擦了擦灰尘，就知道，那竹床，虽然散了架子，床骨也断了，灰尘吃得太饱，看上去卖相很差，但是，懂行的人细细打量，却发现它深红的皮壳，幽微的包浆，在灰尘的深处散发着看上去微不足道的光亮。床架虽已颓败，但浑身上下，没有一个蛀洞。真好比一个守身如玉的老处女。

只有老腊竹，才会不蛀。这极为难得。

不动声色地提出，用个什么东西，换这张破竹床。

民间的交易，都是以物换物。

比如，给把壶，给几只碗，甚至给一只可以装一担水的陶缸。都是窑上出的。

老人出来说话了，死活不肯。

后来松口说，除非你拿一张新竹床来换。

当时，一张新竹床要7块钱。等于是一个人一个月的饭资。

老艺人转头就走。不过，走出几步又返回，居然咬着牙说：行！

破竹床的主人高兴坏了，生怕老艺人反悔，说：先把这个拿走吧，新竹床过几天拿来不迟。

只有这家的老人心里不高兴，他坐在门槛上，像一尊雕塑。破竹床从后门被搬到河边的船上，好像把他的一副骨架搬走了。

这张30年以上的破竹床，拆开来，可以做多少制壶工具啊。

在老艺人的心里，时光、岁月、器物，可要比钱还值钱呢。

无论如何，竹子总是毛糙的。

即便是老竹床，被截取的部分，毛糙的感觉依然有的。做竹篦只，毛糙肯定不行，如何把它磨光，这在师父这样的老艺人来说，已经不是问题。玉觉觉，是一种约定俗成的要求。它在哪里？有人说，它就藏在竹子的心里，清高是其本性。如何把它请出来呢？

陶中记得，当年，有一天，师父带他去了湖汊山里，在一条干涸的涧滩边，师父看似漫不经心地捡了几块鹅卵石。陶中问师父，要这些石头干吗？师父答，做工具。第二天，师父从捡来的石头里选出一块适中的，放在磨刀石上反复打磨。他一点也不着急，磨起来慢吞吞，但很有力。磨了半天，自言自语：成了。

然后，对葛陶中说：

竹篦只上的毛糙，要用砂性大的涧滩石来打磨。为什么呢？竹子长在山里，它依靠山土和涧滩里的水活命。涧滩里的鹅卵石跟它是邻居，说不定还是亲戚。它的砂性跟竹子的质感是相通的，它的砂性，就能对付竹子的糙性。它们是相克相生的，不伤感情。这样的竹篦只，磨出来肯定是玉觉觉的，用来制壶是最自然不过了。

不但把泥当人看，把竹子、把涧滩里的石头也当人看，然后，把制成的工具更当人看。至于制成的壶,那还用说吗?

之前,竹箆只做好了,并不立即使用。葛陶中曾经学师父的做法,把它放进抽屉里。这一放,又是两年。师父当年对他说过,苏州的折纸扇骨,也是竹子做的,一把扇骨,要放20年。为什么呢,你自己去想。

涧滩石

木鸡蛋

乍看就是个硬木的蛋。

做圆形壶,壶口的圆,要圆得地道。滚圆之中,有那么一点点几乎不易察觉的棱角。靠什么?木鸡蛋。原先,做小水平壶,要整壶口的圆,就用鸡蛋壳,那是天然的弧度。可是,鸡蛋壳容易破,终究不是耐久的工具。于是,木鸡蛋来了。

选老榉树,若有黑檀、紫檀,当然更好。年份要老,新砍下来的木头没用。起码阴干了几年,用刀砍一下,砍不出汁水了,树皮一剥就往下掉。才用一把锋利的小刀,一记一记削出来的。做圆口壶的艺人都知道,壶的圆口规整不易,会做木鸡蛋的艺人,他心里就会有一个可以把控的圆。他知道,他要的圆是什么样子。圆口壶,有大有小,木鸡蛋亦然。他做的木鸡蛋上，留下了他的手势、他的习惯；他规整壶口的方法，木鸡蛋都知道，这不是什么秘籍，他拿起它来，壶口的圆整便变得可以期待了。而且，木鸡蛋是自己做的，特别好用，所谓手感，就是手在动起来的时候，特别顺畅，木鸡蛋激发了人的手感，落到壶口上，就是想怎么圆，就怎么圆。他的手成全了壶口的圆，木鸡蛋成了一个媒人，它很开心。

没想到在一个阴天落雨的周日，午后，也不想去哪里溜达，一个人蹲在一张小凳上，看屋檐下的雨滴如注，发呆久了，也无趣。干吗呢？就削一个木鸡蛋吧。此时手感甚好，那老榉木也听话，你削一下，它就变一个样子。手心里的汗滋润着它，它一片一片掉到地上的时候，散发着一种耐闻的清香。

最后，它不是榉木了，它是你想要的那个木鸡蛋了。

现在的木鸡蛋，都是车床车出来的，它可以按照人的要求，任意变成你想要的样子。

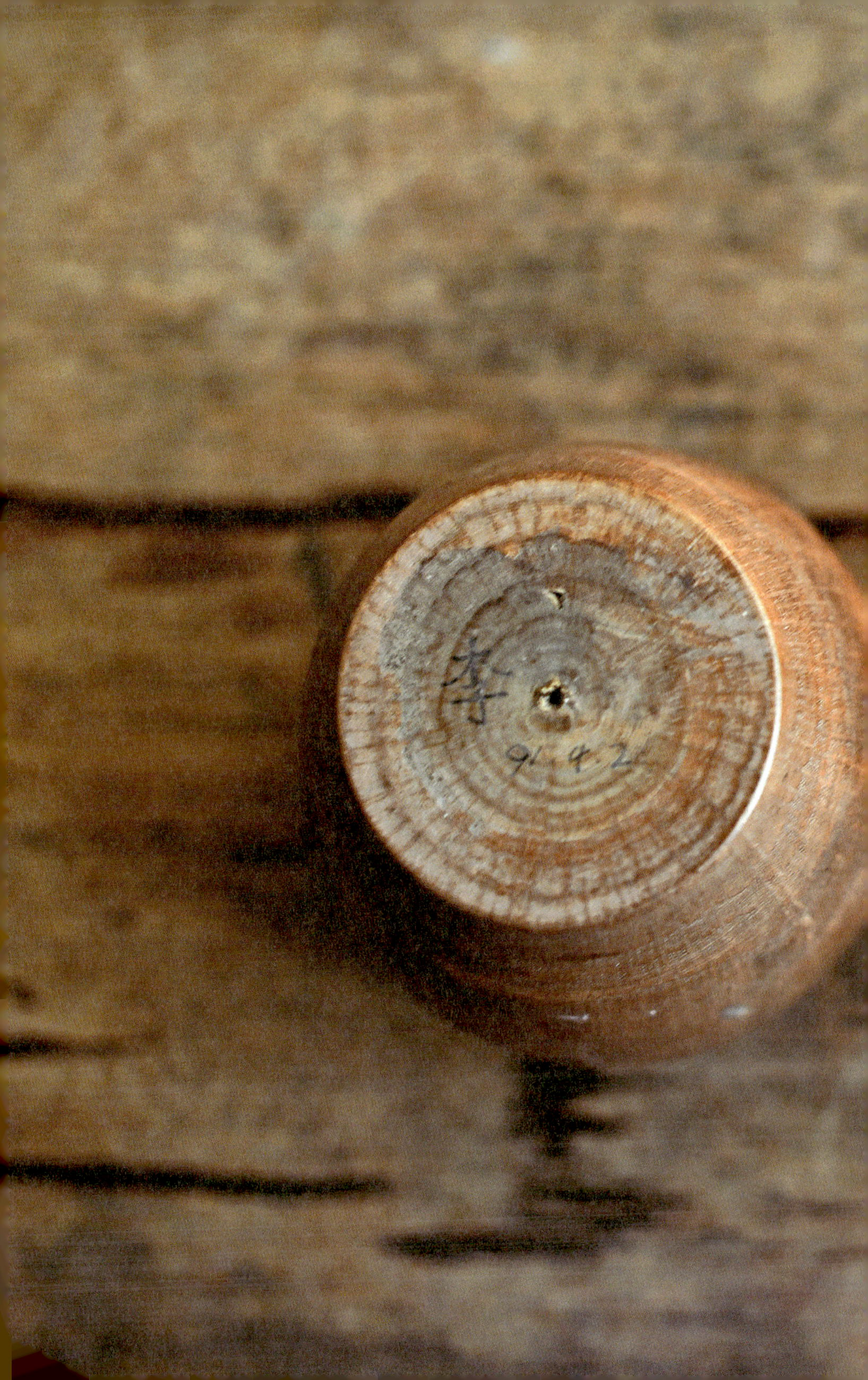
李
91.4.2

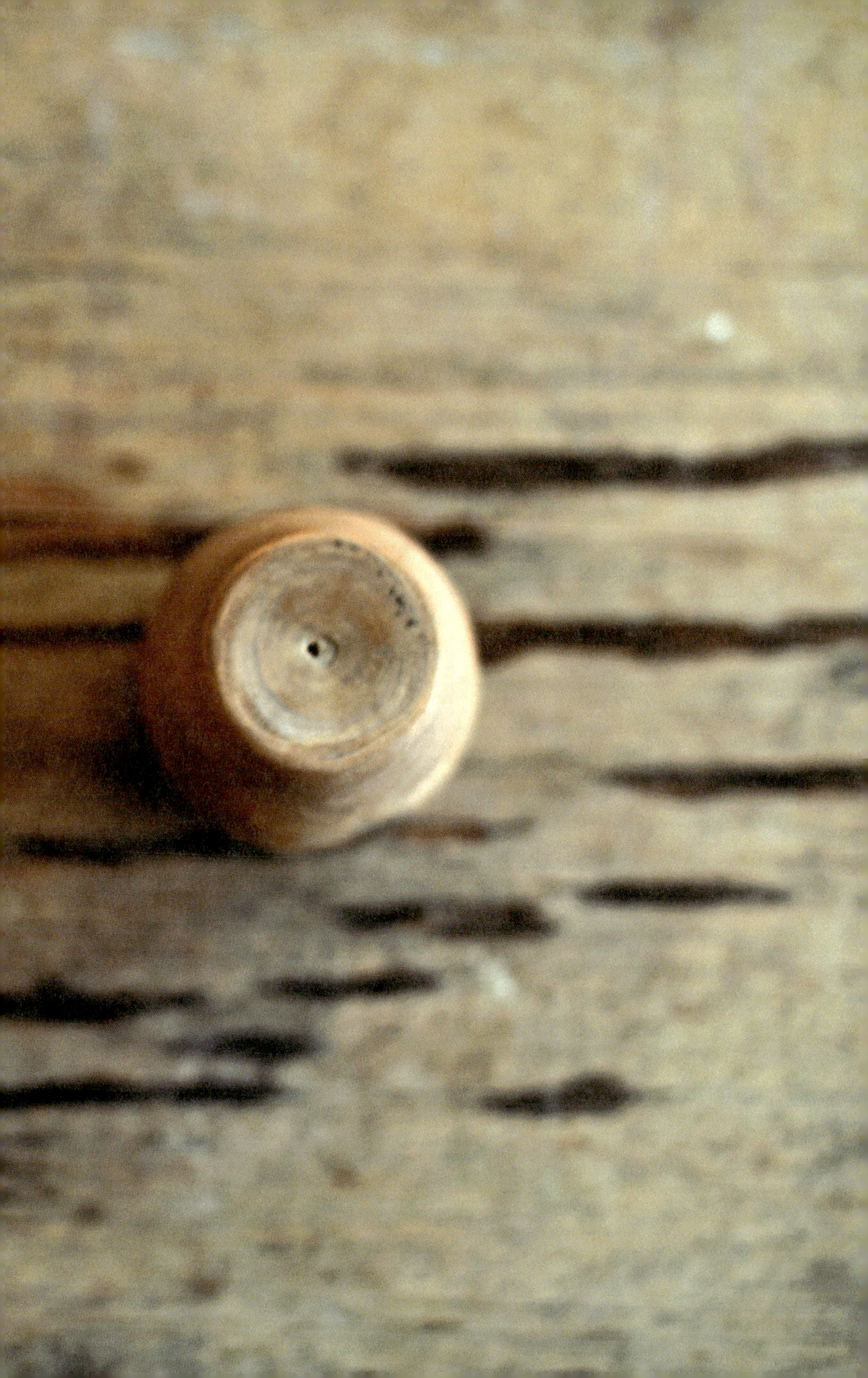

的棒 | 的屁股

茄段壶,是圆形壶的一种。壶上的"的子",要像珠圆玉润的球体形状。说说容易,怎么做呢?

壶手想出了一个办法,选那种圆润的"刚竹",比毛竹细小很多。劈开,选中间最饱满、圆整的半截,依然是用鹅卵石来磨光。做"的子"的时候,先把紫砂泥搓成一根很圆的细泥棍,而"的棒"就像一根擀面杖,它是利用竹子本身的弧度,不断地在泥棍的头上均匀地擀着,不一会儿,半圆形的"的子",慢慢成型了。而"的屁股",是一根一头四方、一头尖的小竹钉,看上去很不起眼。但无疑它是"的棒"的得力助手,"的棒"在一头干活之前,它先在另一头钻进了这根细泥棍,艺人的一只手抓住它,另一只手才好从容干活。这个小小的"的屁股"，已然是另一头擀出"的子"的有力支撑。因为它的工作岗位局限在泥棍的尾部，所以它的名字不太好听，做紫砂壶的工具太多，所有的名字都实打实的，没有矫饰，但形容词是有的，所谓"的屁股"，就是让人们不要搞混了，这枚像竹钉一样的小东西，是做"的子"的时候，顶在泥棍的"屁股"上用的。

可别小瞧它。做"的子"的时候，光有"的棒"不行，因为"擀"的时候没有轻轻旋转的支撑，活儿就无法进行。有时，要用的时候，突然找不到"的屁股"了，就得满世界找。然后，被埋在一堆工具里的它兀自暗笑，哼哼，你们头头脑脑的厉害，少了我"的屁股"，能成吗？

没它还真的不成。活儿做到这里，做不下去了。就像一支庞大的乐队，吹小号、打小鼓的，也就是在一旁帮吆喝吆喝的。但是，缺了它们，乐曲的层次感没有了，韵味减了，变得干巴巴的。

所以，没有一个艺人，会轻慢他的"的棒"和"的屁股"。

的棒

的屁股

独个

葫芦见过吧,它一节粗、一节细。腰身是婀娜。但这里说的"独个",只是有点像葫芦,它的身子,要比葫芦灵巧得多。

若是用书面语言,会比较无趣,通常的介绍是:独个,硬木制成,变形之圆柱体,整理壶嘴用。

这17个不够精彩的汉字,遮蔽了它精灵般的作用。

说壶的精气神,壶嘴是绕不过的。相当多的艺人,败就败在壶嘴上。为何?没精神,没味道。你看他做一把壶,从上到下熟门熟路,没有任何悬念,装壶嘴的时候,并没有特别的感觉。好了,一个中规中矩的壶嘴,看上去没有什么错误,就是不耐看,不经看。让人没有一点想头。

想头是个什么东西呢？就是壶手心里想要的那个壶嘴的样子。也许那是可望而不可即的。但是，它应该经常走进他的梦里，撩拨他，诱惑他，让他尽最大的努力，把最想要的那个壶嘴做出来，装到壶坯上去。

提升壶嘴的精气神，工具太重要，独个，可是一马当先的。

当然也得是硬木的材质。把手的位置，流出了一截细腰，这个腰细得啊，跟18岁姑娘的腰肢有得一比。

关键是它的两头。一头非常尖，像一根针；另一头，也是尖的，但尖得缓慢而饱满，像蘸饱墨水的毛笔，手一动，那墨汁就会滴下来。

独个，是要到壶嘴深部工作的，届时与之一起干活的，还有挖嘴刀。所以，它的一头必须尖而锐利；另一头呢，是管壶嘴的口部，是场面上的活儿。壶嘴的圆润、刚挺、婉转、含蓄，都落在它的肩上。有的壶嘴，还要性感。怎么做得出来？不急，有独个在。通常的情况是，它的一头伸进壶嘴，另一头就在做准备，有时候，相互替补，忙活得很。逢上难伺候的壶嘴，独个却是不买账的，当然它不能抢挖嘴刀的饭吃，但是，该它出阵的地方，它肯定是当仁不让的。你行吗？不行就一边去，让独个我来包场！

谁让它叫独个呢。

葛陶中回忆，他的独个用了好多年了，是师父教他用一把小刀，一刀一刀削出来的。

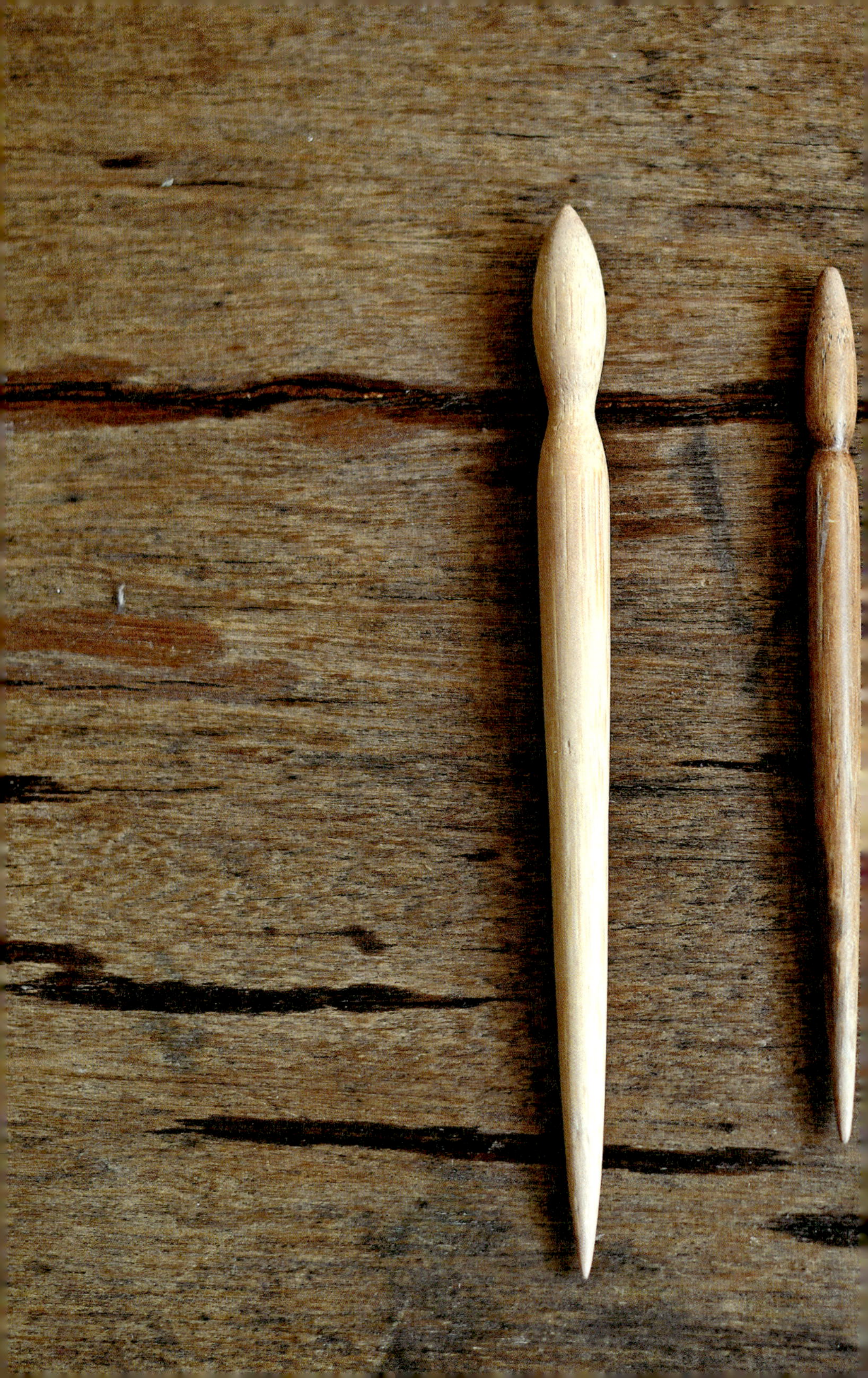

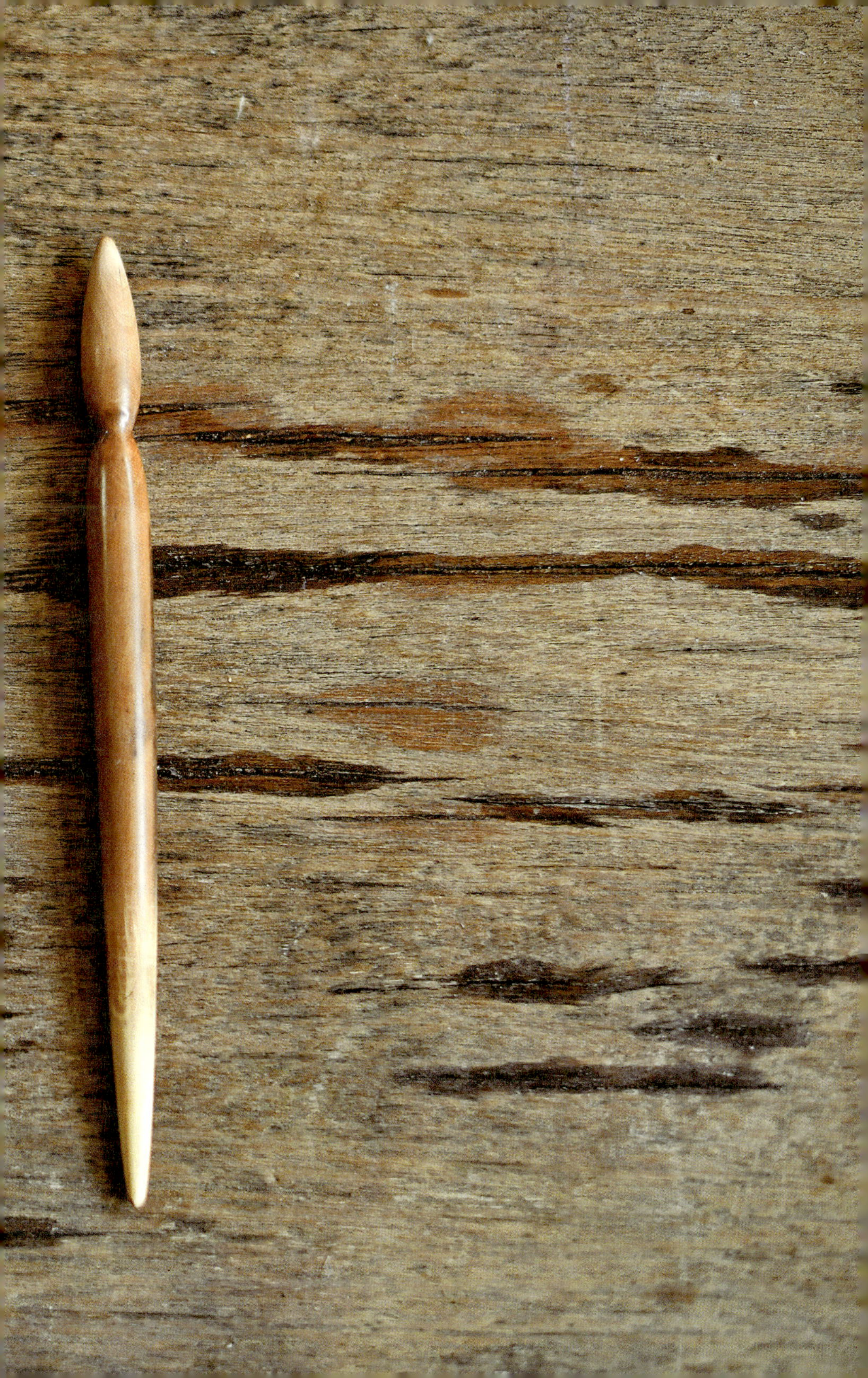

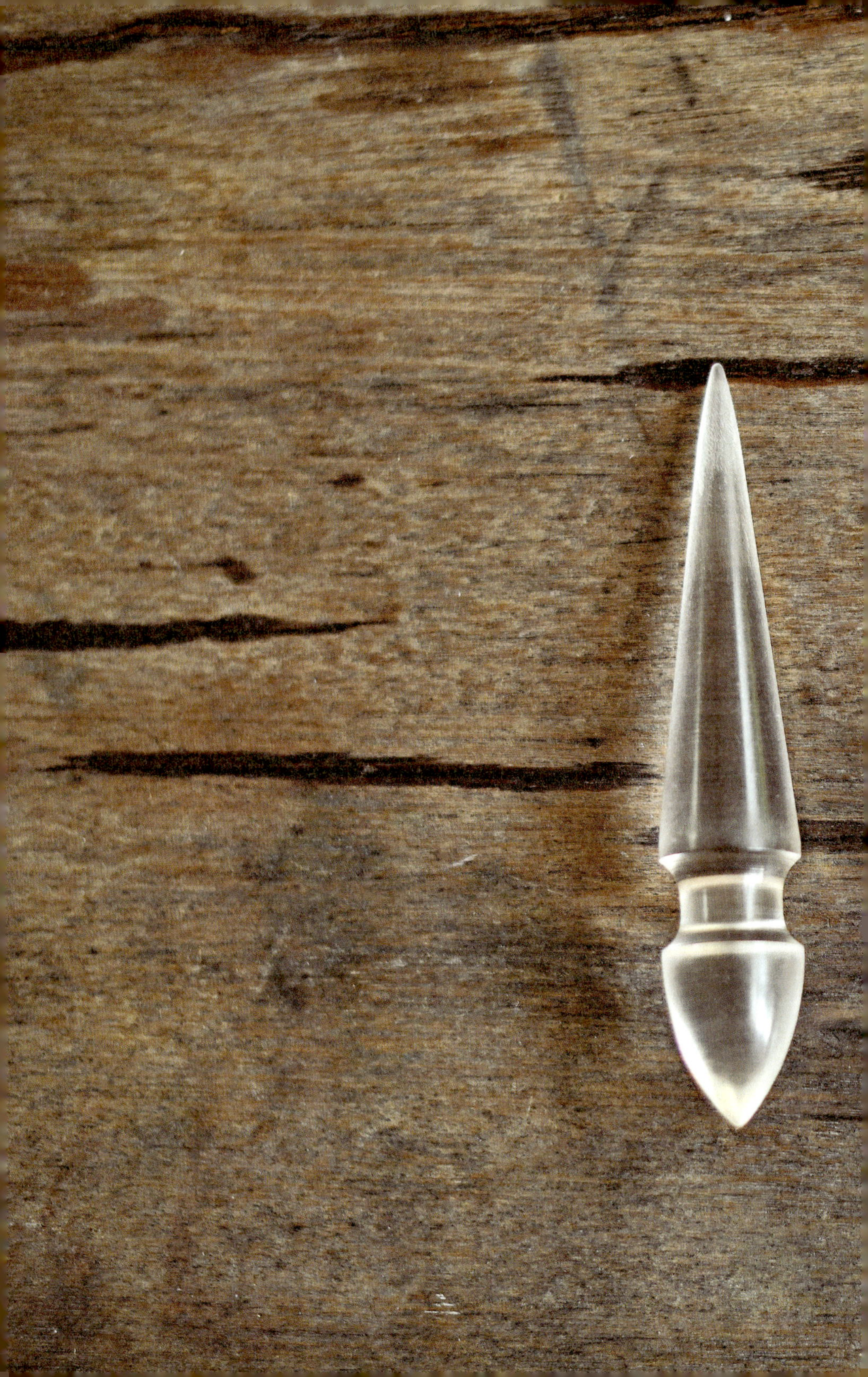

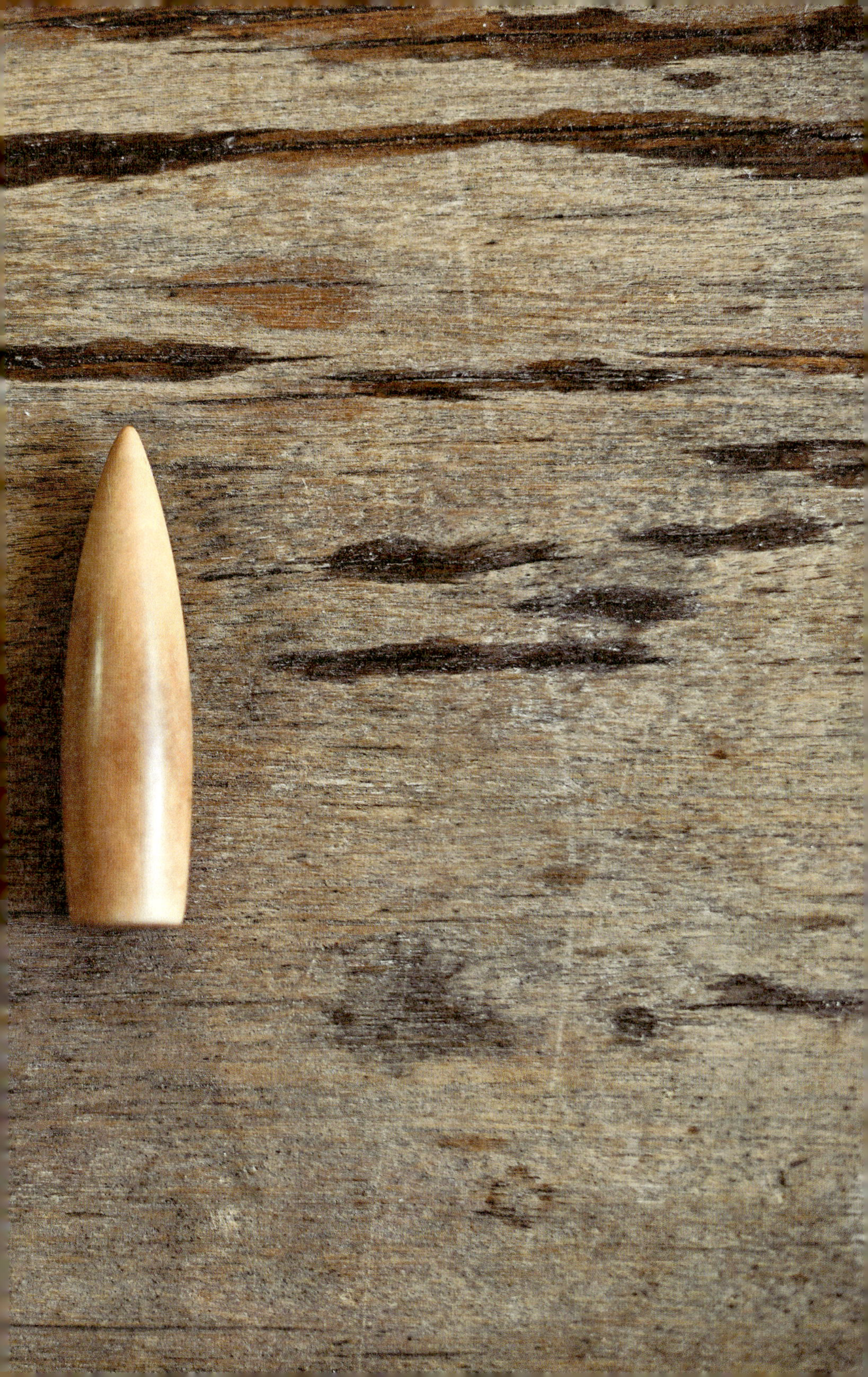

木转盘

从型体看,它是一个半圆的锥体。木质。圆底朝下,很符合人体工学。像一个人,摆开马步、两肩平衡,双手垂直,有一种蓄势待发的力度。

师父曾经告诉陶中,木转盘是全手工制作紫砂壶的根本。远在明代的时候,老祖宗就使用木转盘了。它的作用是平正,上准片,使形体不扭曲变形。

拍打壶身,矩车旋转,上片子……如果我们重返20世纪50年代的紫砂作坊,你会看到太多的木转盘,在壶手的泥凳上旋转、摇晃。它们稳稳笃笃地主宰着制壶的过程,离开它,就离开了制壶的根本。

做紫砂壶，是慢轮制作，这是古老的制作方式。和做瓷器的快轮驱动不同，做紫砂壶，需要这样一个圆形的木转盘。它本身并没有动力，靠木拍子拍打时的力量，驱动那个轮盘转动，形成紫砂壶独特的圆，它不是物理的圆，而是中国人理想中的圆。不论怎么看它，都有人手的温度，是有人情味的饱满的圆，自然中不存在这样的完美，但这是紫砂艺人在追求完美的过程中成就的一种不完美。

葛陶中的经验是，如果你面前放着一个木转盘，那么，你的座位最好适当地低一点。这样，拍打壶身时容易控制节奏。在他看来，能不能娴熟地使用木转盘，是衡量一个制壶艺人基本功的起码要求。20世纪50年代，从中央工艺美院来了一个教授，此公甚牛，名叫高庄。据说国徽是他当时参与设计制作的。他喜欢紫砂，手也勤，搞出了很多名堂。他认为在木转盘上制壶，技术难度太高，一般人不易掌握。当时强调技术革新，他就设计出一种可以旋转的辘轳，说白了就是铁转盘，一般艺徒都极易掌握。慢式制壶，果然变快了。木转盘就被大家弃之一旁，慢慢地淡出了人们的视线。

但是，顾景舟等老艺人私下里认为，用木转盘制壶，符合泥性，那种慢，是从容，是淡定，壶里会生出一种天生的古朴味道，更符合天人合一的理念。手工制作紫砂壶，天生就是慢的。片面追求快，壶上就会有火气、暴气、戾气。

顾景舟几十年一直坚持用木转盘制壶。他曾经对葛陶中说，木

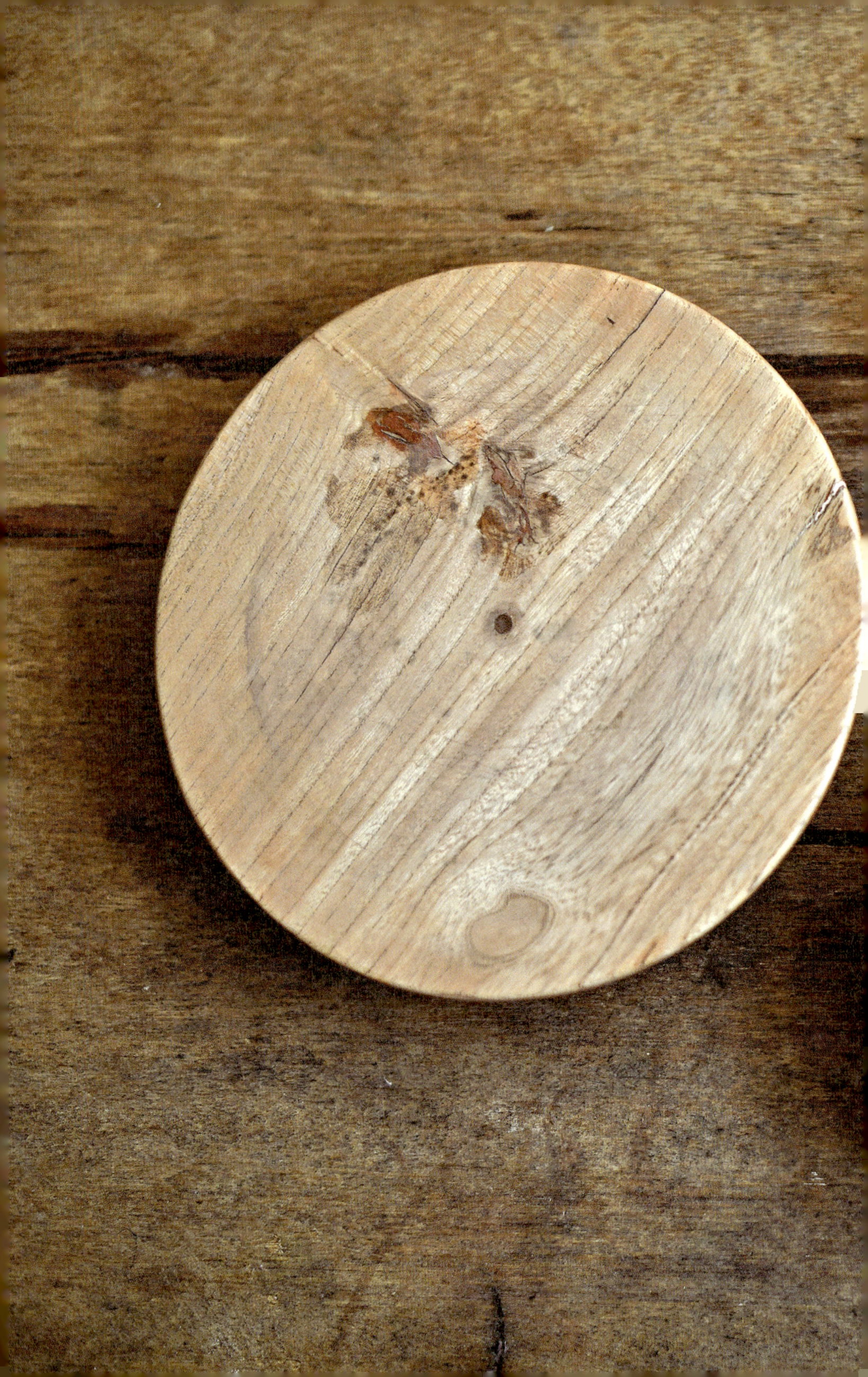

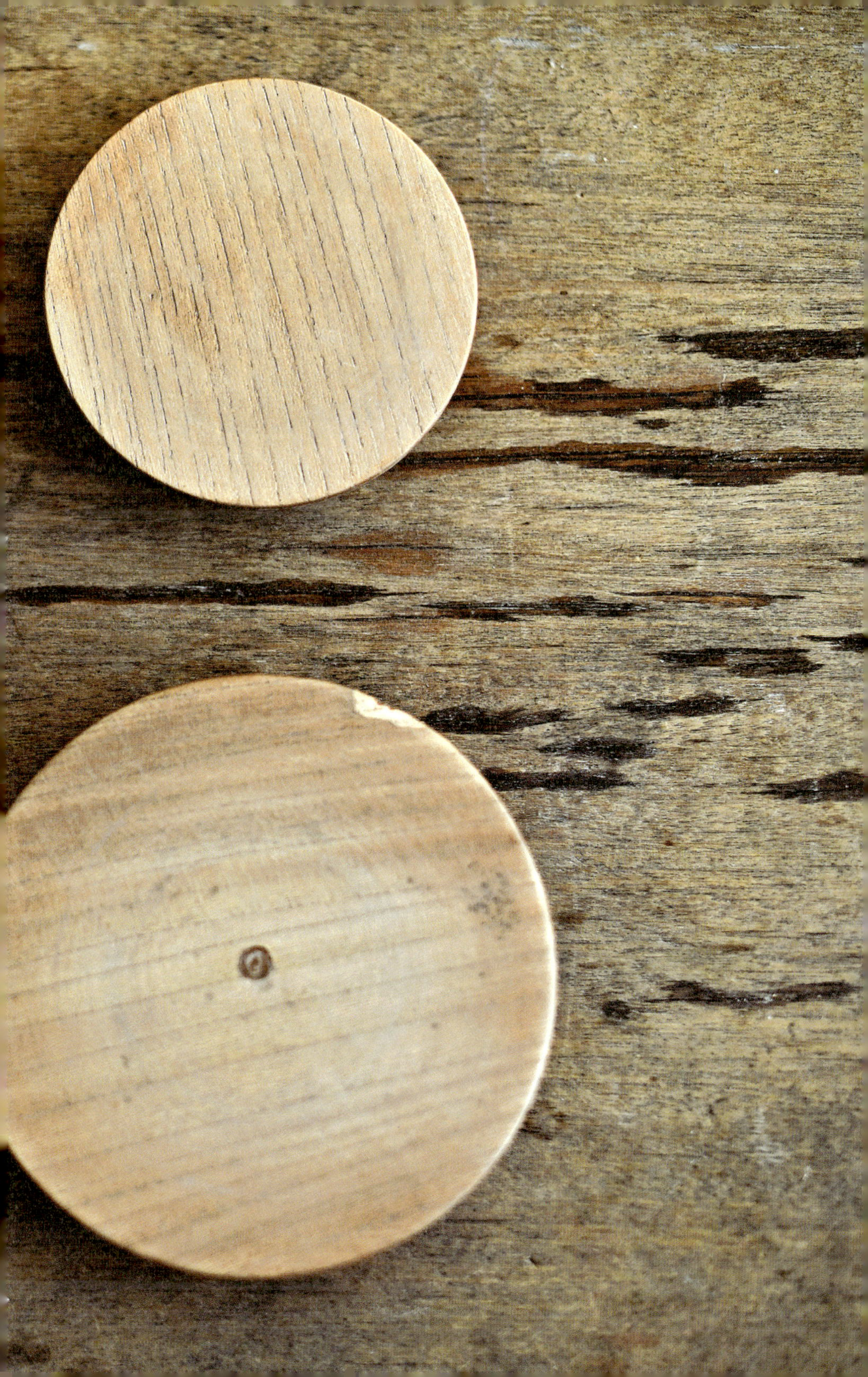

转盘上做出来的壶，有高蹈的风度，有内敛的气质。无论别人怎么"革新"，我们不能把老祖宗的法宝扔掉。

那个被几代人熟练使用的铁转盘，俗称"辘轳"，顾景舟不屑一顾。在他的泥凳上，别想看见这样的东西。

现在说这些，蛮轻巧。当年要秉持这样的理念，并不容易。

如今的人喜欢用坚守二字。葛陶中说，当年没有人用这个词。但是，无论刮什么风，风刮得有多大，顾氏一脉的徒弟，都没有把木转盘扔掉。

现在很多艺人的案头，都放着一个木转盘。但他们未必会得心应手地使用。很多人是将它作为摆设放在那里。葛陶中对此有些忧心，因为，木转盘的失传，就是紫砂传统手工艺的消遁。

搭子

枣木疙瘩，蛮沉的。

这就对了，紫砂艺人要的就是它的厚与重。

"搭子"，是紫砂工具中体量较大的一个。看上去像一个刀切馒头。因为要靠它打泥片和泥条，所以手柄要留出一截，留多少，艺人自己有数。它的线条也不是巷子里拉木头，直来直去。根据主人的手势和手感，它需要有一定的弧度，手抓住它，就会激发出一种跃跃欲试的动力。手感之于制壶，非常紧要。只有手感好的工具，才会在制壶时成为你的帮手，说不定还能创造奇迹呢。

搭子有搭背和搭面，还有搭柄和搭头以及搭跟。所谓搭面，就是直接击拍泥条、泥片的那个掌面。那不是常人想象的那种水平面，它的中间要微微凸起，像人的腹部，当然不是大腹便便，而是略微丰腴。这是因为，人在打泥片时，身体会有一定的倾斜度，用力点也会因人而异，产生一定的角度。手势的左右摇摆，用多少力气，变换成多少角度，是根据泥条、泥片被打开、打匀的情形而定的。孰重孰轻，要的都是张力。结果，是让一根泥条或泥片，迅速地展开并且舒展出它们的活力。

如何让一根泥条变成泥片，如何让厚厚的泥片变得薄如蝉翼，都在搭子的功夫上。

搭子功夫，是一种真正的功夫。没有入门的人，一把搭子拎起来，落下去，完全无知无觉。如何将搭子运用自如，可不是三天两天能够搞定的。手感像是在一个迷雾天深处的朋友，你不能指望等太阳出来了，它就能来到你的身旁。手感拒绝等待，它呼唤的是千锤百炼。如果有一天，你手上的力气在一个特定时刻，能迅速集聚到搭子的手柄上，让其产生爆表一样的力量，它就是你的一个俯首帖耳的伙计了。

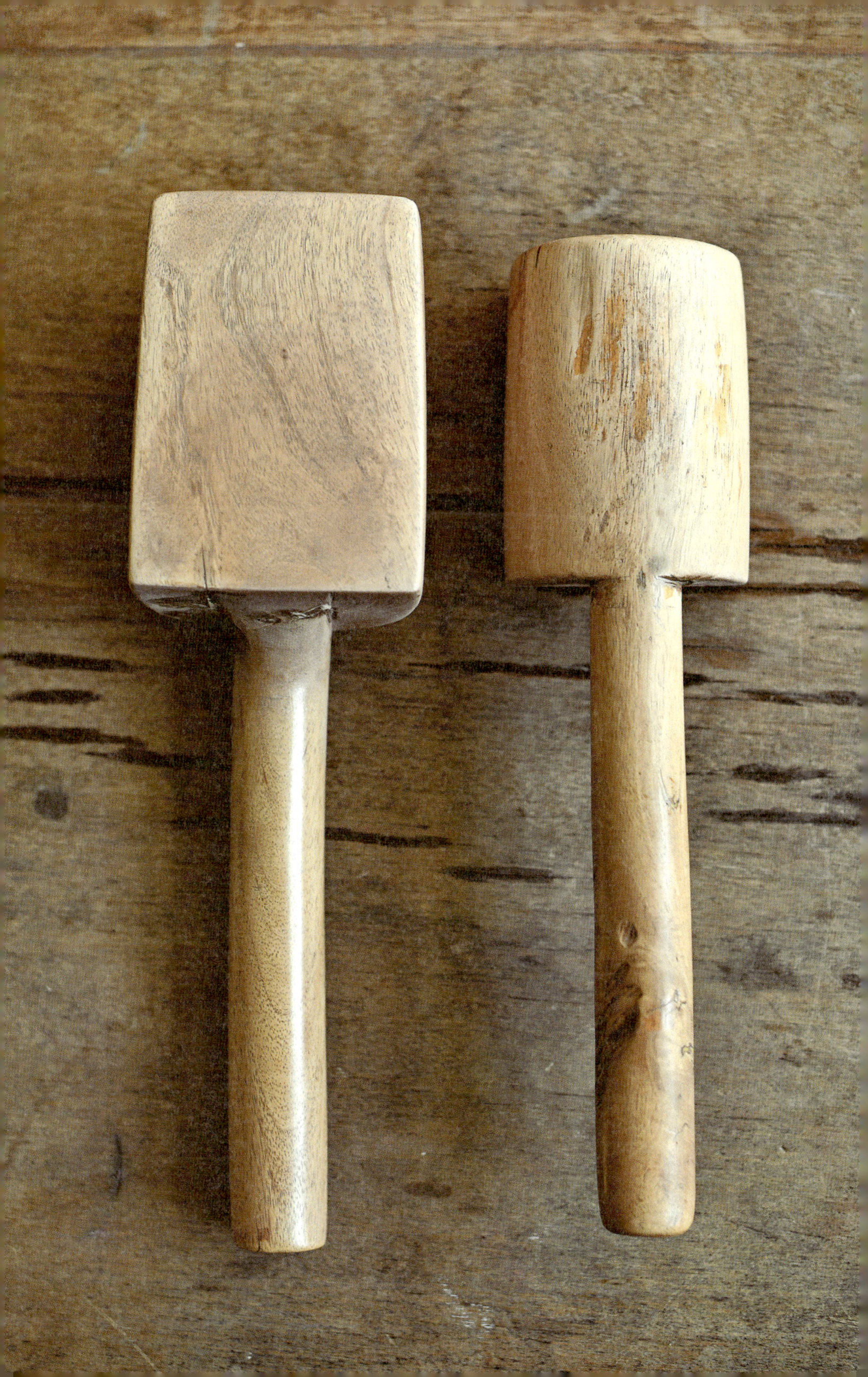

木拍子

打身筒是制壶的一大秘籍。

用什么来打身筒?你见到了一件过于轻巧的工具,它叫拍子。因为是木制,它的书面语言叫木拍子。不过,艺人说到它时,总是很随意地说,拿把拍子来!

拍与打,是打身筒的关键要素。木拍子形状,颇像人伸出的一个手掌,必须是浑圆的。手柄的部分,略厚些,拍子的主体部分,你可以把它想象为一个微微收拢的手掌。艺人喜欢选用上了年纪的柏树,或有年代的青皮榉,有的人喜欢红木或枣树的材质。

拍子的首端很薄。那种薄,是薄得刚刚好,而不是单薄。拍子的掌面呢,要有点"玉气"。这个"玉气"跟之前讲的"玉觉觉"是一路的，但彼此还有区别。玉觉觉用在这里有点偏重了，玉气，就是有那么一点玉的气息，太实笃笃，肯定不行。它要的，是一种略微有点玉感的坡面，那是肉眼也几乎看不出来的。几分几厘，要根据艺人的手势习惯和手掌的大小来定。你举起拍子拍打身筒的时候，没有足够的力度支撑，是拍不下去的。开始，你会觉得自己是用一把拍子在拍打，正确的拍打会让壶体发出愉悦的声音，那是有张力的节奏带来的一种韵律。慢慢地，你进入状态了，你就感觉不到拍子的存在了，或者说，它变成了你的一只手掌。拍子的角色转换，在绵密而连续的拍打中，以抽身而去的假象，激发着艺人的击拍热情，而在艺人的亢奋中，它却始终保持着冷静。

木拍子的长短与厚薄，当然因人而异。道行深的老艺人看一个壶手做壶的功力，总是习惯地拿起一把木拍子，他在上面看到了什么，有时他会看到另一个自己，内心会有轻微的波澜；有时他心里会有一声叹息，因为他发现，这个壶手可惜了，他的一把木拍子，就像一个未开化的懵懂小子。

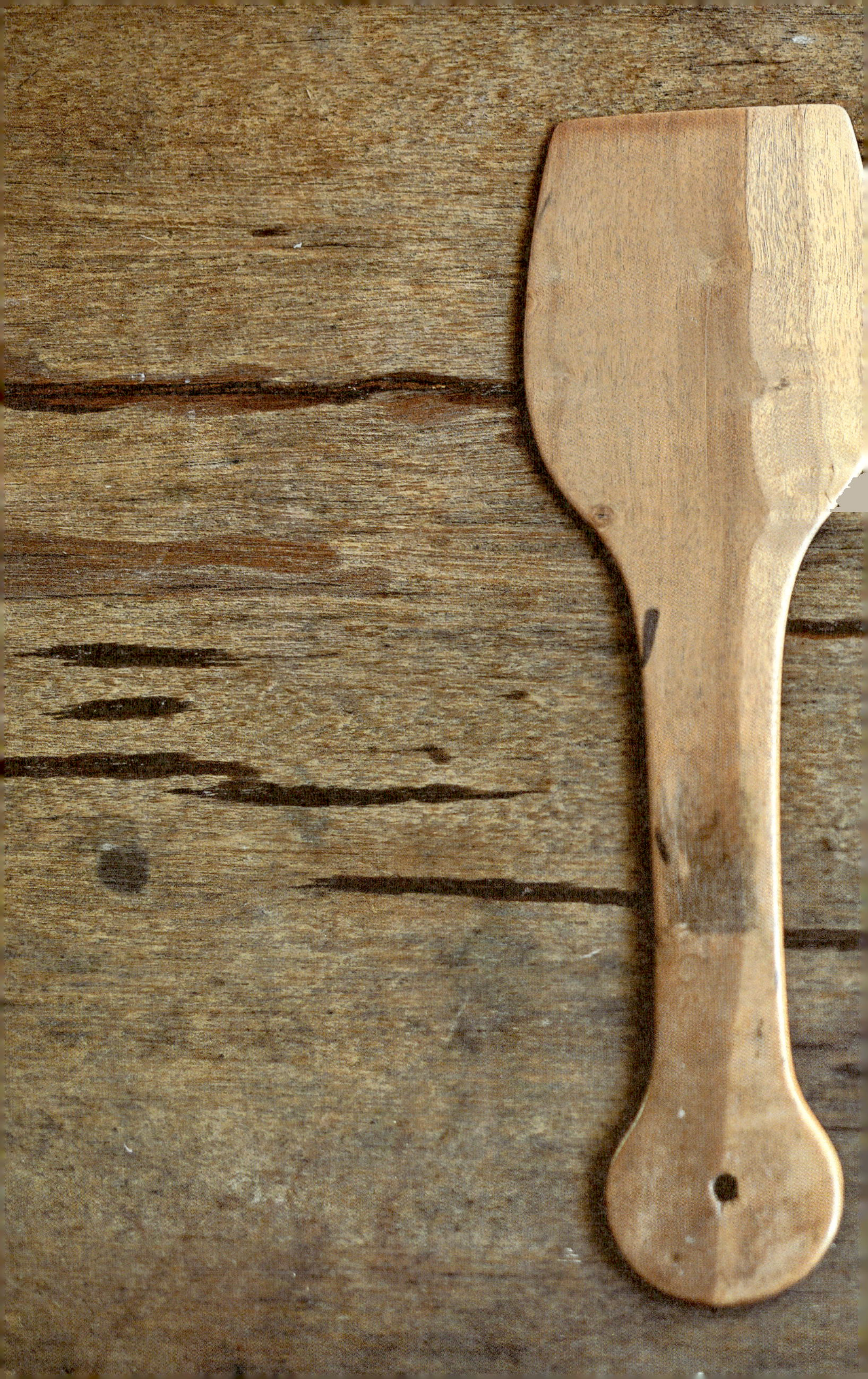

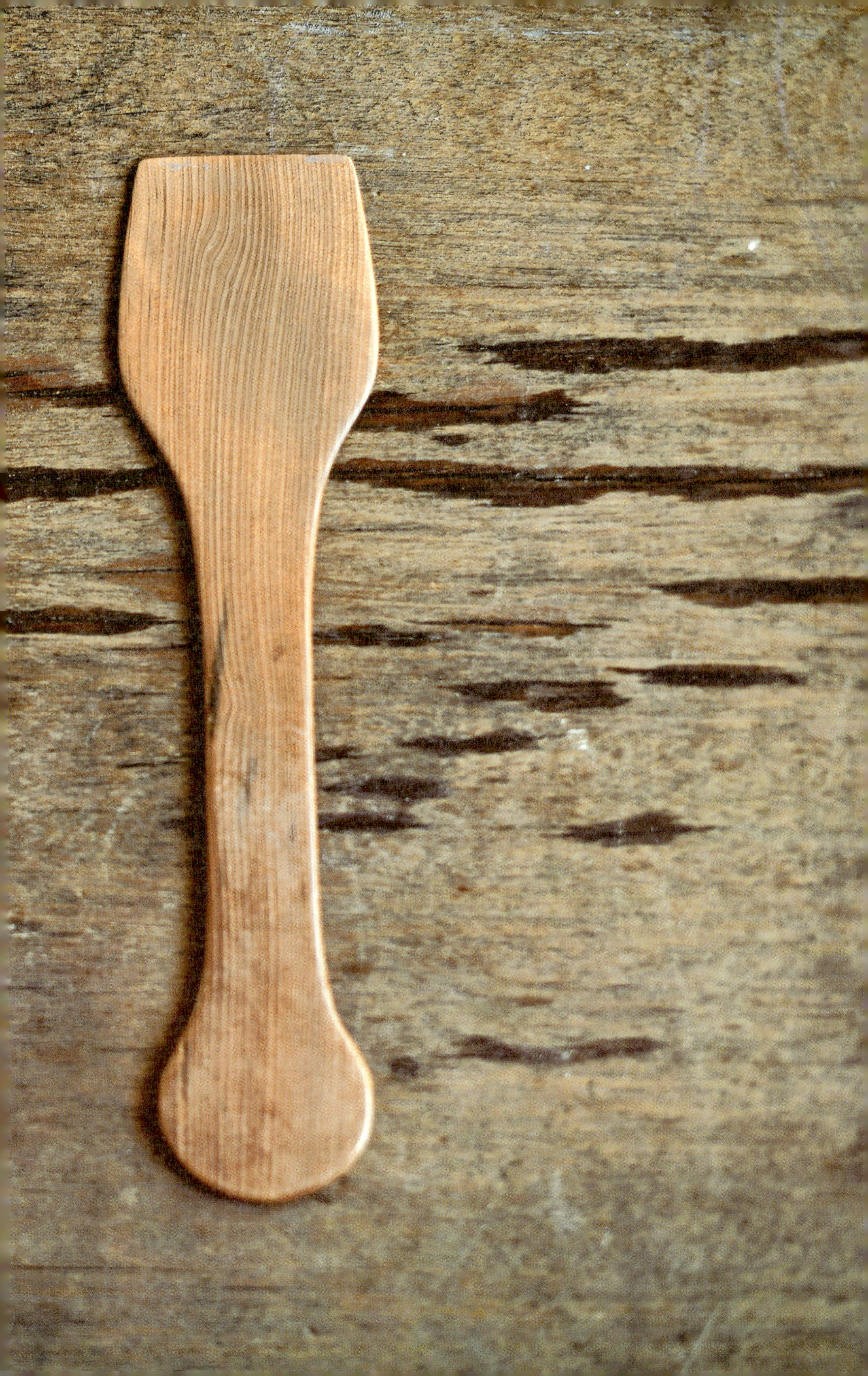

竹拍子

又来了一位伙计,它叫竹拍子。

木拍子跟竹拍子,是一对兄弟吗?

木拍子是用来打身筒的。竹拍子,是用来镶身筒的。为了让一个身筒立起来,它们各司其职,从来不会越位。竹拍子看上去有点亭亭玉立,但它从来不是一个花架子。它不一定非得是腊竹,但是必须有十足的韧劲。有经验的艺人,通常会取那种五年以上的竹子,它的皮壳青中泛黄,这表明它经历了风霜雨雪。竹节比较长的,韧劲自然就足。竹拍子的形状,有点像古时军帐里的令牌,它的两头都是圆圆的,中间手柄的地方略凹下去,是手柄。竹拍子的厚薄,是一头厚,一头薄,都是手工削出来的。手柄的部分略厚些,用力时候,靠它支

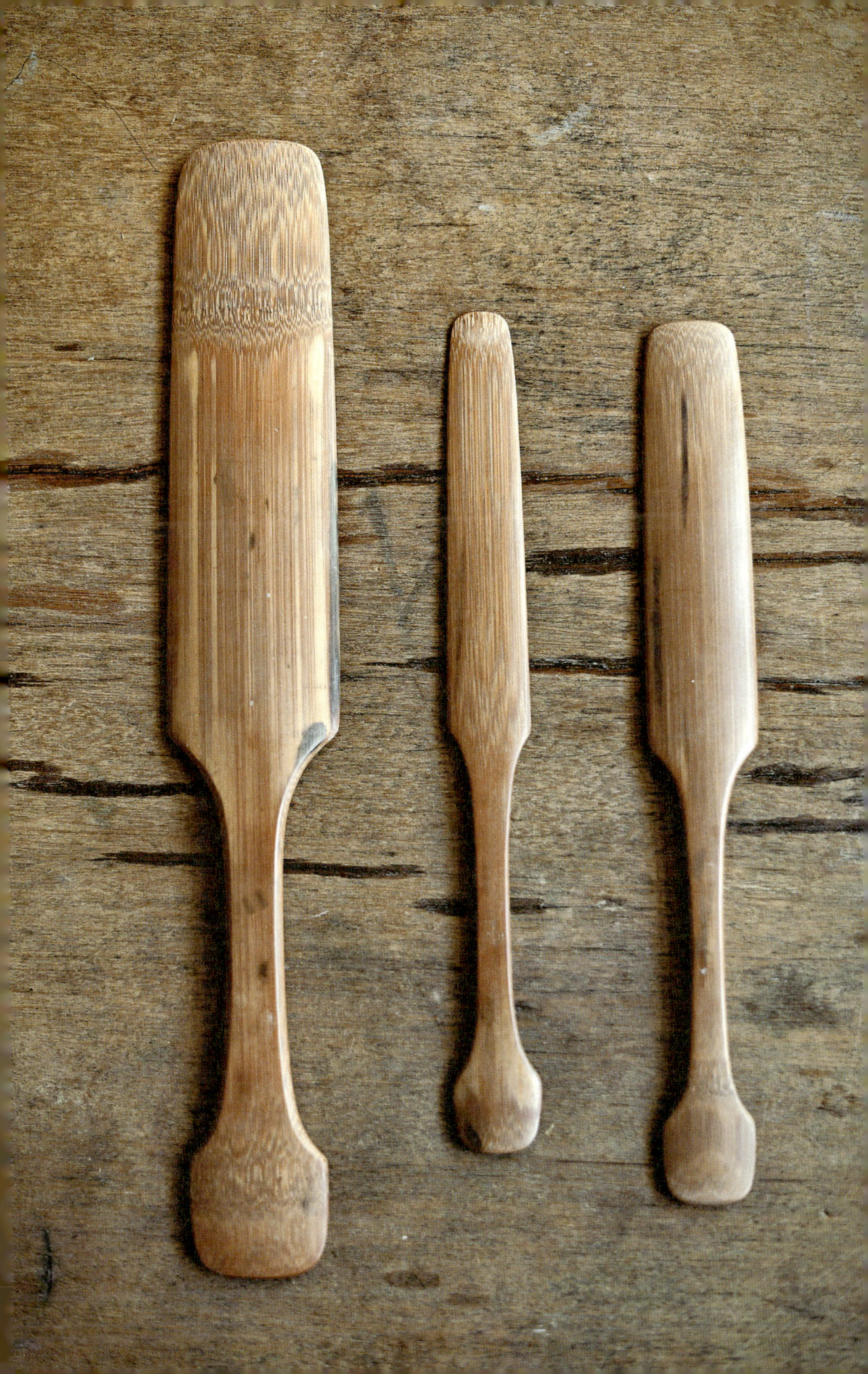

撑；另一头圆而薄，是灵巧的。它可以拍身筒，也可以镶身筒。拍与镶，都是让一个身筒立起来的必要手段。说到这里，即使你不会做壶，也该明白了。制壶工具，都是艺人顺着壶体的脾性，顺着泥性的特点，想出来的招数。最好的工具，从来都不招摇。直到用它的时候，它才突然变得容光焕发。竹拍子从大到小好几种，都知道自己该干什么，该在哪里。镶身筒的时候，竹拍子在忙乎。它像一个和事佬，这边求协调、那边帮对称，说白了就是补台。它拍打的声音比木拍子要小很多，它习惯了和风细雨，它习惯了修修补补。最小的竹拍子，如一柄尖利小刀。它如一支伏兵，不到做壶嘴的时候，不到需要掠脂泥等活计，它不会轻易出手。

虚砣

虚砣是什么？好比是写文章的草稿。

说草稿也不尽然。作家的第一稿和最后的定稿，有时相差会很大。但是虚砣，基本就是壶型的母坯。

全手工制作紫砂壶，是不用模子的。但是，壶手心里有一个既定的壶样。他必须先把它做出来，当然是实心的。就像飞机和舰船，也会有一个相似的母模。壶手的母模是自己做的。壶手们在制作不同的壶型时，会先做出一个母模来。壶手们称其为虚砣。这里的虚与实，被倒过来了。本来是一个实心的东西，反而被称作虚的，而真正的壶里，是空的，人们却把它称为实壶。

虚砣的质地是紫砂的。

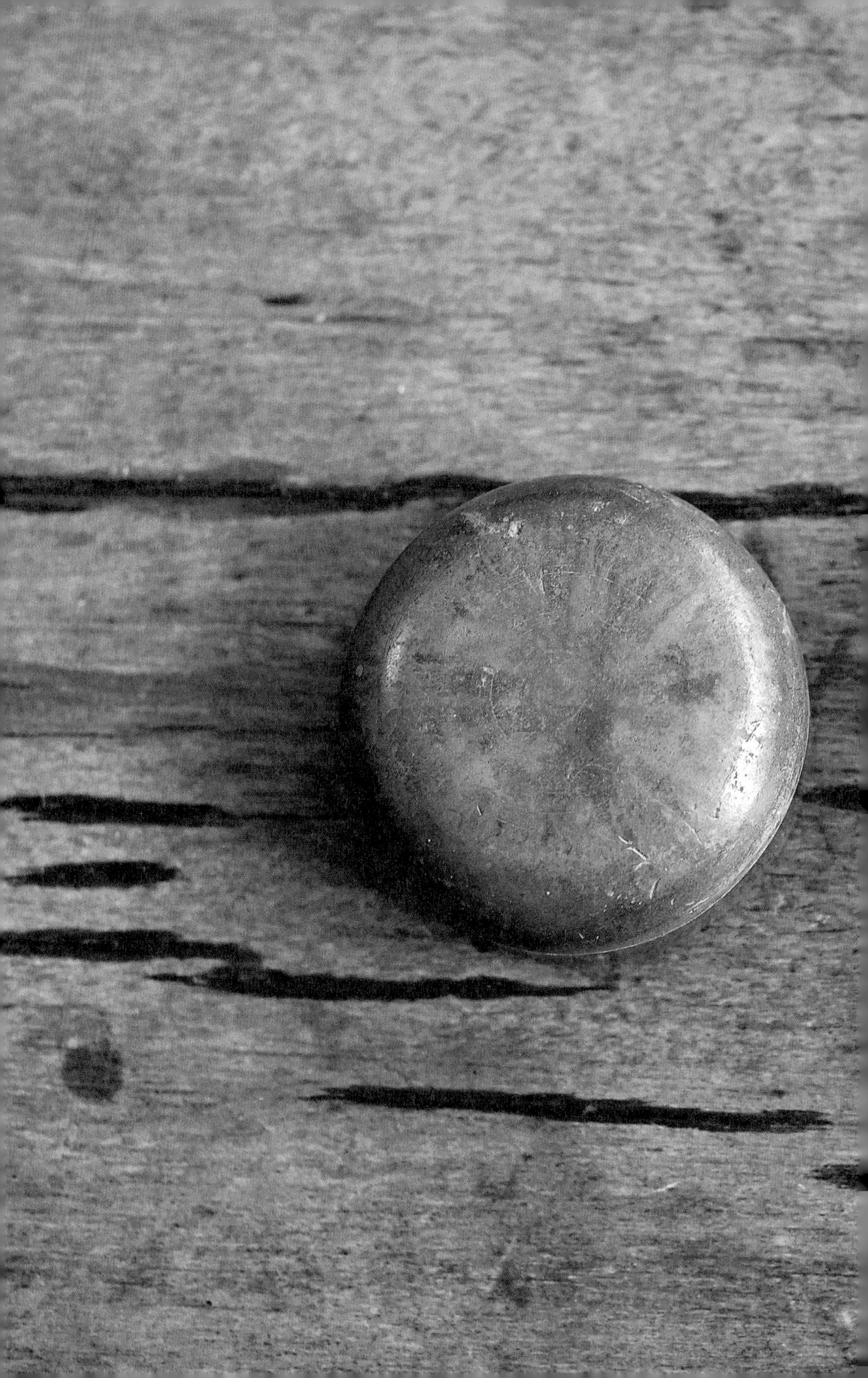

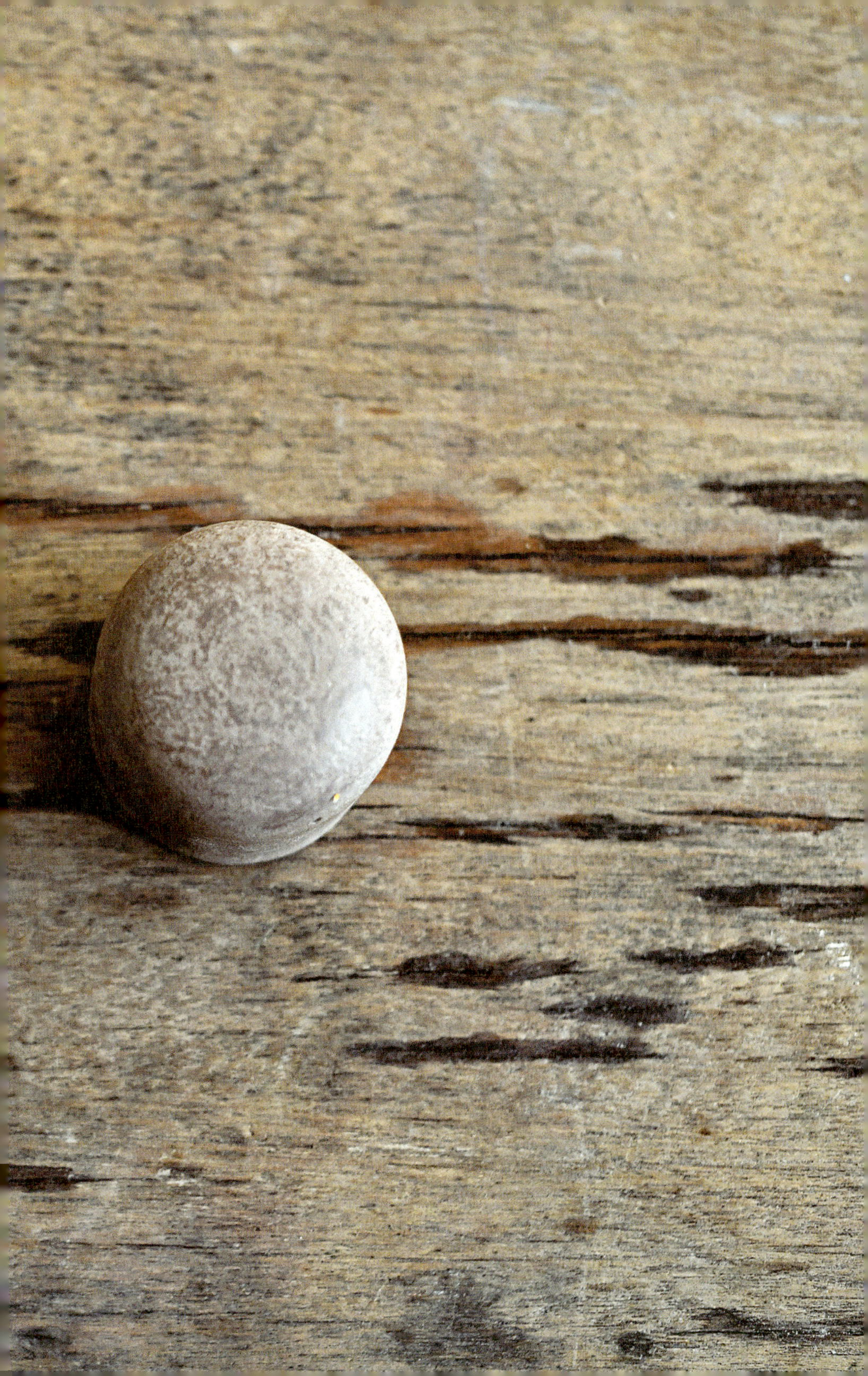

做虚砣的时候,壶手心里明白,他要做的壶,正从他心里走出来。它有点矜持,步履也有点缓慢。一个实心的虚砣,对于壶手制作真正的茶壶是有引领的。他可以从虚砣上发现问题,也可以对虚砣进行修改,内心里,虚砣已经成为他们制壶时一个牢靠的伴侣。所以,虚砣并不虚,它是实实在在的。细心的壶手制壶,讲究步步为营,于是虚砣也被分解成很多个局部。一个成熟的壶手,手边会有各种类型的、大大小小的虚砣。是的,那些被做出来的壶,一个一个都走了,有的富贵,有的风光,有的落寞,也有的孤寂。只有虚砣,和其他工具一样,年年岁岁,待在主人身边。它实实在在地顶着虚砣的名字,如果它能开口,也许会嘟囔一句:天地良心,我可没有一秒钟是虚的!

挖嘴刀

前面说壶嘴,主要还是从精气神的角度。一个人的指头长得好,要跟手掌连起来看,和谐、协调,那是最重要的。

不过,壶嘴并不是光用来看的。沏茶的时候,壶嘴的出水能不能成一条线,力度够不够,水柱冲进水里,能不能不泛花,对于一把壶的名声很要紧。"七寸不泛花",是壶界衡量壶嘴出水爽利与否的标准,旧时的茶馆里,一把新壶当众开壶,几十双眼睛盯着。那壶嘴一动,水流飞快地出来了,是聚是散,有力无力,端的是一目了然。

壶嘴做得好,全凭挖嘴刀。

于是挖嘴刀登场了。它的脖子很细很长,像鸬鹚栖息在岸边。刀头子很尖,两面都很锋利。当手工搓出来的壶嘴里还有什么不干净时，挖嘴刀上场了。它可以从容地深入壶嘴的任何区域，清除那些赘生的碎泥。壶嘴里的通道，不能太窄，也不能太宽，如何保持壶嘴的出水爽利，就靠挖嘴刀了。

比如一个人的牙齿，虽然像鲜贝一样漂亮，但牙缝里嵌进了一些大快朵颐时剩下的残渣余孽，那太煞风景，嘴里的不舒服，还会影响情绪。如果你注意观察，你会发现，在一些高雅的场合，不乏有优雅的人士背地里急得团团转地找一样东西：牙签。

特定的某些时刻，没有它还真的不行。

不过，说挖嘴刀是壶嘴里的一根牙签，那是轻慢它了。说到底，它毕竟还是一把刀。

壶嘴里的赘泥，无论藏得多深，总是要挖掉的，只有锋利的挖嘴刀，才能挖掉影响壶嘴出水的任何一点障碍。

"七寸不泛花"，这是对壶嘴出水的一个硬性指标。也就是说，当你举起一把壶，离着茶杯足足三尺高的距离倒水的时候，冲决而出的一柱茶流，要像一把刀一样插进水里，迅捷而果断。唯有这样，才不会泛花。这里面又有两个指标：一是形成细流的过程，在壶体的出水孔到壶嘴的部分，不能受到半点障碍，而是要助推它的冲击力度；二是壶嘴本身，要有一种内在张力，说白了，茶水到了壶嘴里，是要它猛推一把的，这股力量不能散，是一刹那间的成全。

优裕自如地使用挖嘴刀，对于一个熟练的艺人来说，并不是个什么事儿，因为他懂得出水爽利的秘诀，水道不能太窄，否则像人得了前列腺病；也不能太宽，野野豁豁的，水柱散了，壶的精气神就没了。

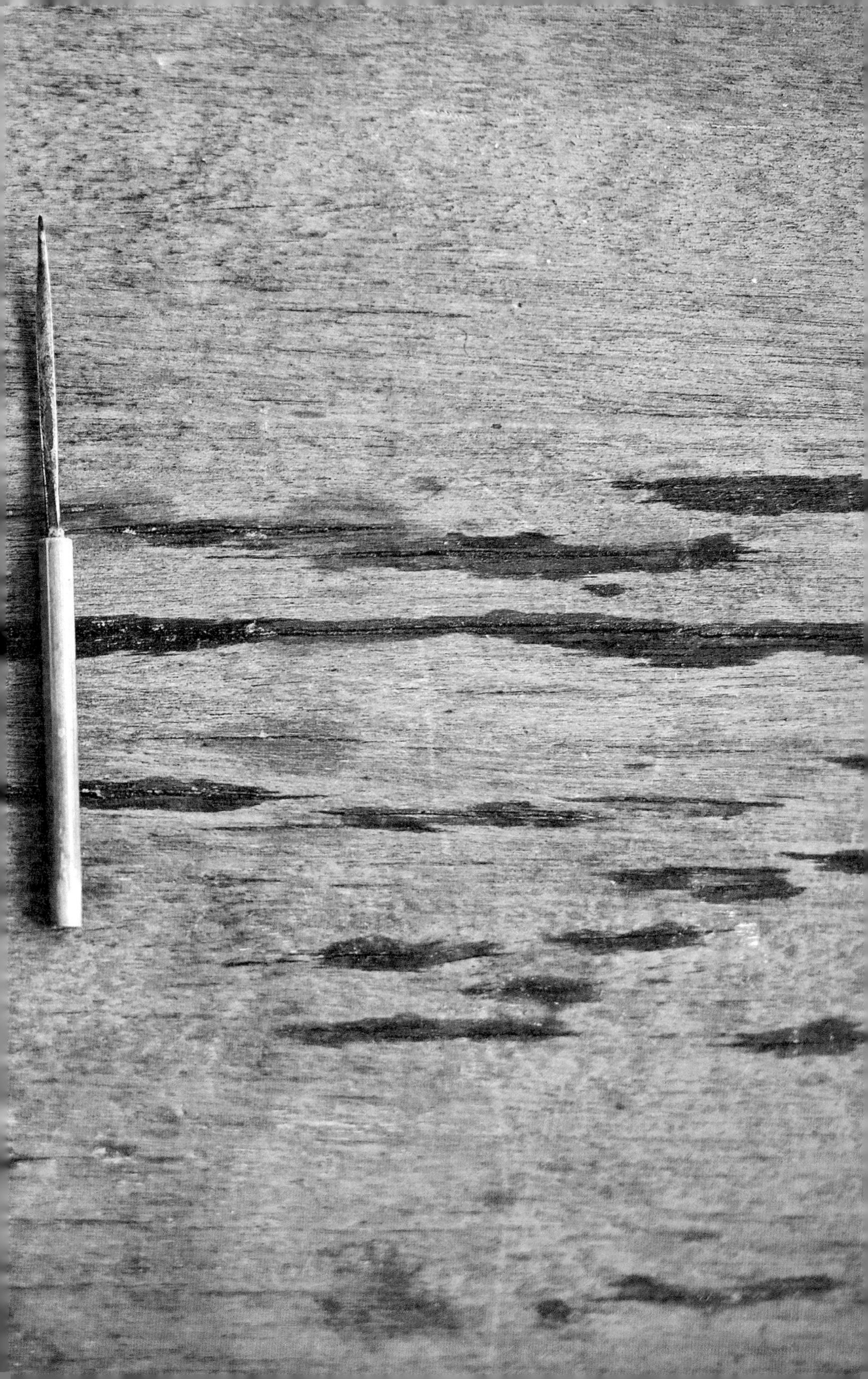

滋泥 | 鳑鲏刀

　　看官问,紫砂壶有几多绝招?壶手一笑,伸出三根手指:全手工泥片围接,打身筒成球体,此其一;用篦只、线梗等工具,使壶身规范,此其二;还有就是,覆滋泥在制壶过程中的运用,亦是一绝。

　　滋泥,也是紫砂泥。因为某种需要,它就被分出来,做成滋泥了。能把紫砂壶各个部位的"零件"黏合起来的,就是它。然后还有一个术语,叫覆滋泥,怎么讲呢,那就是,一把紫砂壶的里里外外,转弯抹角的部位太多,有的地方,手指是够不到的。覆滋泥,就是你的尖刀班了,把那些手工延伸不到的死角填补起来,抹平,抹到一点儿痕迹都看不出,那就叫覆滋泥。

此时有一位铁将军——鳑鲏刀出场了。这是应了滋泥的请求。因为它是靠一把鳑鲏刀调匀出来的。鳑鲏刀也是做壶的工具，它很锋利，也很苗条，说它是鳑鲏刀，乃是它的身段很像蠡河里的一种鳑鲏鱼，扁而阔的体形，肉质鲜嫩，但刺比较多。其实它的身段并不像鳑鲏鱼那样阔，用它将制壶时多余的边角泥头切成薄片，洒上水，泥质就软了，鳑鲏刀这个时候灵活得真像一条欢蹦乱跳的鳑鲏鱼一样，反复地来回搅拌调匀，滋泥就变得有张力了。这一点并不容易，你得懂壶，否则你不知道滋泥的湿度，太硬了，不起作用；太烂了，它自己都趴下、崩溃了，还怎么黏合别人呢？你不用它的时候，它就慢慢风干了，但那不是它消极怠工，它睡个懒觉，等你再来。然后你想起它，要用它了，就给一点点水吧，搅合一下，再调匀一下，它要求不高，就那么一口水，浑身就都来劲。然后，它就活起来，并且很听话，你让它粘在哪里，它就粘在哪里，无论什么缝，什么接口，要么不粘，要粘一口就上去了，决不松懈。自然它没有自己的身段，就是一摊泥。但是，粘在哪个部位，那就是它的身段了，因为没它不成，所有的部位与身段都认它，没有一处接缝的地方，不留下它的血肉滋养。

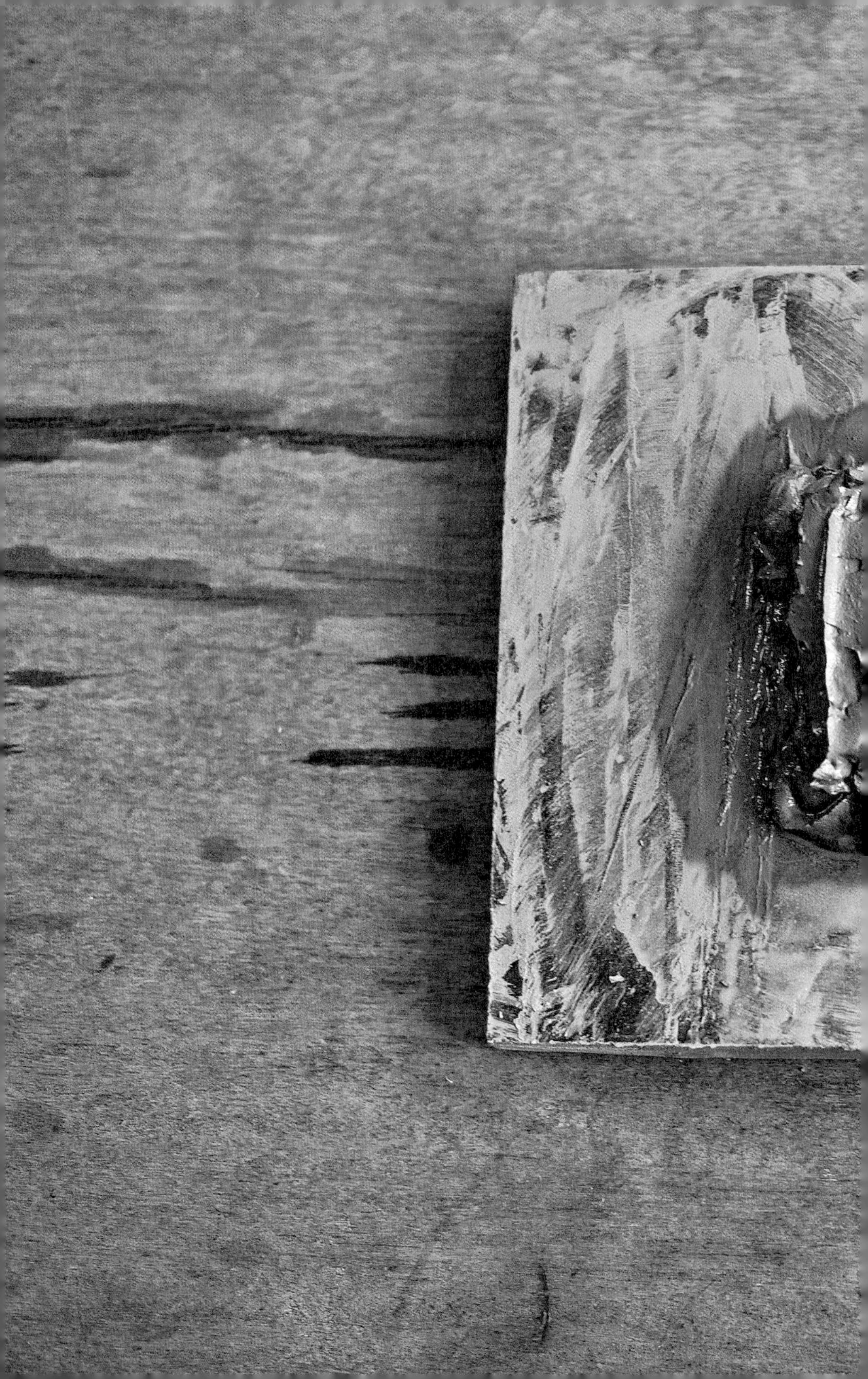

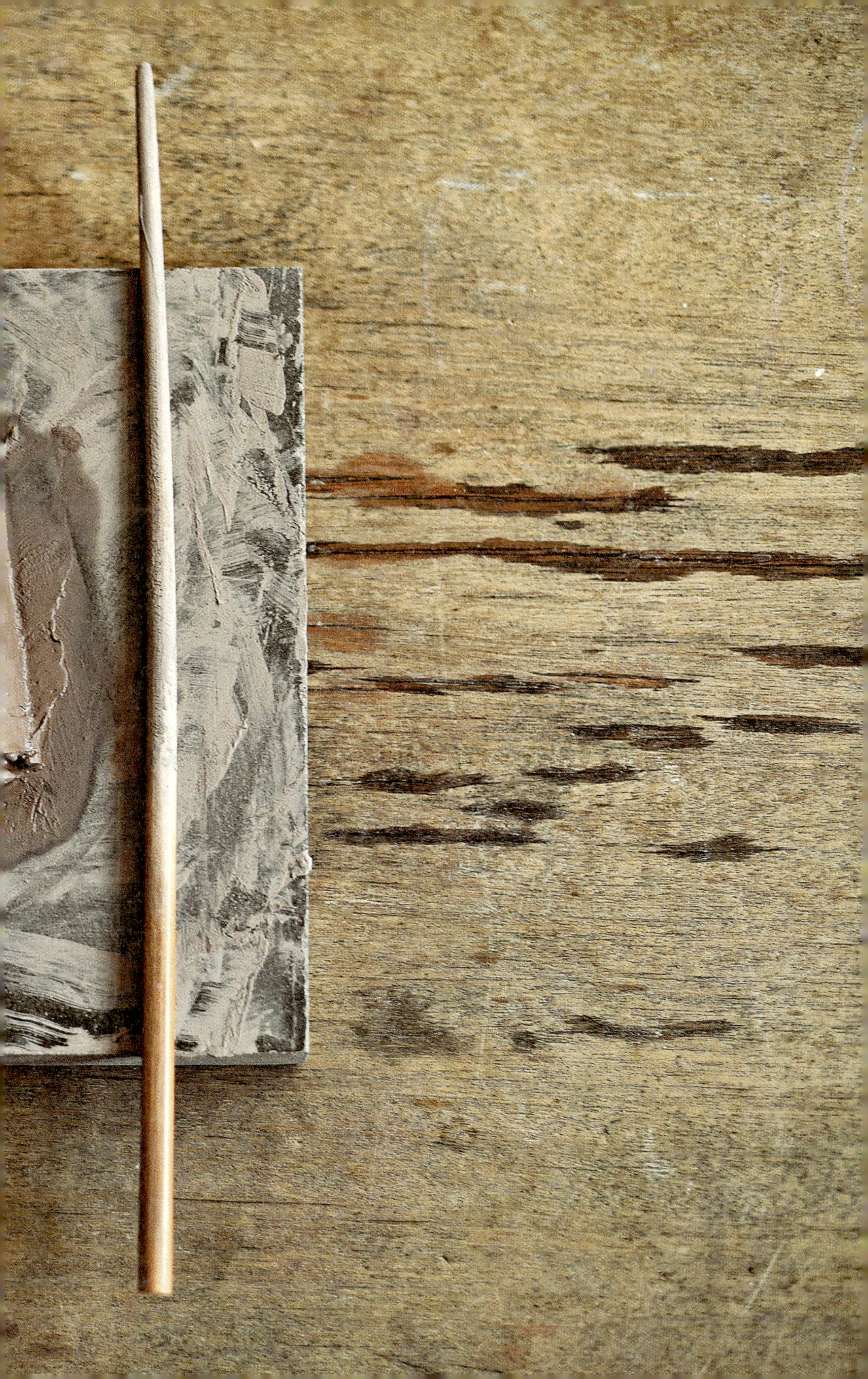

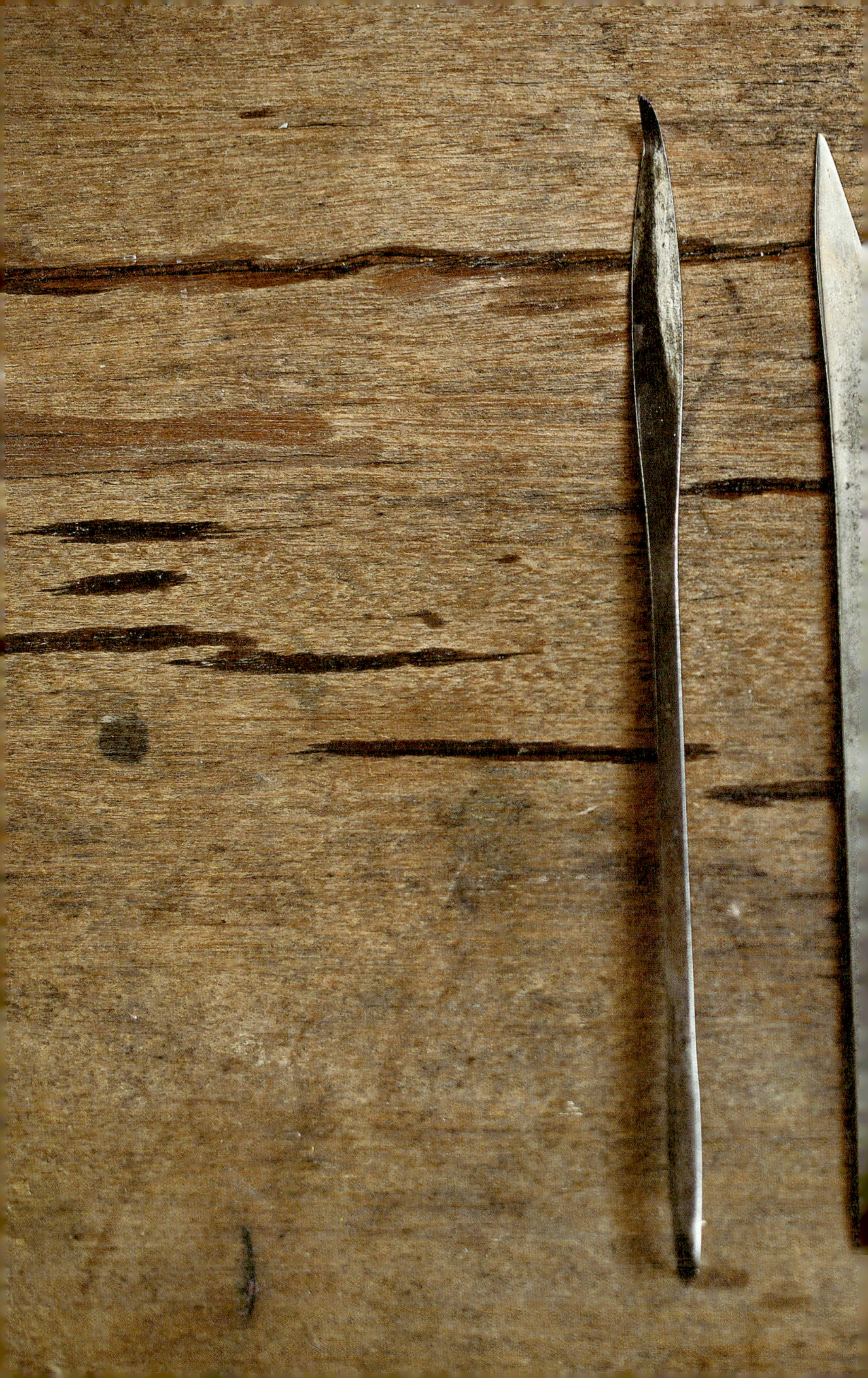

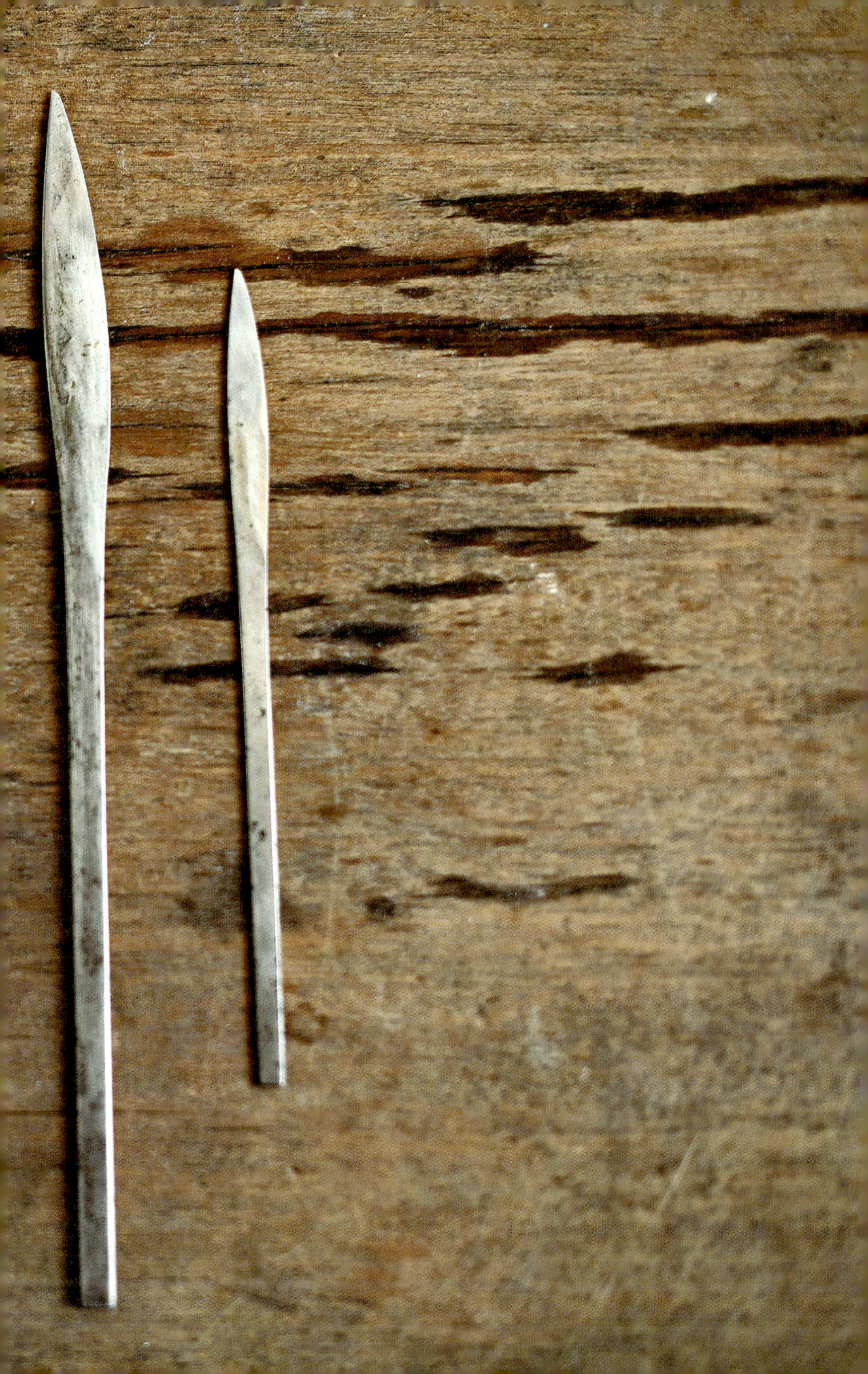

矩车

老艺人爱说一句话：没有规矩，不成方圆。

师父说这话的时候，手里总拿着一把矩车。

所有的方与圆，都是这矩车摆弄出来的。

回想起来，每个人的学生时代，上数学课的时候，都会用到一件工具：圆规。

矩车应该是圆规的升级版。它是规矩的制定者。如果我们来分解一把壶，最早的时候，它只是一些大大小小的尺寸，是一堆阿拉伯数字。如何来分解，并把这些神秘的数字落实到一把壶上，都是矩车在操作。

做一把壶，需要不止一把矩车。

比如，做茄段壶，大大小小，要用7把矩车，分别是：底矩车、满矩车、墙矩车、壶颈矩车（内外两把）、盖板矩车、盖虚矩车。

看官说，把这些写出来有什么用？我们又不懂。这且慢慢来。我现在能告诉你的是，做一把壶，矩车很重要。而矩车的制作，是可以考量一个紫砂学徒起码的动手能力的。想当年，徐汉棠欲跟顾景舟学徒做壶。顾景舟只说了一句话：做把矩车给我看看。结果徐汉棠一口气做了10把。顾景舟喜怒不形于色，但他心里是高兴的。从一把小小的矩车里，他看到的是一个人的手感和造型能力。

这么说吧，一把壶从何做起，就像一个故事从何说起一样，矩车是第一个讲述故事并且规范故事走向的那个角色。它在平整的泥片上画了一个圆，好比是被新开垦的处女地上的一道灵光。行神如空，行气如虹。然后，在故事的发展中，它不断地出来画圆，又像是在制造一个又一个包袱。它喜欢掌控并演绎着所有既定的尺寸，画完圆圈它就走到一旁，所有的冷眼相向只传递着四个字——一丝不苟。使用矩车的那只手，对它是有敬畏的，一分一厘都不能马虎。壶手之间的竞争，往往是无言的。这一行的权威就是这样，他只需比你高明一点点，就把你的饭碗抢过去了。有时的输赢，就在矩车上。所以，矩车是个毒咒，它画圈的时候，就是在决定一把壶的生死。你想想，做一把壶要用7把矩车，那岂不是连锁的责任吗？任何一把矩车出了问题，都能导致一把壶出现纰漏。所以，一个壶手在使用和保管矩车的时候，都会格外小心。

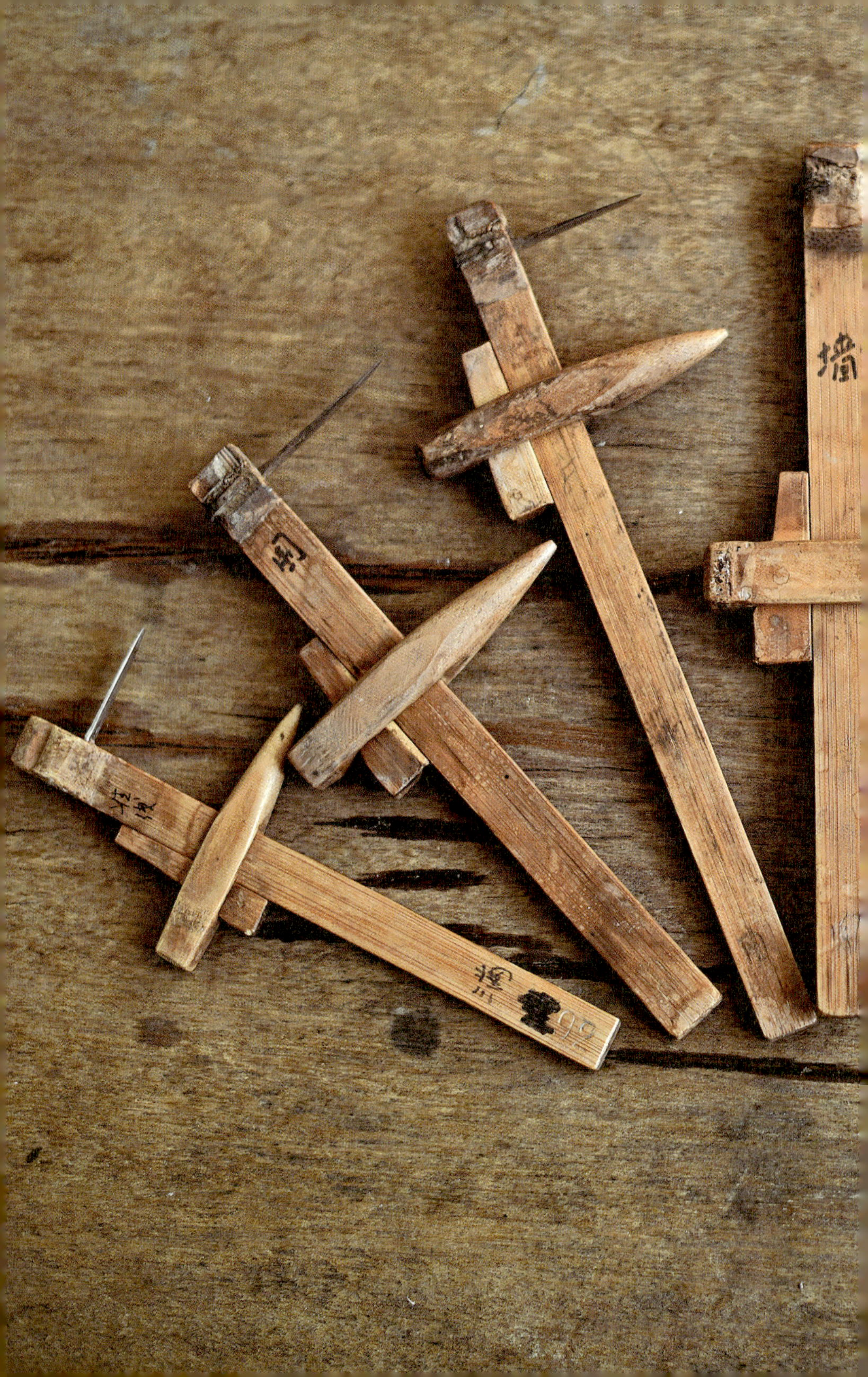
墙

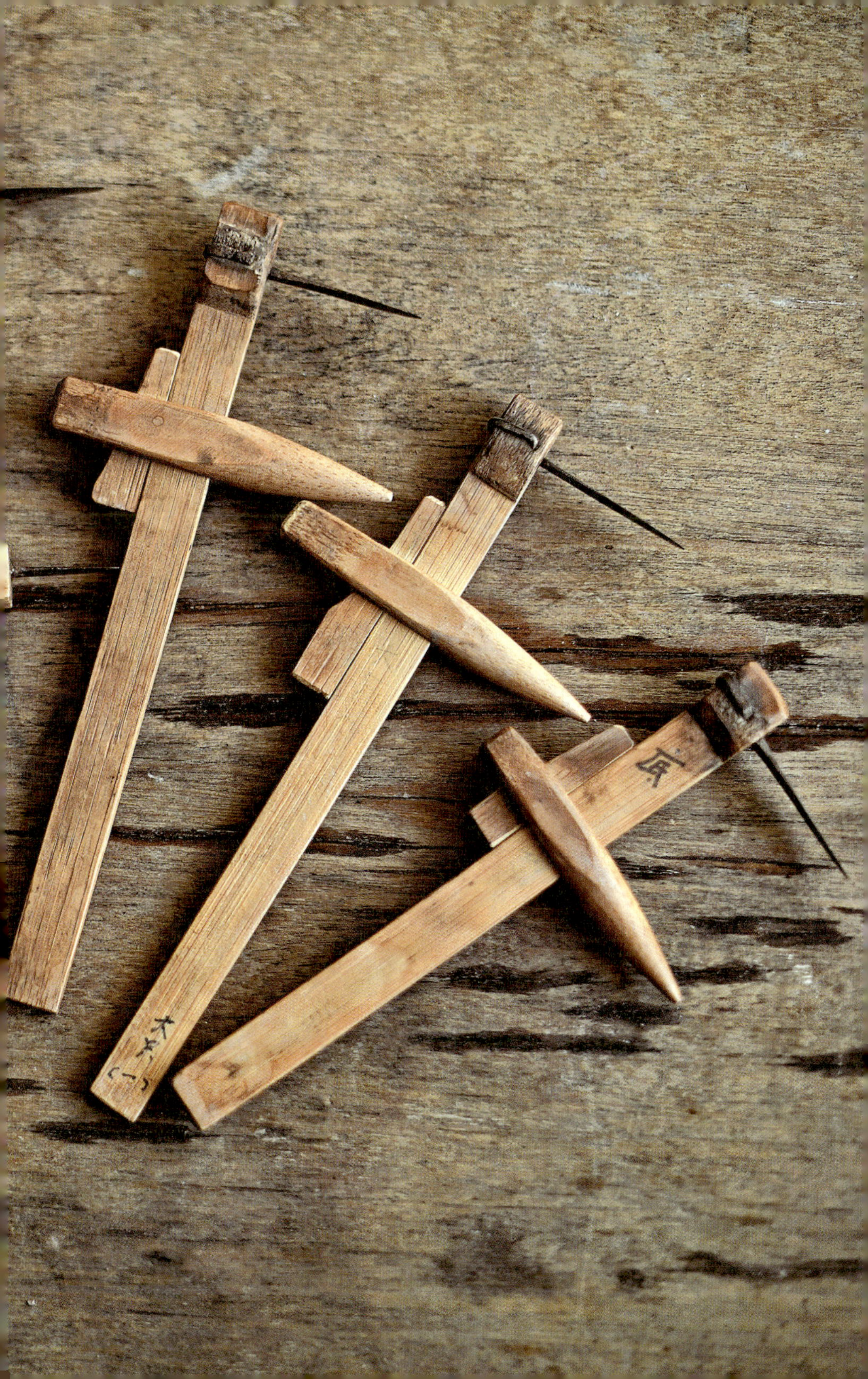

小木槌 | 顶柱

这两个伙计在制壶工具里,堪称"相公"。为何?因为它们出场的时候,壶已经做好,它俩出来打完底印,就完结了。

就像文章里的最后一个句号。

多么风光且轻巧的活儿啊。小槌敲敲,小印打打,都是场面上快活的事。

那柄小木槌,黄杨木质,说重不重,说轻不轻。

那个叫顶柱的物件,乍看像一个圆形的印章。它的身价不高,并不需要沉实的木料。但它的两头都很圆润。一头伸进壶体,直接顶住壶底,间接地接受着小木槌的敲打;另一头,是直接敲打印章的顶部的,此时小木槌与顶柱很有默契,它们之间是老搭档了,小木槌用力的时候，顶柱就屏住了呼吸。小木槌敲一下，顶柱就顶一下。那种顶，需要一把撑力，却又让人一点也感觉不到。

此等用力，波澜不惊，连眼皮都不眨一下。

如果小木槌和顶柱能够开口，它们一定会这样为自己分辩：什么相公啊，每一口饭吃起来都不容易。你打身筒需要功力，我打印章还得有定力呢。

制壶的艺人要用到这两件工具的时候，心情应该比较放松了。壶，基本搞定，大差不差，小疵可补，他知道自己不可能在使用这两件工具上出什么纰漏。但是，经验告诉他，这最后的一口气，得屏住、含住。印章不能有丝毫的歪，要端正，印面不能深，也不能浅，就像女人的笑，露齿一笑才是刚刚好。名家的壶，不但壶艺讲究，最后的印章也讲究。就像梅兰芳演戏，最后出来谢幕，那收手时一个打拱，也是戏啊。

小木槌

顶柱

篦只

外人说壶体,业内称身筒。

一个身筒立起来了,它还需要经过打理。壶界的人,把身筒分为三截,打理它们的工具,叫篦只。它们各自的名字,其实就是壶手对它们的分工,分别是:上脱、中脱、下脱。再往细里分,还有直脱、盖板、肩脱。这些名字,只包含最简单的意思,但内中却也别有意味。壶手对它们的熟悉,就像自己的手指头一样。如果把张三和李四的篦只放在一起比较,你会发现,它们之间的差距很大,大小不一,形状亦有异。这是因为,张三和李四的出手不一样,他们的手势、手感也不一样。

篦只。这个"篦"如何解释?从字面上讲,它是一种可以榨油的植物。跟制壶八竿子打不着。另一种说法是,离宜兴不远的常州,出产一种用来梳篦头发的器物,用牛骨和竹子做成,中间有根梁,两边是密齿。此物称篦子,古时还是情人之间的信物。因为古时没有洗发水,古人的一头长发容易打结,男人女人俱是如此。经常用篦子来梳理头发,是生活里的日常。篦子还能疏通头部的血管,这就上升到了理疗的范畴。做壶的人,就是取它的梳篦之意。在壶手看来,这个身筒立是立起来了,不过,毛病还挺多。需要一点点来梳理它。

所以就有了一个词:篦身筒。

既然与篦子相关,篦只的式样,便保留了篦子的诸多成分。方方的竹片,自然的凹度,所有的边角都变得温文尔雅,但细细一看,棱角还在,只是锋芒已然消隐。

只有壶手自己知道,在篦身筒的时候,哪个部位,需要多大的篦只。哪里需要圆一点,哪里需要阔一点,都是干活的手在悄悄告诉你。你把篦只做到刚刚好,手感就把酣畅的密码发到篦只上了。你于是知道,为激发自己的手感做一款特别好用的工具,是对干活的手的最好馈赠。手就是这样,你待它好,它就待你更好。你做的篦只又灵巧,又好用,手干起活来,会频生灵感,且格外卖命。

泥钎只

打好的紫砂泥片或泥条,躺在泥凳上的姿态,貌似安妥。

肌理深处,却还有隐约的瑕疵。

并不是你想象的那么服帖。

不服帖怎么做壶?不摆平它们,壶就会出纰漏。

壶手不急。他拿过一根细竹钎。钎,是一种针状的器具。但泥钎只可不是针。它瘦长的身姿,像极了鸬鹚的腿的投影。反正它已经瘦身到了极点,那么窄窄的一长条,稍稍用力,就可以折断。不过,它的厉害,就在它肌肉收紧的瘦。打好的泥片,有的地方,看上去泥门不那么紧,这不行。泥钎只来了,壶手拿着它,看似轻轻,实则紧密地刮过去,还有细微的不够平整的地方,被它这么轻轻地、力量均匀地一刮,行,平复如初,明镜般的熨帖。

用刀子削一根泥钎只,并不容易。你要让它有足够的韧劲,有弹性的张力。它瘦,但它不弱,它是四两拨千斤。此话怎讲?略烂的泥片会粘连在泥凳上,拎又拎不得,卷也卷不起。泥钎只瞄一眼,哼也不哼,忽地从泥片的一隅出击,它扁下身子,兜底般地插到泥片的底部,放心,它半点也伤不到泥片本身,它只是专门对付那面积不大的粘连部分,把它们铲起,并且在铲起中修复,半点也不伤筋动骨,甚至,所有的面子都统统顾及。

它有不太锋利的刃口。锋利不是它的职责。但刃锋的恰到好处,可以让它对付所有的问题。至于那些深藏在肌理里的瑕疵,以及那些老资格的粘连在泥凳上不肯起底的游兵散勇,唯有它身手敏捷,手到病除。

它如何运作?不急,本书的后半部分,它还会出场。

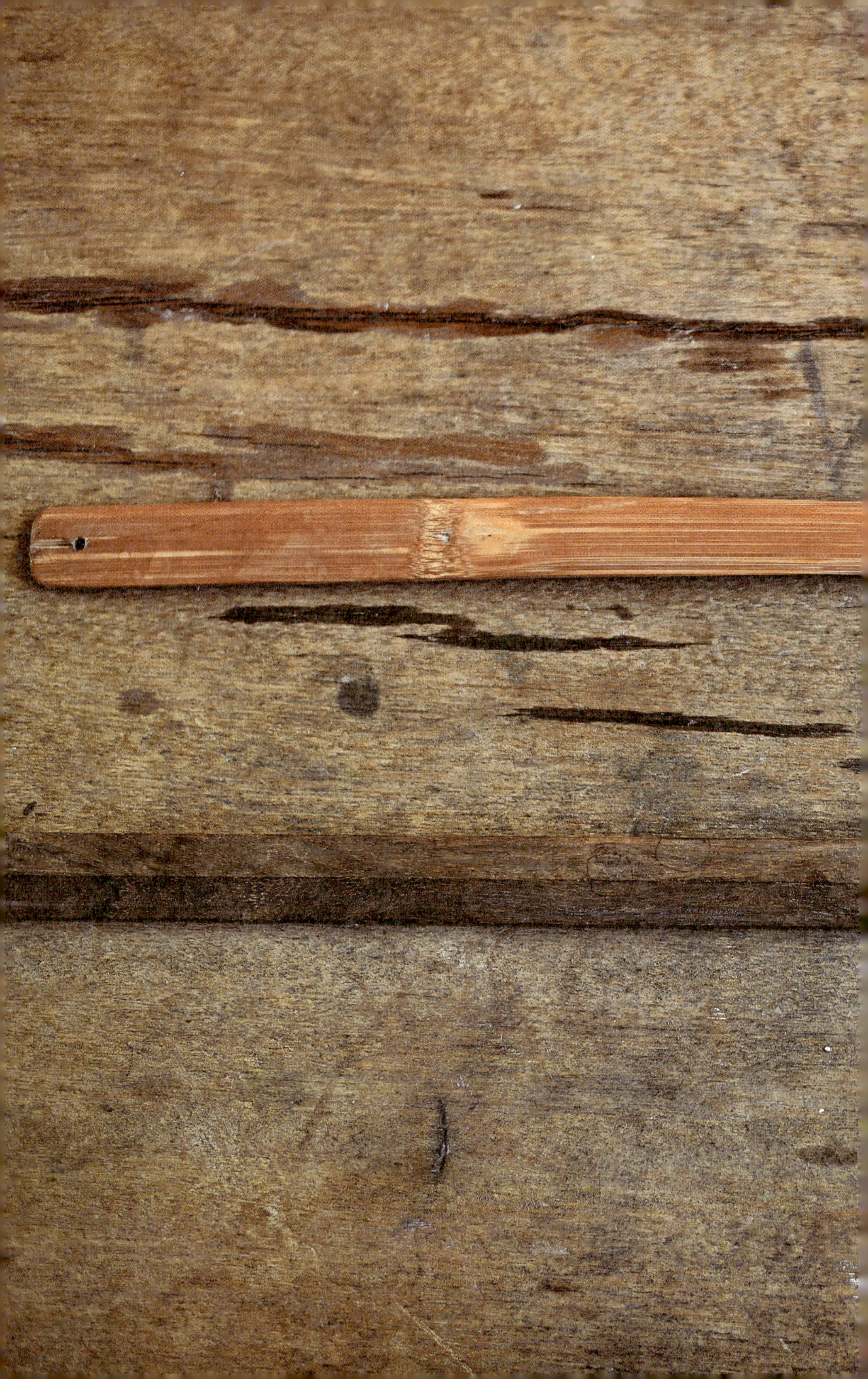

泥钎只

划泥条用的木直尺

水磨布 | 皮磨布

一块普通的布,居然也是一件工具。

水磨布,是壶手们的随口俗称。其质地是白细布,折叠而成。柔软中有一点点挺括,是布质的经纬,被弄得刚刚好。这块布,最好是不新不旧。新布有浆水,太硬;太旧的布,没有骨力,起了毛头,也不合用。

在壶口、壶底、壶嘴和壶把的安装过程中,有的接口处,会有一些毛糙的痕迹。此时,明针正准备上手,但还缺少一个铺垫,水磨布默契地上手了。看上去它是为明针抹桌扫地的,有点像个店小二。把那些明显的瑕疵摆平,它便知趣地离去。但你真以为它就是个扫地的角色吗？它所到之处，奠定着最初的造型，不走样。被它抹过的部位，不安生的安生了，毛糙的部位有了光洁的初样。

布的走了，皮的来了。

皮磨布是干啥的？如果水磨布是初稿，皮磨布就是定稿。

它是轻而薄的羊皮。很柔软。它出场的时候，壶手会用一个很牛的词：了坯。

这里的"了"，是了结，是终结。它走过的地方，别人不能再动了。自然，它的厉害处，就是在一个"了"字上。

就像我们写文章的润色。你会一边默读，一边把每一个不顺意的字、词、标点，改掉。

然后，你再也不改了。也不会让别人动一个字。因为，这关乎气息、节奏、韵味、腔调等等。

做一把壶，工具少则几十件，多则百余件，最后，工具们集体立正、稍息、解散。让位给一块"了坯布"。

够有意思的。

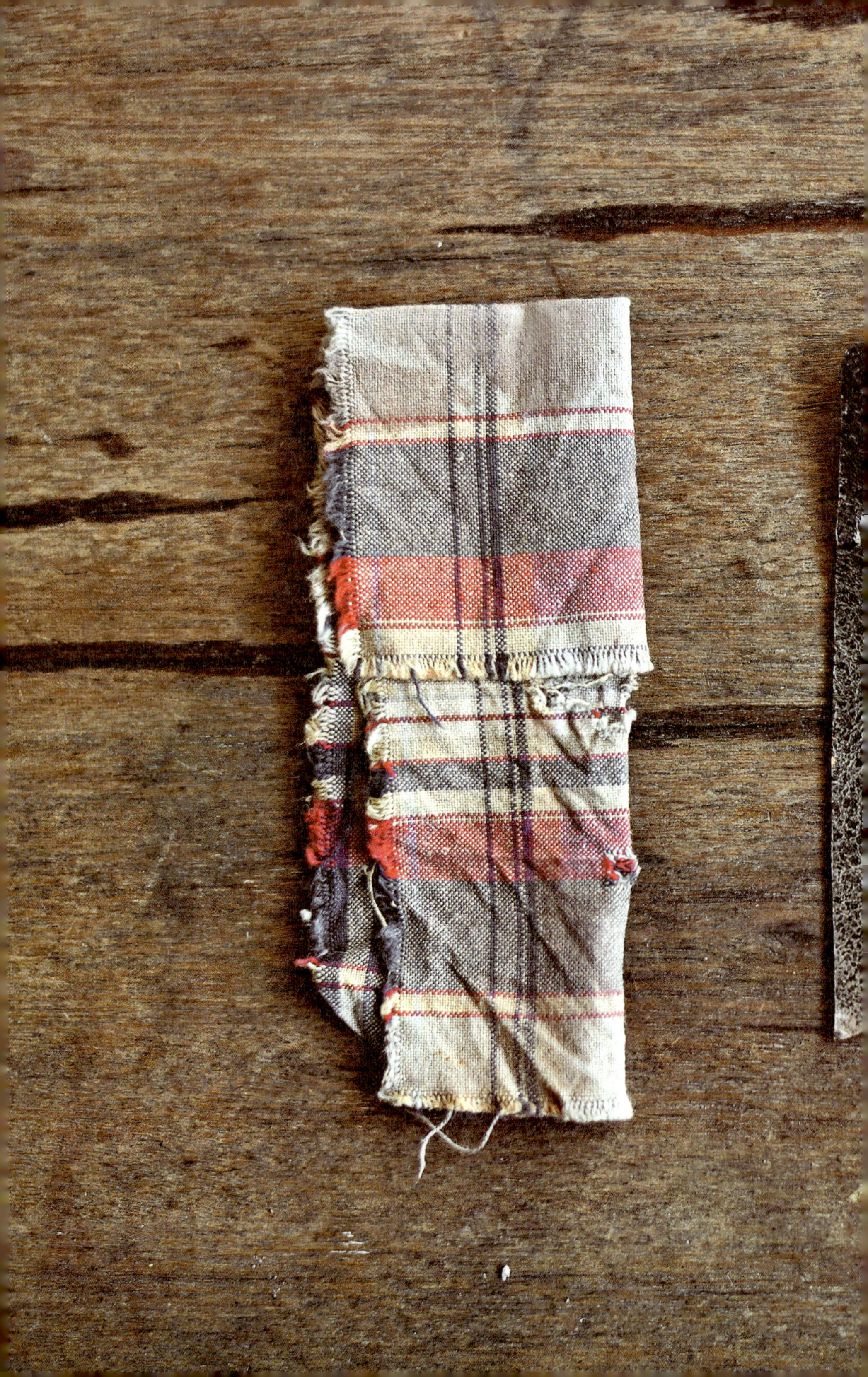

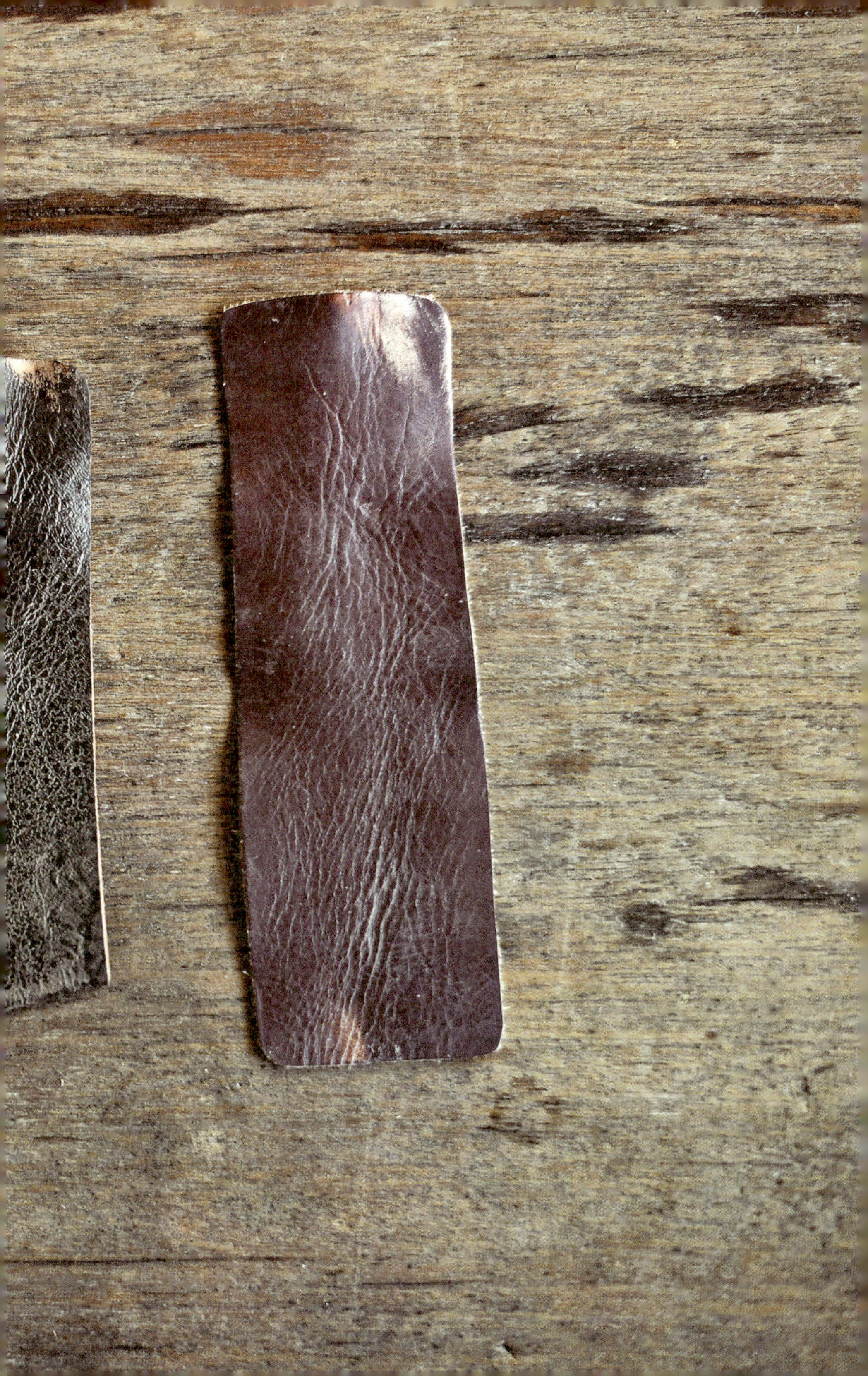

尺寸

按理它不是工具的一部分。

但是,它是一些工具制作的依据。

制壶的"尺寸",实际就是一种秘不宣人的"秘籍"。一把壶的各个部位,是否呼应、协调、和谐,都是由一个个最合理的"尺寸"构成的。尺寸,往简单里说,只是一组数字、线条、符号,往高深里讲,好比魔法,人人眼里有,人人心中无。你看到一把非常好的成壶,觉得它的整体是那么和谐,且有着迷人的手感。但是,它在制作状态时,各个部位的具体尺寸,却是无法知晓的。

早先,老艺人们制壶,尺寸也讲究的,所有的尺寸都在他们肚子里。也有记性不好的艺人,尺寸就记在泥凳背后的墙头上。那不是暴露给别人了吗？不用急，别人看不懂的，比如一个黑点上用矩车画几道印，天书一样，鬼知道那是什么意思啊。

顾景舟当然也有尺寸簿。对诸多壶品的制作，摸索出了一整套的"尺寸"。包括泥料的收缩率是多少，泥料干湿度的掌控，以及壶体各部位的搭配，线条的走向、成型的角度，在他给出的"尺寸"里，都有权威的诠释。其准确性，一丝不苟，不容置疑，因为，"尺寸"里的每一个数字、每一根线条、每一个角度，都经历了无数次实践，包括千度窑火的冶炼。

最后，浓缩在一张图纸上。

这个就厉害了。当时的紫砂艺人，不用说画图纸，就是看懂图纸，也很费劲。有些草根艺人的"尺寸"，带有极大的随心所欲的成分。你向他要尺寸，他掐根稻草，用手比画一下，用牙齿一咬，成了，拿去吧。至于工具，有的艺人，连指甲也用来代替工具使用。

<u>顾景舟的尺寸，全是用几何三角原理制成的</u>。简洁、精准，没有一定的实践经验、文化基础，看懂也难。

会得到顾氏"尺寸"的徒弟，能有多少呢？

记得，几年前在曹婉芬大师家中采访，她曾拿了一张顾景舟给她的壶样尺寸纸。她说，这是顾辅导悄悄给她的，因为她是朱可心的徒弟，而非顾氏传人。顾看她壶做得好，便不拘一格，爽快地把某把壶的尺寸秘籍传给了她。

葛陶中说，想要顾辅导给你尺寸啊，那是有前提的，你要学到他的手法，让他认可；否则，尺寸给了你，也没有用。因为，一步不到位，步步不到位。

这个说法，难免让人联想到武林江湖。想到那些空前绝后的招式背后，冰冻三尺非一日之寒的苦功修炼。

后来的艺人都有一本尺寸簿了。每一种壶的围片、满片、底片、假底、盖片、线片等等，都有具体的尺寸要求。

但是，支撑这个尺寸的，是功力，是修行。很多老艺人走了，他们留下一些壶，一些尺寸。那是供养子孙的庇荫，也是他们对这个世界的交待。

尺牘集

身筒尺寸可放稍些 35.4

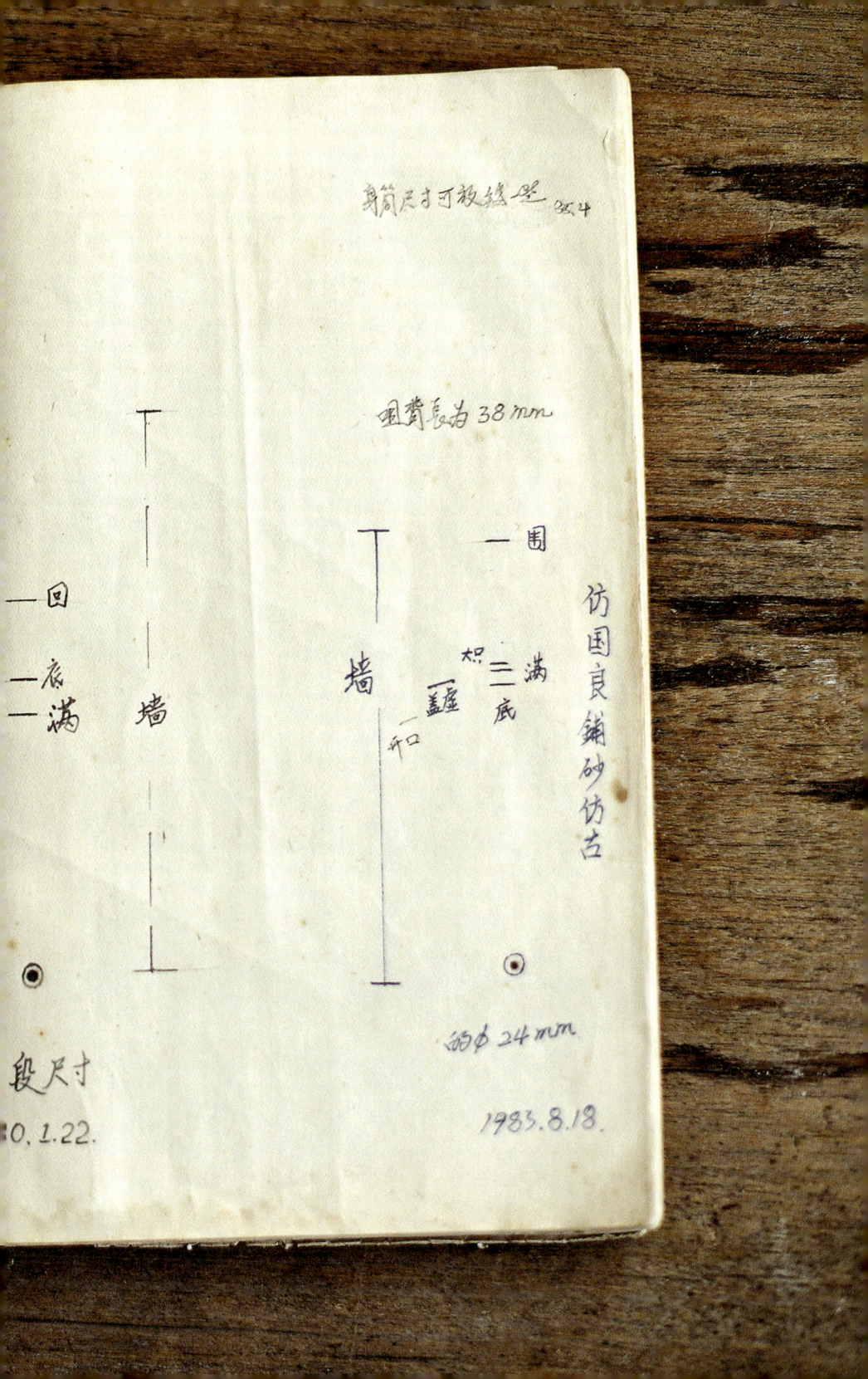

围费长为 38 mm

仿国良铺砂仿古

—回　　　　　—围
—底　—墙　—满
—满　　　　　—三底
　　　　　　知—盖座
　　　　　　　—开口

　　　　　　　　的φ24mm

段尺寸　　　　1983.8.18.
0.1.22.

第四章 發力

三不做

坊间传说，顾景舟有点懒。

他做得少，别人做十把，他只做一把。甚至，连一把壶也拖拖拉拉。时间最长的一把壶，放在套缸里，前前后后做了19年。

阴天落雨不做。身体不适不做。心情不好不做。

顾氏这"三不做"，在壶界，是公开的秘密。

问葛陶中，是真的吗？

他笑笑。

中国的成语里，有"以一当十"甚至"以一当百"的说法，仅以数量计算并评估一个艺人的功力，是片面的。

一个关键的问题是，你把做壶当成了什么？

大多数人，是把它当成一个饭碗。

顾某人不是。

早年为稻粱谋，全家的肚子系在他一把壶上。商家来订壶，不做也得做。但是，即便是不打自己印章的"商品壶"，拿到市面上，也还能看出顾氏风范。

一旦有口饭吃，壶，绝不肯多做一把。

1948年的时候，上海铁画轩老板戴相民专程来宜兴乡下，到顾景舟家里拜访。他对顾说，你的茶壶很受欢迎。一上架，很快就有客户来买走。还有的顾客，三天两头来打听，说什么时候有顾景舟的壶？

当时顾氏在铁画轩的一把壶价是8斗米。

这颇不错了。想当初，陶渊明五柳先生，为了不愿"正衣冠"去伺候一个上边派来的官吏，曾经发出"不为五斗米折腰"的喟叹。可见这五斗米是个约数，内中的涵义，表达了文人雅士的一种守志的清高与气格。

顾景舟当时依然家贫。按理，这是一个好消息，换了别人应该日夜赶工。可是，顾某人淡淡一笑，说，多做何益？

一句话，把自己的气格提上去了。

人，不能没有饭碗。但是，他清楚，靠做壶发不了财。壶做多了，难免会滥。

顾景舟很早就把做壶看得很神圣，完全超出了"饭碗"的范畴。

戴相民后来回忆，顾氏的家里虽然清贫，但整洁干净。尤其是他的那个以"墨缘斋"命名的小书房，到处叠放着书。记得，有一本枕边书是《长物志》，还有一本，是《文会堂琴谱》。

《长物志》的作者，是文徵明的重孙，文震亨所著。

《文会堂琴谱》，钱塘文士胡文焕编。

他很诧异，这黄土乡村，几乎没有一个识字人。如此边缘的闲书，怎么会进入顾景舟的视野。

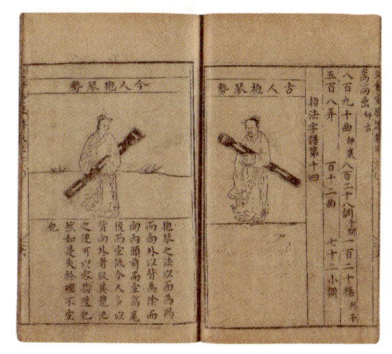

从这两本枕边书上，我们似乎可以找到顾氏"三不做"的出处。

文震亨在书中写"琴室"一节，甚讲究。安置一张琴，古人要在平屋中埋一口缸，缸悬铜钟，与琴音产生共鸣。他还认为，弹琴最好的位置，是在阁楼的底层，下面很空旷，琴声就很透彻。当然，如果能在野外山坡边，挺拔的松树下，或茂林修竹间，山间的岩洞里，或天然的石屋中，安置一个琴室，那简直是天籁般的所在了。

不过，这与顾氏做壶有何相干呢？

在他看来，古人弹琴，需要一个安谧的环境；做壶，亦是雅事，也要一个相应的氛围。

万历二十四年（1596），钱塘文士胡文焕的《文会堂琴谱》问世，此书比文震亨的《长物志》出版，要早25年。其精神脉络与文氏非常相近。胡文焕在书中说，弹琴是雅事，而日常生活，有时是浑浊的。为了维护弹琴的雅洁，他提出"五不弹"和"十四不弹"。

五不弹：疾风甚雨不弹、尘市不弹、对俗子不弹、不坐不弹、不衣冠不弹。

十四不弹：风雷阴雨、日月交蚀、在法司中、在市尘、对夷狄、对俗子、对商贾、对娼妓、酒醉后、夜事后、毁形异服、腋气臊臭、鼓动喧哗、不盥手漱口。

古琴与紫砂壶，似乎相去甚远。但是，顾氏认为，其精神上有共通之处。琴要有室，茶得有寮，壶也要有精舍。僧人住的房舍，佛教中称为"寮房"，最早的茶事，多半是在风景绝佳的深山寮房里进行。茶与壶，从来地位相等，何可厚此薄彼。

做壶，是一个运气、贯气的过程。人之气，受天气、心情、身体的影响，若不精壮饱满，必然辐射到壶上。

选择不做，恰恰是对壶的尊重。

做滋泥

前文说到"覆滋泥",是讲其作用。说白了,它的作用,相当于浆糊,用于粘连茶壶身筒以及各个部位的接缝。

并没有专门的所谓"滋泥"。在没有"变身"之前,它就是一块被裁下来的泥块。

截取自己的一部分来黏合自己的创口,然后愈合,变得浑然天成。这是动物才有的功能。紫砂壶独立于世,滋泥的妙用,当是"秘密武器"之一。

它是泥块。壶手把它切成细片,加水,让其与泥片融合。用鳑鲏刀调匀,反复搅拌。这个"反复",是有技巧的,泥块变成滋泥,关键是要让它具有"滋养"功能。水,不能加得太多,也不能放得太少。让它充分地湿润，然后活起来，变得既有筋道，又具有黏合接缝所需要的湿润度。这个分寸，在壶手的心里。

滋泥还有一个好处是不娇贵。如果时间长了，它自然会发干，看上去"卖相"不怎么好。但其实它随时处于待命状态。你略加一点水，用鳑鲏刀搅和一下，它立马就鲜活起来。

现在该做下一步了。

将泥块切成泥条。再从泥条上切一小块，用木搭子，搋成圆形泥片。

泥条变成泥片，是在搋打中慢慢变成的。一只手在挥动木搭子，另一只手，握住泥片的边缘，轻轻旋转。把心里的那个圆，妥妥地、不经意地，落到泥片上。这需要两只手默契地配合。搋着搋着，就像一块饺子皮了。它是匀称的，有收缩的张力。看上去美美的，正等着发力呢。

此时，矩车沉稳地打开它的两个着力点。之前它一直在旁静观，等待着在这一片新开垦的处女地上一展身手。它迈着弓步，清晰而流畅地在泥片上旋出一个饱满的圆。壶手把它称为底片。实际上，它就是未来的壶底。

然后，打泥片。

第四章 发力

打泥片

做一把壶,首先要打泥片。

当年,葛陶中的泥凳位置,在师父的背后。他打泥片的时候,知道前面有一双耳朵而不是眼睛在盯着他。只要听到捶打的声音,顾景舟就知道,哪里多打了几下,哪里少打了几下。

果不其然,那个不高却威严的声音响起来了:陶中啊,你又多打了几下了!

徒弟打的泥片、泥条灵不灵光,师父瞄一眼,或者伸手一摸、一捏,就知道了。

手感,在师父这里,是第一要素。

葛陶中这样回忆:

一分钟打4块泥片，一块泥片打12下，误差不能超过2下。

这些量化，都是师父在长期的实践中，得出的结论。每一下用多少力气，也是有要求的。多年之后，葛陶中在自己的工作室演绎这些技艺的要素，觉得有一种穿越的意味。

师父要求我对泥料硬度和湿度的掌握，要了然于心。否则，就做不好下一步的活儿。

力量的均匀与手法的灵动，要结合得不着痕迹。起手落点，都有讲究。泥片不能打僵，也不能打散，要含住泥性里的一份活力，葛陶中称之为"活泥"。一个制壶艺人，对泥料的感觉来得准。硬烂、干湿、粗细，不到最恰当的时候，绝不下手！

此地方言，干活叫"做生活"，有时候还简称"生活"。这是老辈人的说法，意思是，平时的生活，都是靠那一份活儿换来的。

生活拿得起，并不稀奇，要拿得住，才是本事。当年师父如是说。

记得有一次，一位新来的厂领导，想考一考顾景舟的壶艺到底有多神。遂让他同时做5把洋桶壶，放进窑里烧成后，拿了一杆磅秤来称，其中4把分量完全一样，只有1把，分量重了1克。顾景舟知道是

做壶

第四章 发力

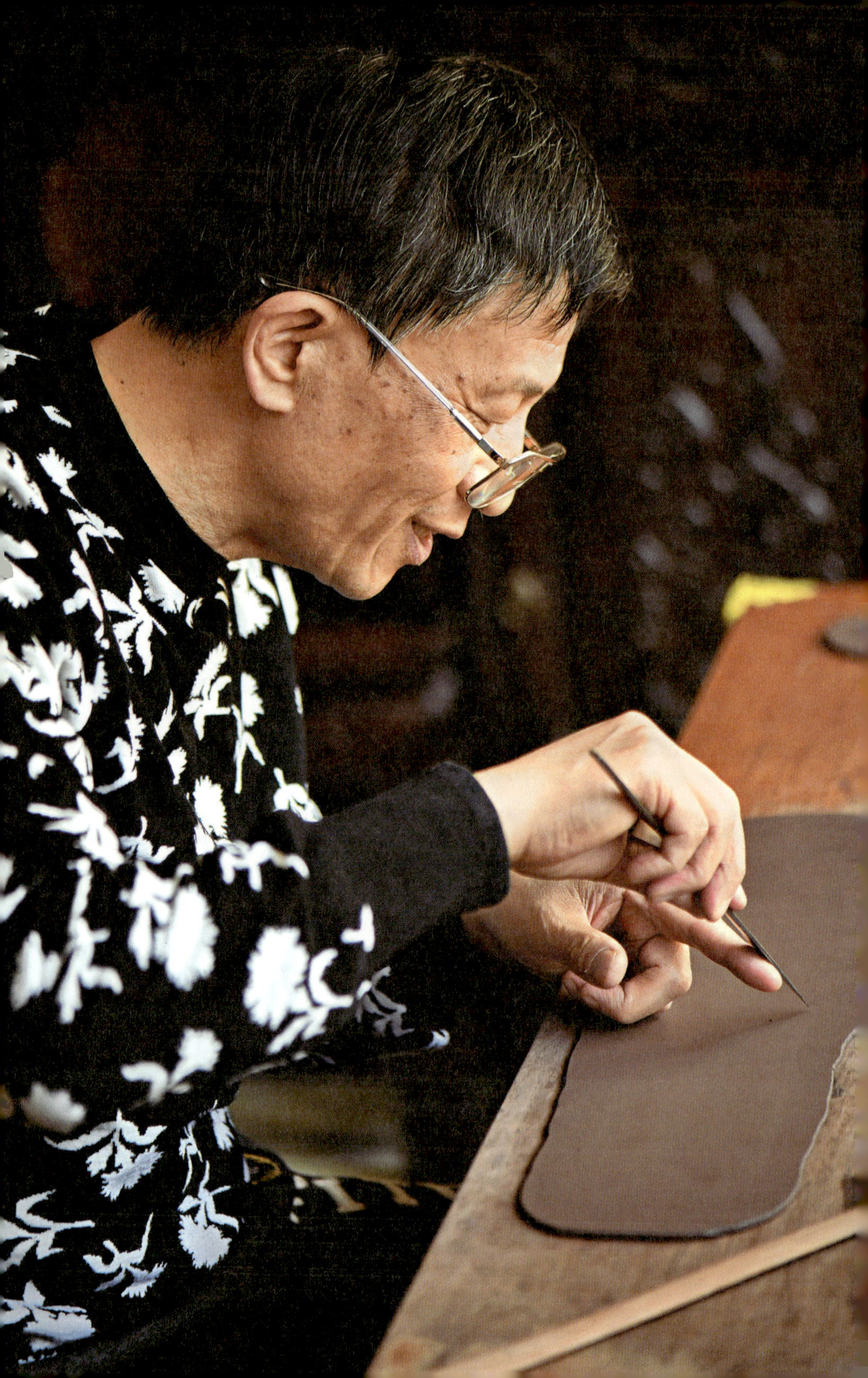

哪把壶重了一点点,略带遗憾地说:哦,那张泥片,我少打了一记。

徒弟们服了。厂领导假咳了一声,笑笑,走了。

好多年后葛陶中不愿意带徒弟。为什么?因为当年在顾景舟身边,师父对徒弟要求太严,时光长了,他不知不觉就有了师父当年的心境。但凡有年轻的艺徒到他这里来问艺,他会让对方打一张泥片来看。然后,对方刚打了几下,他就叫停,说你回去练半年再来吧。到后来,上了年纪,心态渐渐变化,对诚心前来学艺的人有问必答,且亲手垂范。不过,收徒弟,还是慎之又慎。江湖上的说法是,一日为师,终身为父。你要对徒弟负责,不能耽误他。而他如果自己耽误了自己,你也会心痛。他不愿意让那些自我感觉往往很好的年轻艺徒受太多的委屈。

太认真,也是受师父的影响。

打身筒

且停下来歇口气,说一段往事。

时光的景深里,那个埋头赶路的人,是紫砂老祖宗时大彬呢。

走在前往"娄东"的路上——也就是今天的常熟、太仓、松江一带,水路旱路兼程,不确定的因素很多,要说心情疏朗,那不真实。

那一年,当是1576年的春天。

他身背一个土布织成的大褡裢袋,是玄色的。袋中,用几层棉絮包着几把壶,是他做的壶。他要去太仓、松江,与王鉴、王时敏、陈继儒等文人名士聚会。

紫砂艺人多半是不出远门的。趴在作坊里做壶,一趴几十年,外面的世界是什么样儿,他都不知道。

时大彬不一样。他是紫砂名家时鹏的儿子。但是他称自己的父亲"老兄",因为他觉得,父亲的壶不如他,还因为多年父子成兄弟,父子的心是相通的。

儿子可以叫父亲老兄吗?反正时大彬可以。

父亲指点他,要出去跑动,跟文人结交。功夫在壶外。

陈继儒与王鉴、王时敏等,俱是当时江南文学、书画名流大咖。他们与时大彬之间有一些对话,并不像我们今天的"艺术对谈"那么正式,也没有矫情的外壳,而是温煦的日常话语中夹带着一些代表他们审美价值观的理念,时大彬很受用,也很开窍。后来这些话语被一些文人写到文章里去了。

文人的建议很给力,一是要他坚持用全手工制壶,切勿用模型敷衍,否则千壶一面,性情俱废。

二是将大壶改为小壶。茶壶以小为贵,每一客,壶一把,任其自斟自饮,方为得趣。还有就是,壶小则香不涣散,味不耽搁。

三是要在壶底打上印章。之前紫砂壶就是个喝茶器皿,壶手最早在壶底用竹签写下的名字,还不是自己的,而是买家的。后来到了明代,在文人的鼓励下,有名气的壶手终于敢在壶底写上自己的名字了。这是一个飞跃。但依然有太多不识字的艺人,他不会写字,或者字太丑,所以连名字也不留。文人认为,书画作品都是落款钤印的。紫砂壶要进入收藏级别,在行头上,应该与书画平起平坐。

四是壶手也要习字。要养文气。

时大彬当时脸上一定火辣辣的,说醍醐灌顶也不过分。一个壶手有这么一个造化,不知道要修几生几世。

《阳羡茗壶系》一文里,关于时大彬的壶上落款,记录得非常详细:

> 镌亦款识,即时大彬初倩能书者落墨,用竹刀画之,或以印记,后竟运刀成字,书法闲雅,在《黄庭》《乐毅》帖间,人不能仿。

这里说壶上的"镌",就是款识。起始于时大彬。最早他是请能书法的人在壶底落墨,他再用竹刀刻画,或加其他印记。即便精到,也是依葫芦画瓢。后来他听了文人的劝导,苦练书法,镌刻手法也日渐娴熟,竟至运刀成字,不再临摹,且具有《黄庭》《乐毅》等书法名帖的遗韵,别人都不能仿造。后来的鉴赏家们,竟用它来作为衡量鉴别时壶真伪的标准。

而且,最关键的是,时大彬把大壶改成了小壶。掌上珍玩这几个字,从此与紫砂壶结下不解之缘。壶上所用印章,也专请名家镌刻。他当时只想着改掉自己的毛病,并无邀功之心。没想到这么一折腾,他的壶就身价百倍了。

原本吝啬的史笔，突然就黏住他不放了。与文人比肩，他是第一人。全手工制壶，他也是第一个。所谓全手工制壶，就是以拍打身筒为主的成型方法，那是时大彬多年琢磨出来的，别人夺不去。

有人出来说话：全手工拍打身筒的技艺，并不是时大彬困在屋子里琢磨出来的。最早的围身筒镶接法，是用在锡壶上。那也是在明代。古人相信锡制用品是可以解毒的，且不透水，不受潮，易密封。当时的锡壶多半用来盛酒和烫酒。

那就换一种说法吧，至少是时大彬把锡壶制作的围身筒镶接法，移植到了紫砂壶制作上。在这个领域里，他是第一人，还是老大。

有了这个功绩，《阳羡茗壶系》和《阳羡名陶录》之类著作，都不敢绕过他。

当然，欲扬先抑，是文人的一种笔法。文人取笑他"其状朴野，鳖面垢衣"。但是，说到他的壶，却极为赞赏。

就这样，紫砂壶有了自己的"撒手锏"。

就这样一代一代传下来了。

开始吧。

葛陶中气定神闲地坐在那儿，说，先讲一讲打身筒之前的规矩。

因为打身筒是做一把壶的关键的关键。所以，老一辈艺人有个规矩，心情不好不做，泥料的干湿没有调匀不做，尺寸没有配准不做，工具没有备好不做。因为，心情不好，会把彼时的状态带进壶里，打身筒后面紧接着搋身筒和篦身筒，需要连贯的精气神，一口气是不能断的。

身筒，就是壶的主体。打身筒，就是把打好的泥条围起来，用泥拍子一记一记拍打。如何把一个直筒子通过手工拍打，变成一个有优美而自然过渡的弧线，有和谐圆满的壶型的身筒，不借助任何模子，太难了。这就是紫砂壶的绝妙之处。

然后，葛陶中开始动手了。

突然变了一个人。

这是一个很难用文字描摹的场景。你看到的是两只手协调地、一里一外地、在不知不觉的旋转中拍打，这种拍打的声音非常清脆悦耳，张弛的力度在起落之间弹跳，既不能太轻，又不能太重，这轻与重的标准只有尚在"襁褓"里的身筒知道，还有就是自己的内心知道。而内心的知道，是从不知不觉的混沌里突围出来的，那不仅是要千百遍地练习，还要更多遍地领悟。就像一只闹钟，它会在你指定的时间突然醒来并且昭告天下。打身筒的起承转合里，深藏着中国人对宇宙秩序的浪漫构想，然后用一种最简单、最丰富、最自然、最漫不经心而又最锲而不舍的方式呈现出来。

你看到了什么？简练。淳朴。厚拙。凝重。

那个刚刚形成的身筒呢？雄浑。圆润。沉穆。劲挺。

那把木拍子，敲打起来，端的是柔婉、空灵。

外边的手，拿着木拍子，拍打的力量是均匀的。看上去并没有用什么蛮力，但一记是一记，力度很到位。旋转的节奏与拍打的节奏是成正比的。

里边的一只手，貌似衬托，只以四根手指，若即若离地扶住内壁，实际上，整个拍打都由它来掌控。它用多少力来托住，外边的那只手才能用多少力来拍打。

两只手之间的默契，太难得了。

一个弧形的圆，是在它们的调教下，慢慢形成的。

慢慢地，一个壶体出现了。像一个"窝"，它的形成，是壶手内心的那个壶体与手里的坯体的切换。

此时，"技"已经退到一边。

见不到的技，才是最恰当的技。慢慢地，身筒变成了一个气场。它像一个"心"，已然在释放能量。此时此刻，你的心性与它完全接通了，在无数记拍打后它脉搏强健，呼吸绵长。丑也好，俊也罢，它是一个生命了。

一个刚打好的身筒立在那里。虽然还粗糙，但气度已然显现。乍一看，像个兵马俑，眉眼还不太清晰，但浑身的张力正在往外散发。

整理泥凳时，葛陶中把刚才干活截下的泥头、边角料，取了几

做壶

203

第四章 发力

块，放在一个装清水的陶罐内，浸泡了几分钟，然后捞出，放在一边，让其继续吸收水分。

这是派啥用场呢？

他一笑，说等会儿你就知道了。

接下来就要把矩车划下的圆圆的底片，镶到身筒的一端了。

这是上底片。其衔接部分的黏连，就是靠滋泥的作用。

两只手的那种协调度，只有当你现场见到了才能信服。把圆圆的底片放到身筒的一端，其吻合度、平整度、圆度，怎么都那么恰到好处啊？

然后，打上脱。

上脱，是什么意思？

用木拍子，轻轻敲打身筒的上端，让刚镶上去的底片与身筒的接口能够深度吻合。必须给予一定的力度，否则，两者之间的衔接会有问题。在密集而力量匀称的敲打中，它们的血肉交融了，再也分不出你我。滋泥亦已消隐，它唱个喏，也融入到身筒里了。

第四章 发力

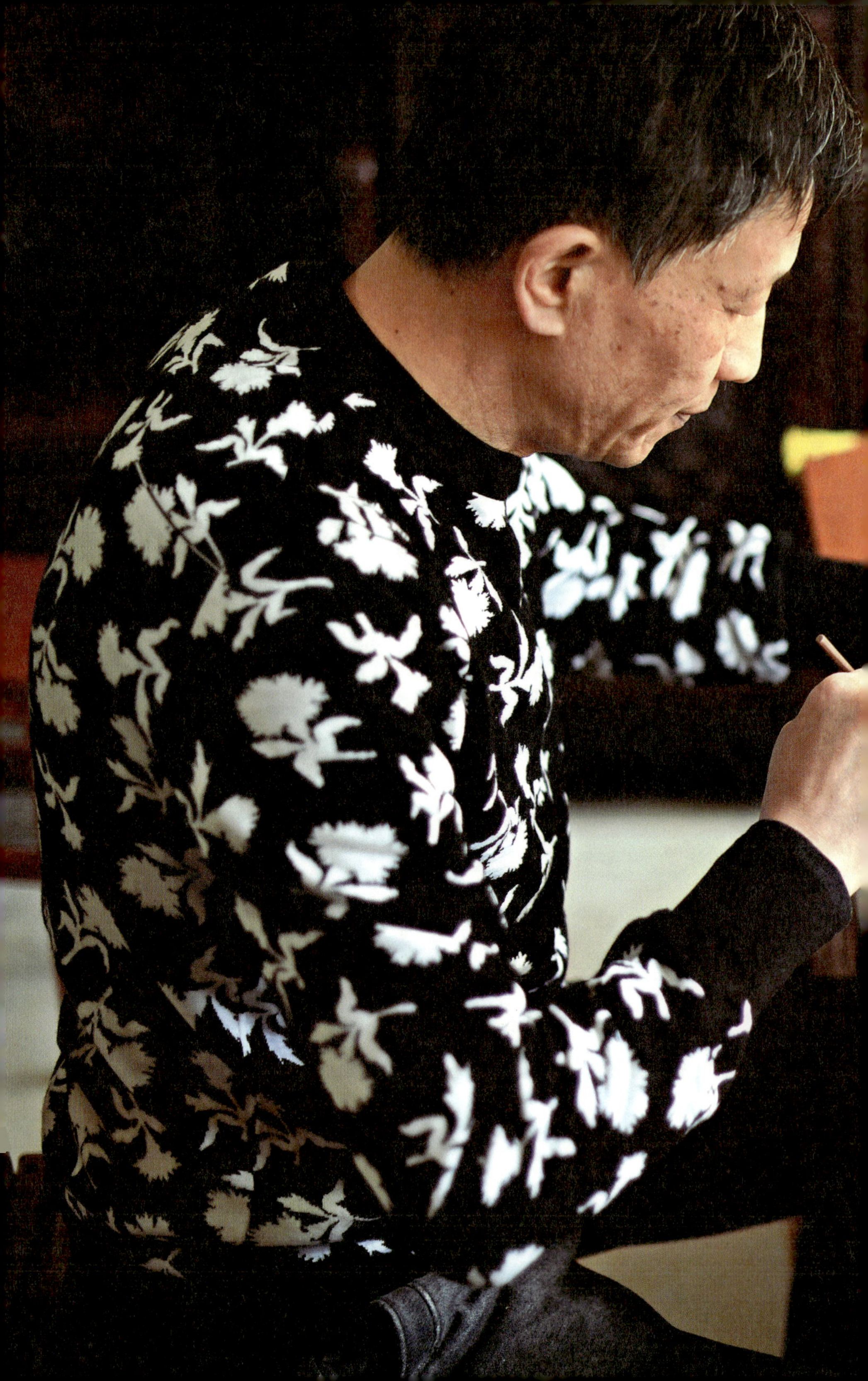

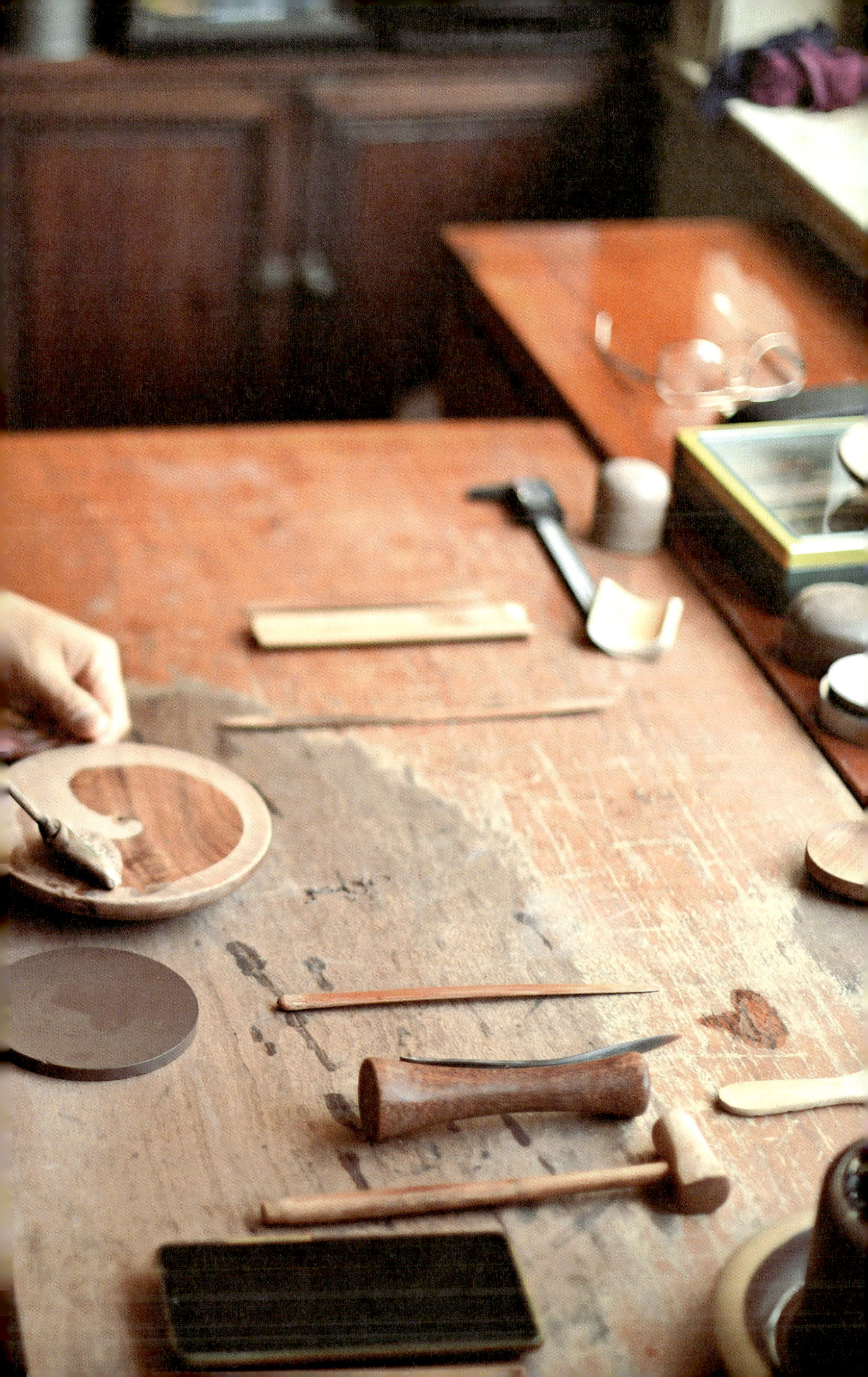

一捺底

说的是做壶底。

今天的壶手,对"一捺底"这个名词,可能有点陌生了。古法制作"茄段壶",它是一道至关重要的工序。

先让你看一只葫芦的底部吧。中间那个凹圆,就是茄段壶的底部所要的效果。

细细看那个圆,真顺溜、地道。那种无可比拟的圆润,真的无法用言语表达。

最早把葫芦底部的那份圆润移植到茶壶上的,是哪个壶手呢?岁月并没有留下他的名字,却留下了他做的壶,那就是吴经提梁壶。

吴经,是明代嘉靖十二年(1533)去世的一位司礼太监。那个年

第四章 发力

代,太监的权力很大。吴太监的墓里,随葬的宝贝太多,而这把提梁壶,居然忝列在贵重的葬品之中,这表明当时紫砂壶的地位已然不低,而且,它还是当时紫砂壶中的极品。人们发现,此壶已然具备紫砂光器"骨肉停匀"的特点,尤其是壶底,之前的都是平的,手法简单。而这个提梁壶的底部,成熟的凹圆很性感,让人联想到葫芦的底部。民间语汇里,葫芦一直是福禄的谐音。遗憾的是,人们不知道制作此壶的壶手是谁,由此推测,当时壶手的地位还是相对偏低,只能用墓主的名字来命名它。吴经提梁壶,便成了一件里程碑式的作品——后来的壶手对它最虔诚的致敬,就是学习它的制作手法,而"一捺底"是此中关键的一招。

首先出场的是两个一大一小的虚砣。

先在大虚砣上拍出一张凹圆形的泥片。壶手称其为"虚片"。

虚片不虚。把它上到身筒的一端,它便成了壶底。滋泥在等候它,让它和壶体的边墙汇合。这里的规则是,虚片要比壶体的边墙小半毫米。

然后是滋泥的到位,它均匀地铺陈在薄薄的壶体壁端,以最大的热情,迎接着虚片入怀式的镶接。

然后,拍打。

第四章 发力

右手抓紧木拍子,呈45度角,在左手的来回推挡下,有节奏地拍打接缝处。

这是一次颇见功力的拍打。两只手的配合,堪称绝妙。木拍子击打接缝的地方,亦步亦趋。力量看似并不很大,但一记一记,非常结实,都落在要点。而左手的一推一挡,就像说相声的捧哏,与逗哏一吹一唱,相映成趣。

现在我们看到的壶底,像一座蒙古包一样。

葛陶中找出一根针,在壶体上扎了一下。顿时,一股气体喷薄而出。

这股气,是憋屈、困顿之气,它们原本是鲜活的,壶底与壶体的镶接,把它们困在壶内了,放它们走吧。

不放走,它们会滋事。

然后,小虚砣上场了,它在壶底中间找准定位,气定神闲地形体向下,一记,两记,三记,四记……

一个饱满的凹圆,在小虚砣的轻轻敲击下,正呈现它豆蔻少女般的笑靥。

葛陶中回忆,起初,他总是做不好"一捺底"。师父顾景舟耐心给他讲解要领,说,"一捺底"的关键,是要让壶底具有千斤顶力,若无力度,势必软塌。至于如何收口,如何使壶的肩部开张有力,顾景舟亲手示范了。

第四章 发力

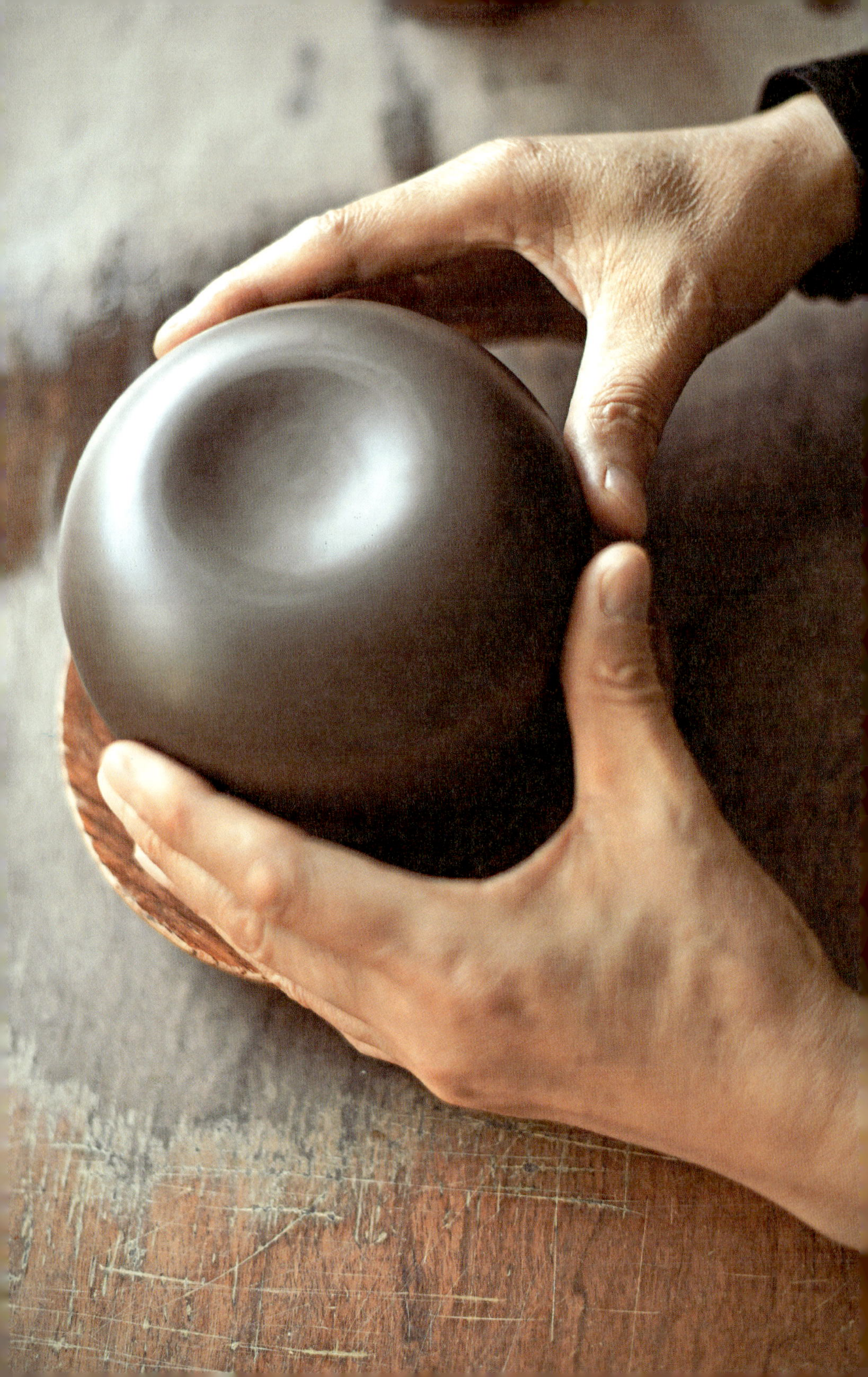

一双看上去文弱的手，顿时青筋暴露。一旦动起来，其力道，让人顿生敬畏，一招一式，干净利落，无半点多余。

这就是秘籍。文字无法传递它的力量。从字面上解释，捺，需要用拇指，一捺底，就是要一下子捺到底部，不能有半点犹豫，而且要一记到位。

这样的解释，肯定不能让圈外的读者诸君满意。但是，完全把他们口述的关于"一捺底"的概念和制作过程记录下来，读者却又看不懂。怎么办呢？

那就把它放一放，像伏土一样，交给未来的时光吧。

搌身筒 | 篦身筒

一把好壶，首先要耐看，这并不容易。

懂行的人看壶，是挑剔。他好壶看得多，内心里有很多参照。挑剔这一关过了，才轮得上欣赏。

多一分则腴，减一分则瘦。这个和谐的几何体，应该有着迷人胴体般的魅力，你知道它并不是天生的，而是壶手一遍一遍搌出来、篦出来的。

搌身筒。

搌，就是整理与修改。因为没有模子，靠手感拍打出来的身筒，肯定有些许不够圆整的缺陷。搌，就是在用木拍子轻微地按摩壶体的某个不和谐局部，以寻求协调。在这里，任何一个细微的缺陷都不可能被放过。光与影的投射,让壶体上的每一个细小的缺陷都暴露无遗。彼时双手的配合,已经到了你中有我、我中有你的境界。

篦身筒。等于是定稿前的最后梳理。葛陶中说,做此道工序,总会不由自主地屏住一口气。这口气很重要,它决定着一个壶体在最后定型前是否具有潇洒而灵光四射的身姿。从全手工制作的角度说,手工捶出的泥,泥门都是打开的,就像人的"骨密度",有点松弛。用篦子来整身筒,也有让泥门紧凑的功效。

所谓泥门,是肉眼看不见的细孔。它恰恰是紫砂壶的魅力之一。其绝在于:透气而不渗水。当沸水注入壶中,所有的泥门全部打开,拼命透气,整个茶壶就像一个冒汗的蒸笼。然而,泥门淤塞的壶,却不会有这般光景。不透气的壶,会越用越脏。泥门过于松弛,壶的精气神就会垮下来。紧而不松、松而不垮,是壶手心里的一杆秤——在梳篦身筒的过程中,篦子与壶体会产生一种默契,你不能停下来,必须延顺着梳篦本身产生的气场,心手如一地一遍遍篦过去,直到你心中的那个理想的几何体与眼前的这个身筒合二为一。

所谓古法,其核心就是顺应泥性。顺应的过程,也是一个较量的过程,泥料是桀骜不驯的,如果不顺着它,瞎折腾,它就会自暴自弃——随便你们怎么弄吧,"老子"不奉陪了。于是把自己关闭起来,所有的特性都不再呈现。它无所谓,就是回到昏暗的万古长夜般的矿洞里,也就是一场延续版的长眠而已。

顺应也是激发。你用一把钥匙，打开了着它的灵性之门，它就没法不掏出自己的心窝子了。说这是较量，似不太确切，叫切磋吧，你激发它的灵性的时候，它也触动了你灵性的穴位，你激情四溅的时候，它便偷着乐。

此时，壶手与身筒已经有了气场交流。相怜得莲，相偶得藕。一种无声的默契，指向着相互成全。你心里要的，是一个怎样的身筒呢，栏杆拍遍，惊鸿徐来。那些时光深处的经典在翻篇，是陈鸣远的，还是邵大亨的？你内心的那些如雷轰顶的参照，此时应该出场了，它们会引导你，走向一个有可能接近完美的身筒，走向一把有可能向经典致敬的壶。

木转盘。平心而论，全手工制壶，木转盘是核心。泥性会拜倒在它的脚下。这个不很起眼的半圆锥体，在制壶的过程中一直起到稳定壶心的作用。

擀身筒和篦身筒，当然要放在木转盘上来进行。你做任何动作，木转盘都会顺着你的手势，做出呼应。它的核心理念是，任何时候都不让身筒变形。它可以360度地旋转，也可以任意地倾斜。它是细微，它是默契，它是顺从。它懂得并顺应你的手势，创造着成为一种力量的补充的可能。它摇摆的样子像个不倒翁，它表情有时诡异，那是你不会熟练地使用它，但大多数时候对你忠心耿耿。如果你懂得它的妙处，它便甘心成为你手感的一部分。

第四章 发力

做壶盖

先把虚砣放到泥凳上。用一块打好的泥片,是圆形的,放置到虚砣的掌面。然后,用右手小指头的侧面,轻轻敲击泥片,从上而下,然后沿着泥片的下沿。

左手侧面的这一小块肌肉,在人的手掌上,堪称无与伦比的"骨肉停匀"。任何一件工具,都替代不了它的柔韧与自如。其内侧,是有力度的肌肉,外侧是柔中带刚的手骨。当内侧与外侧灵活地来回配合敲击的时候,泥片听话地变成了你想要的形状。

此时左手并不闲着,木转盘是靠它在轻轻转动的。它转动的速度,跟右手掌侧面敲击泥片的节奏,一致而默契。

泥片在虚砣上大约转动了两三圈,一个壶盖的雏形出现了。它是

第四章 发力

最初的壶盖所需要的那个圆弧。此时它还有些不修边幅，带着乡野的随意。粗糙是难免，似乎有点莽撞。显然它还不够圆。跟那种矩车画出来的圆，完全不一样。矩车画的圆，虽然规整，但却木呆呆的，只有用手掌侧面的灵肌妙骨敲击出来的圆，带着性灵的随意，它才是壶手心中要的那个圆——不是百分百的圆满，而是有个性的自己。

　　葛陶中说，在装嘴把之前，撆身筒、整身筒相当重要，心中要的造型必须在这时候加以定型。手艺可以传给你，但手感是你自己的造化，要靠几十年的修炼与领悟。

壶之颈

美人的脖子，葱一样顾长秀美，称玉颈。可见，一个人的脖子跟脸面是一样重要的。

壶也有颈。不过，壶界的方言术语称它为"坨只"。问葛陶中，为什么好好的壶颈，叫这么个名字？他憨憨一笑，老前辈们都这么说，谁也没说过其中有什么深奥的意思。

但有一个道理壶手们都明白，壶颈，是上通下达的一个枢纽。懂壶的人，打开壶盖，顺手就在壶颈的边沿摸上一圈，手感告诉你，这个壶颈是可以托付的。如果你再细看它的构造，似乎它并不是一个独立的存在，因为它连接着上下左右。身筒走到了它这里，有一个看似不经意的转折，它是某种力量的释放，也是对几种力量的缓冲与传递。

如果把做壶颈的制作过程如实地写出来，会让壶界以外的读者感到枯燥。但是，这个制作的方法，却体现着古法制壶的妙处。怎么办呢？

还是要详略得当地写。这么说吧，壶颈的制作，体现着制壶者的功力。技术层面的活儿先放在一边，壶手得有眼光和定力。也就是说，他在做壶颈的时候，不能机械地满足于现成的"尺寸"。我们看一个美女，如果她的脖子偏长或偏短，我们是会在心里感叹一下的。而一个非常匀称的脖子，反而会被我们忽略——因为它迷人地"消失"在一具美丽的胴体之中。

壶颈也是这样。

滋泥。满片。这是做壶颈的两个关键词。如果让一个熟练的壶手用行内术语来阐释，他会这样跟您说：

滋泥要砌在坨只的外圈，再粘在满片上，坨只的外圈直径，一定要大于满片的直径。坨只的内圈直径要小于满片的直径，这样坨只的宽度才能盖住泥条和满片的缝隙处，上坨只要端正，其规脚孔和满片的归脚孔要对准。

看不太懂的读者，或可忽略。之所以把这几行文字记录下来，是对一种工匠智慧的敬重。一种"秘籍"的神秘感，在看上去并不出色的文字里游弋。你也可以把它理解为一种用文字组合的密码。即便你全部懂得它们的含义，也未必能够驾驭它们，因为，工在先，艺在后。没有壶功的先行抵达，艺，也必然空怀壮志而落不了地。在民间工艺的深海里，每一道工艺都是一个岛礁，明的、暗的、大的、小的，非亲历者，便未必全都知晓个中三昧。

　　有时是叠加，有时是延伸，有时是削减，有时是加强。壶颈上好后，与壶身，先要成为一种直角的关系。接缝处，用滋泥来填补。滋泥的渗透，是一个缓慢的过程。一遍、两遍、三遍。壶身的大弧线与它汇合了。一种叫"勒只"的竹质工具，熨帖地执行着一道工序，先是妥妥地刮——把滋泥一点点贴到接缝里，让其吃饱；二是缓慢而力量均匀地勒——一点点勒紧，不让接缝处有气孔；三是一点点收紧——大弧线走到这里，要转换为小弧线，这里的点线面，都必须是顺畅的，不能有半点死角。并且，要有一种视觉上的节奏感。就像人体，从头部到颈部，延伸到身体，大S连着小S，都是舒展的。从乐感的角度，壶体的大弧线，仿佛是长调，到了壶颈这里，是一个缓慢的短调，然后，一个舒展的懒腰，把自己的两端分别接到壶的延伸部分。此时你发现，壶颈与壶体的关系，真的很像头部与颈脖、身体与颈脖的关系，那就是自然匀称，不着痕迹。如果你不刻意的话，会一时找不到壶颈在哪里，因为它已经走进并融入了壶体。

大只勒只

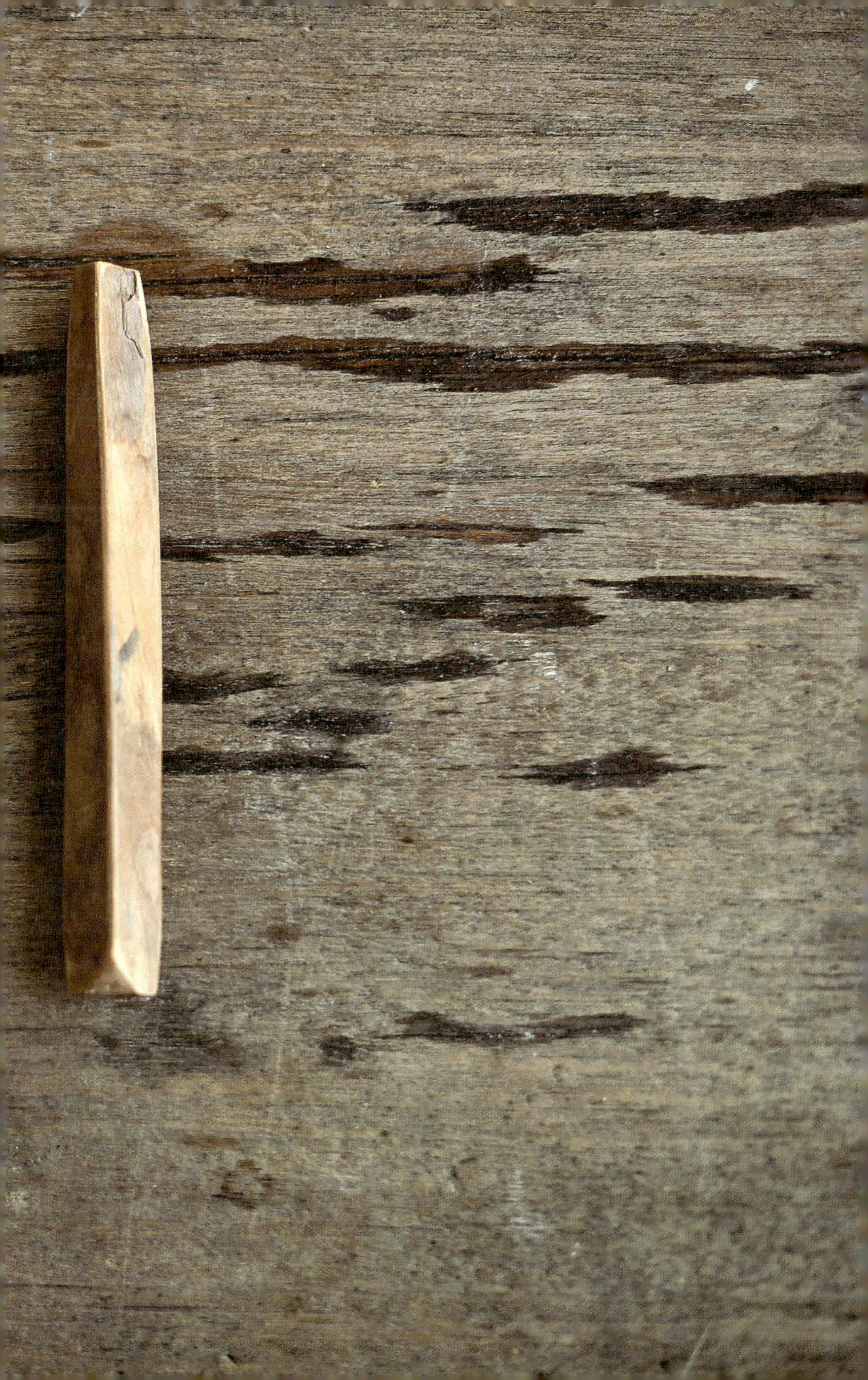

S形的曲线，符合人体的自然曲线，与我们有一种天然的亲近。一把紫砂壶，大多为几种曲线相结合的佳构。其基本形式有圆形、扁圆形、方形，它们在壶体上的不同部位，又变化为弓背形曲线、转折形曲线。线与面的交接、延伸、归位，构建成一把壶的从容姿态。

必须提示的是，此时壶体的两端要各用一块"满片"填起来，否则，壶体会在不断的翻动中走形。黏合它们的依然是滋泥。现在你看到的壶身，就像一面鼓。它的体型因为满片的黏合，会保持一种相对的固定。

第四章 发力

做壶

搓嘴、把

这一节比较关键,但要写好有点难。

壶嘴与壶把,在一把茶壶上,非常重要。

行家说,<u>壶嘴是壶之精神,壶把乃壶之舵位</u>。若将两者连起来,它们是会相互贯气的。

我们内心潜在的审美观,在观赏一件器物的时候,总是喜欢圆满与对称,喜欢那种来路出处都交待清楚的细节流程。就像看一部戏,人们喜欢有头有尾的情节,要有铺垫,要有曲折,要有高潮,要有圆满的大结局。

此地人对自己可以确定的事,有一句俗语,叫"有数脉"。

这个"数脉"接通着一个人的价值体系。脉连着心,而数,需要用手指。心里有数脉，那就是在判断一件器物的时候，会调动他记忆里储存的所有价值判断。我们的老祖宗讲的是中庸之道，不偏不倚，上下观照，左右协调，虚实相间，和谐适度。

比如造屋、打造器物、家具，无不渗透着中庸的理念。

体现在一把壶上，也是如此。按照"允执其中"的概念，壶嘴和壶把，一个是头，一个是尾，它们首先要对直，要不偏不倚地在一条直线上。喜欢挑剔的壶友，拿起茶壶，直对着壶把和壶嘴的方向，眯起了一只眼睛。

他看到了什么？

两点成一线吗？这个只是工艺层面的视觉。最紧要的是，他感受到了一股气流在涌动。

如果他是个古典诗词爱好者，他会想到两句诗：

惠风吹尽六条尘

清净水中初见月

有这么神吗？

这两句诗贯气。是的，壶也是活一口气。

像揉干面一样。葛陶中把先前放在水罐头里的泥头和边角料取出来，此时它们已经吃饱了水，变得有些膨胀。葛陶中一看干湿度差不多了，便开始揉泥。这看上去颇像揉面。与揉面的区别是，葛陶中只用一只手在揉。那是因为，泥团的体积较小。但他揉起来的手劲很大。于是我们知道，揉泥团，也是需要功力的。它不具备表演性，但一堆杂乱的泥头不一会儿在一个收放自如的拳头里，变成一个亲如一家的泥团子，真觉得有一份妥妥的暖意，在那个泥团子里荡漾开来。

然后，用鳑鲏刀切下几条。

手掌功夫，你见过吗？

壶嘴，是用手掌搓出来的。先搓成一根细细的泥棍。然后，手掌的用力开始倾斜，几个来回之后，它的一头慢慢变细。来回搓动的频率，有点像古体诗词的平仄，有一种不经意的抑扬顿挫。天知道，看似随意的来回搓动，暗藏着一股多么机智的巧力。搓动泥棍的时候，五个手指是张开的，但它们有时会默契地微微收拢，又不经意地伸开，你怎么知道，它们是在施展魔力，还是在均匀地分布各自的张力？

慢慢地，这根手掌下的细泥棍变成一个像子弹头一样的东西了。这个一头粗、一头细的圆锥体，人们还无法把它和一个壶嘴联系起来。直到一件秘密武器的出现，人们才恍然大悟。

它叫通嘴尖刀。特别细长，被称为尖刀的那一部分，有着锋利的尖锐。像一场穿刺一样，它果断地插入这个圆锥体的中间位置，然后，从圆锥体的另一头，露出它的刀尖。

也就是说，它一下子就掌控了局面。

现在葛陶中不再用手掌来搓壶嘴了。他把它交给了通嘴尖刀。然后，他双手攥住尖刀的细长的柄。按照内心那个壶嘴的形状，在泥凳的台口上，来回地滚动。开始，它滚动的节奏是缓慢的，泥凳的台面带有一点恰好的湿度，这个即将成为壶嘴的不对称圆柱体，已然感受到了被规整的约束力。手感的力度让它服服帖帖地通过滚动，把自己变成一个均匀的，看上去比较舒服的物体。

接下来，通嘴尖刀退场。两只配合默契的手，将这个"准壶嘴"弯成自己要的样式。我注意到，那种弯曲，是以一根中指为"杠杆"的，也就是说，中指的两头在用力，弯曲部分就以中指为支撑。在此过程中，葛陶中不止一次地把它放到壶体上比试，他要看看，这个壶嘴的大小，是否与壶体匹配。这种比照，看似随意，其实有自己心里的考量，想必也是有经典的参照吧。

对一个壶嘴的最高要求是什么？一是精神，二是饱满。精神自不必说，壶手本人的精神状态，以及对精气神的理解与传递，自然会落实到壶嘴上。至于饱满，按葛陶中的理解，你在转动这个壶嘴的时候，从任何一个角度看，它都是饱和、圆满的。但饱满并非丰腴。多一分则腴，少一分则亏。这里的饱满，是以张力为基础的。它会让你感觉到一种有筋骨支撑的力道。腴者，肥也，不符合素简空灵的光器作品的基调。

第四章 发力

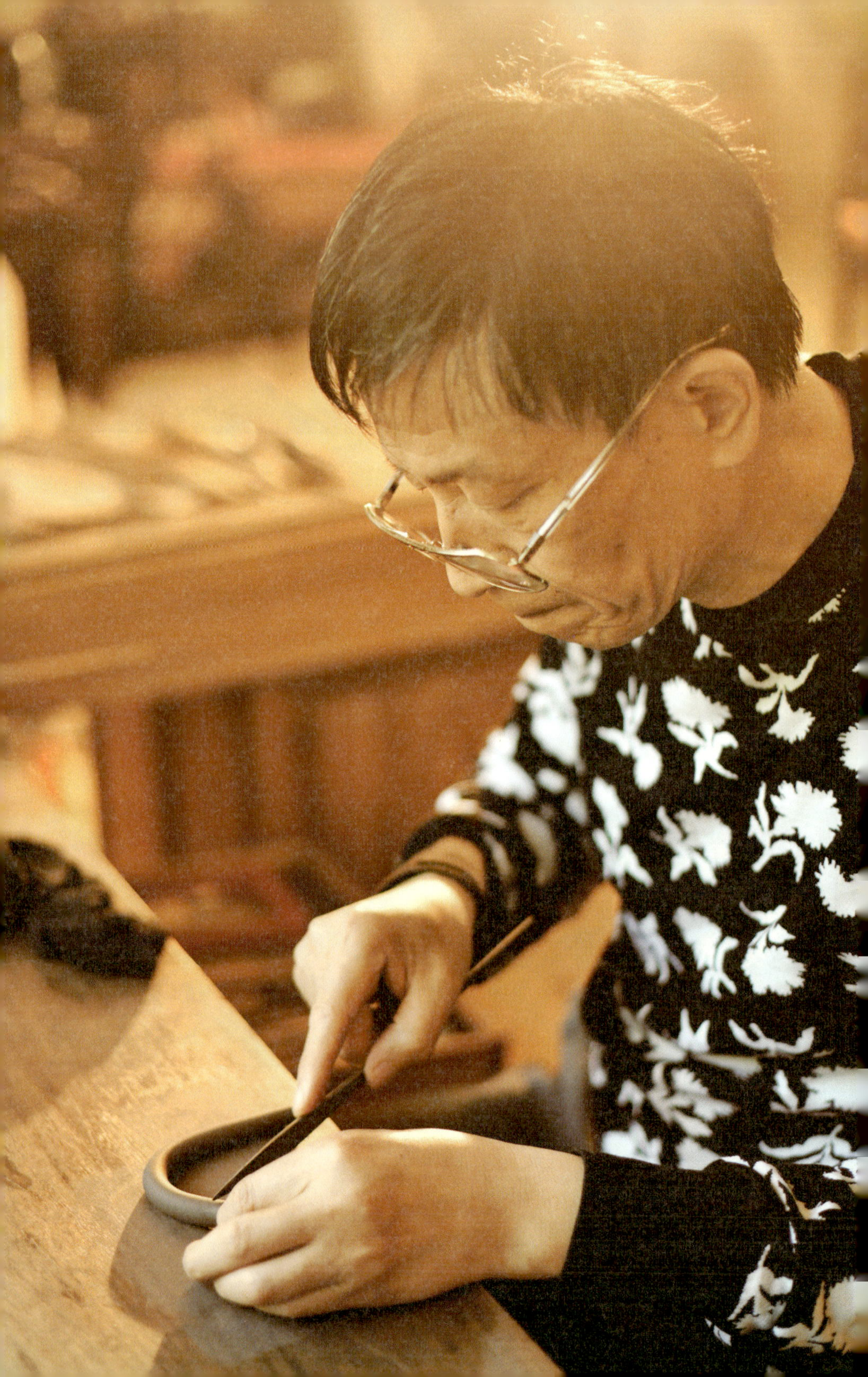

第四章 发力

做壶

第四章 发力

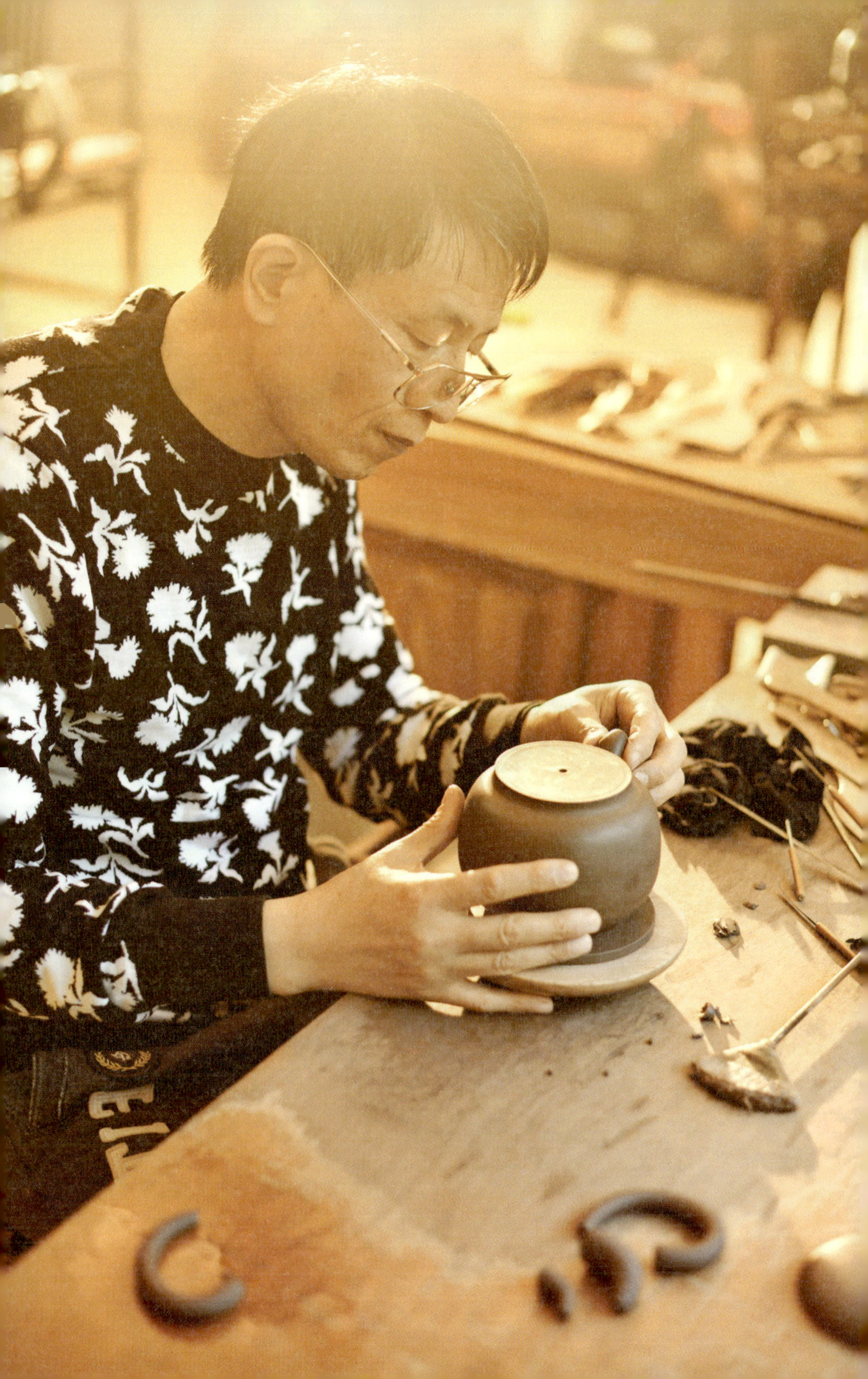

搓壶把的方法如同搓壶嘴。不过,壶把的弧度比较大,其弯曲中由粗慢慢变细的过程,如同汉简字体中,那长长的一竖,开始是瘦的,下垂的过程中,它优雅而飘逸地渐渐变粗,然后在收官前又慢慢变细,最后又提起来,有如一股气的回旋,给人一种荡气回肠的感觉。

壶把的弧度是如何规范的呢?它的造型与壶身一样,也是双曲线。也就是说,它的弧度是以壶身为参照的;同时,它还要考虑到执壶者拿捏此壶的手感是否舒服、方便。它不知道使用此壶的人是男是女,是位长者还是个年轻人,但是,它将以万应之策来做周全——它是圆融的,弧度下垂的时候,空间是开放的,大手小手、厚掌薄掌,都可以在这个空间里找到恰当的手感。

所谓拿捏,先要拿得住,那是食指、中指的事;而小拇指可抵在壶体的下部,像兰花指,作逍遥状;至于捏,当然是大拇指的功夫了,它的覆盖范围,应该涵盖壶体和壶盖的边沿部分,也就是说,它按在那里,壶盖不会因为壶体的倾斜而发生松动。

壶把制作的"梳头功",也是古法制壶的一个秘籍。用一把尖刀,沿着壶把的周身,像篦头发一样,密密麻麻地画出一道道的细痕,也是匀称的。此时壶手会不由自主地屏住呼吸,含住了腹腔里的一口气,从里到外,像缝衣服的针脚,一分一厘也不可放过。缘何如此呢?这便是古人的智慧,是为接下来的明针活儿打下基础。看似不经意的画圈，其方向是一致的，这是为明针设下的一处伏笔，就像被犁过的地，气场完全被打开了。明针刮上去的时候，特别顺畅。壶把本身也特别舒坦，特别愿意把最好的包浆呈现在表面上。作为一个老到的壶手，葛陶中轻巧地拿起明针，很容易地把它弯成一个U形，在手指的引领下，它小心翼翼地贴近壶把，像抚摸一个新生的婴儿，它来回刮动的姿态是温柔的，仿佛是一种呢喃般的吟哦。然后，没有几个来回，一个原本粗糙的壶把毛坯，被它轻而易举地摆弄得光影可鉴。

又浮现出那个词：玉觉觉。

从肌理的角度说，梳头功的使用，会让壶把的材质更坚韧。

第四章 发力

嘴孔｜子口

有模有样的小铜管，在壶体内部连接壶嘴的地方探头探脑，是想干吗？

答曰：在预定位置开若干小孔。这些小孔加起来，正好是一个圆形，这便是嘴孔。

嘴孔是被小铜管扎出来的。在这个预定的圆形里，壶手会根据壶的大小，扎7至8个嘴孔。看上去像个蜂窝。

也有单孔的。那就是一个出水洞。明代早期的老茶壶即如是。早先的茶壶体积大，通常用来吊在火上煮，而茶饼当然也大，根本不用担心壶嘴会被茶叶堵塞。明代中后期，饮茶方式的逐渐改变，大壶被时大彬们改成小壶，"龙团凤饼"也改成散茶，葛陶中认为，改用多个嘴孔，应该是明代后期的事。蜂窝形的嘴孔，是防范茶叶堵塞壶嘴的出水。

也就是说，陈鸣远那个时代的茶壶，已经开始改用蜂窝形的多嘴孔了。

扎嘴孔，并不是直出直进，那是有方向的。我看到葛陶中扎嘴孔时，手势有些倾斜。问：为什么？他说：这个要根据壶的弧度来展开。一个壶手心里应该明白，在向壶嘴送水的时候，水流的方向和力度不能分散，而是要形成合力。所以，嘴孔的布局看似随意，实则精心。

葛陶中在挖嘴孔的时候，又拿出一件看似长脚鹭鸶的工具。它叫弯头长嘴尖刀。

问：别人也有这样的弯头长嘴尖刀吗？

答：每个人的手势不一样、习惯不一样，工具也会有差别。不过，扎嘴孔，长嘴尖刀是免不了的。

看那刀尖，头上有点翘，它很容易进入嘴孔的内部，进行必要的清理。嘴孔留多大，中间和边上的嘴孔的大小是否一致？

葛陶中说：这个并没有死板的规定，一切都是根据现场的情况来定。壶嘴的出水要靠嘴孔的畅通无阻来支撑。

你看他手持长嘴尖刀，轻车熟路，像掏耳洞一样，把那些细小的泥屑都清理出来了。

此刻壶嘴一定很舒服。

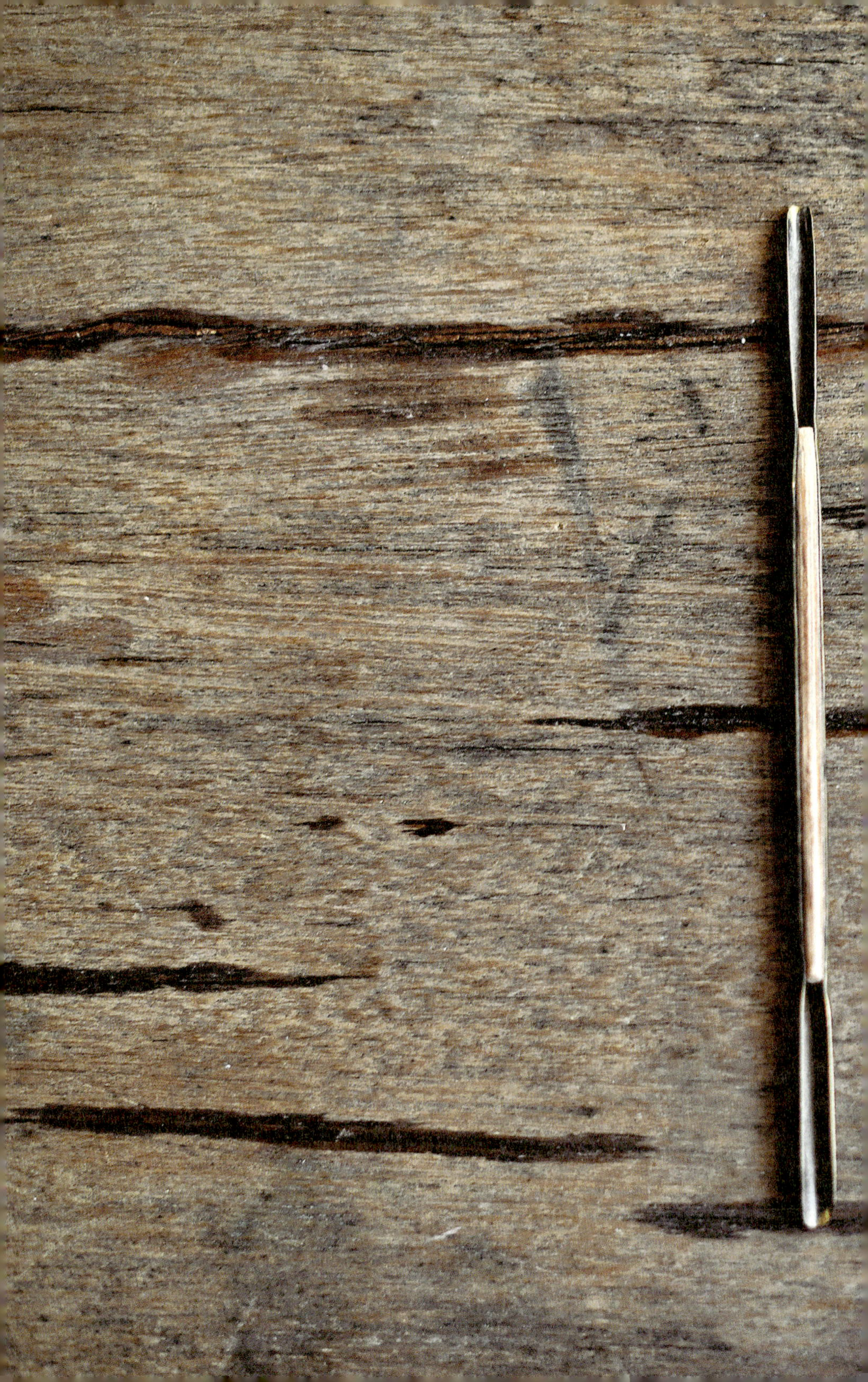

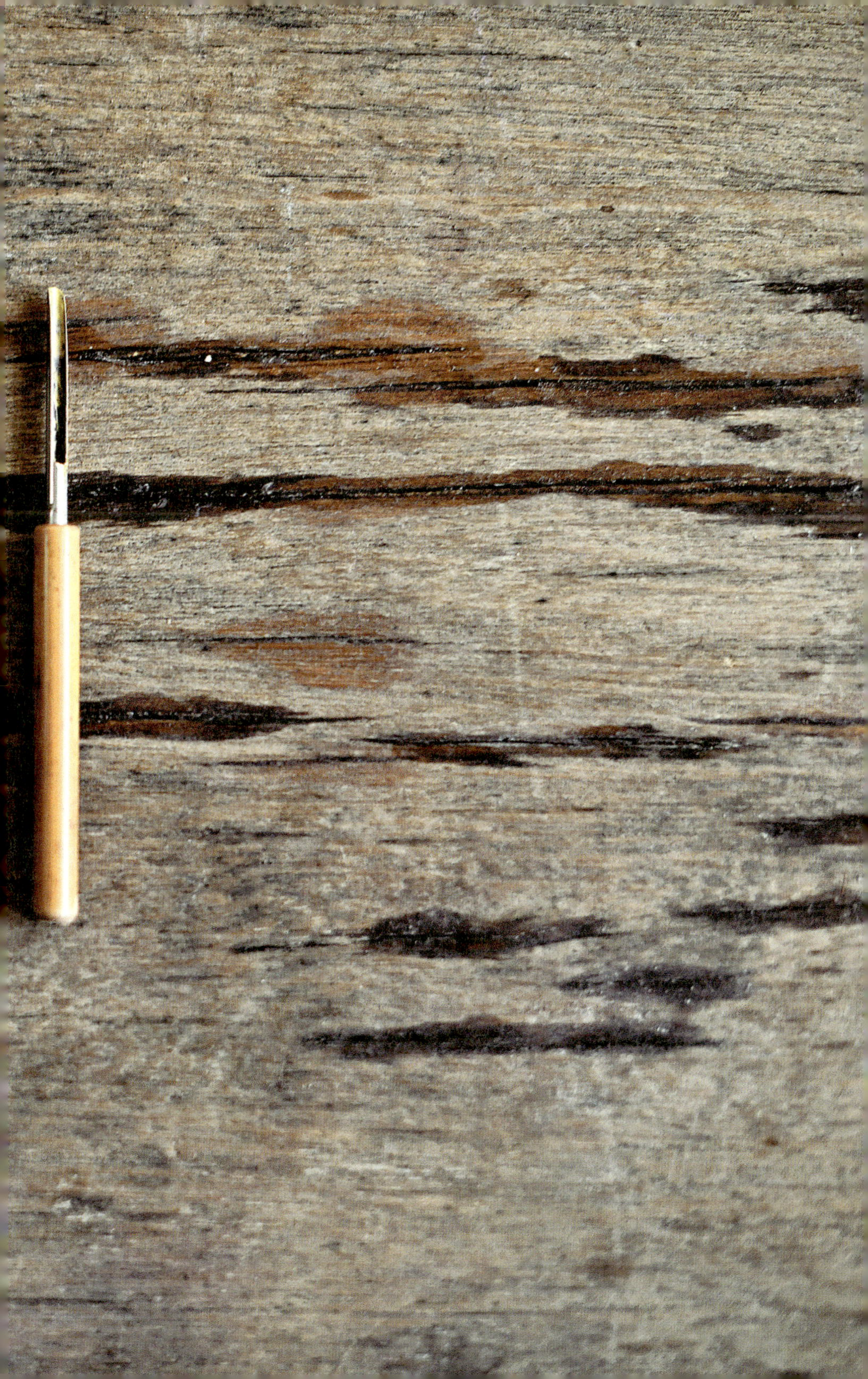

最后打扫战场的并不是长嘴尖刀,而是叫"独个"的小工具。您还记得那个小机灵吗?它的作用是修复每一个孔眼的圆正。里里外外,都要倒角。这样做,并不是追求好看,而是使出水更流畅。

接下来还有一个秘籍:嘴、孔、把,三点成一线。

壶把,如何装到壶体上?这里有一个匀称和协调的问题。以茄段壶而言,壶把的高度与壶口是齐平的。这是一个约定俗成的规矩,目的就是匀称。壶嘴也一样,它不但要跟壶把保持一致,也要接过壶把给出的一口气。呼应就是贯气,此时壶嘴与壶把已然在壶体上遥遥相对,壶上的气息,是根据线条来走动的。虽然还没有经过精密的打理,但是,从壶嘴和壶把被装到壶上的那一刻起,一股气流,已然在壶上萦回。

装壶嘴与壶把,在一把壶的制作里,是件非常重要的事。一些平庸的壶手,一辈子就败在装嘴把上。他也知道三点成一线,知道壶嘴和壶把要对称与呼应,从技术层面上,应该没有什么问题。但是,老法师走过来一看他的活儿,不免会眉头一皱。是的,三点成一线了,壶嘴很正,壶把呢,也不歪,也玉觉觉的。但是,总感觉哪里缺了点什么,缺什么呢,一时还真难说。想来想去,就说了这么一句话:

还差一口气。

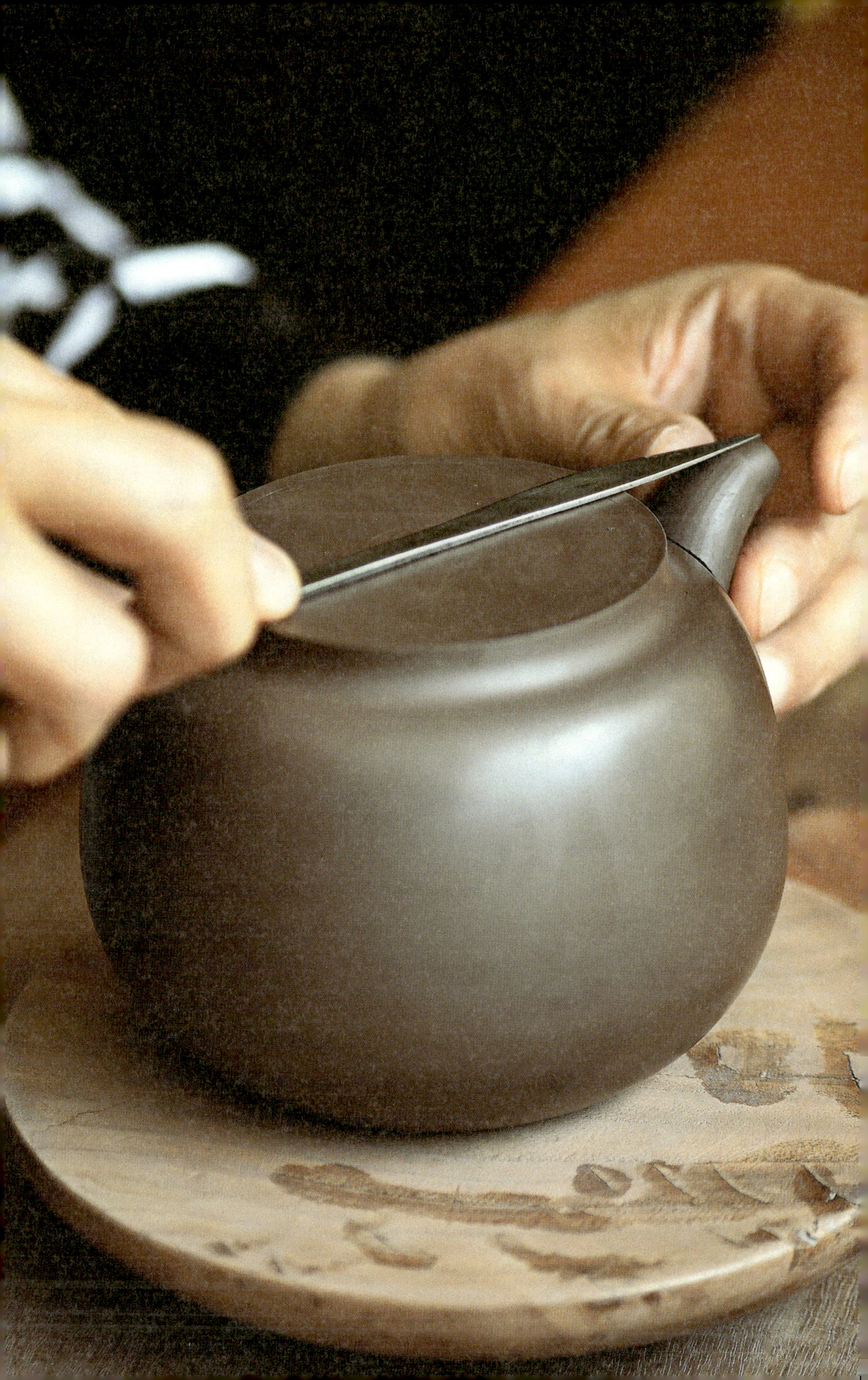

做壶

后来壶界对那些略有欠缺的壶艺,就约定俗成地用这句话来替代了。一个壶手终生修行,就是为了续上这一口气。

壶嘴与壶把装上去了,就此完结了吗?非也!

还有一个关键词是啄嘴把。

啄,是鸟嘴觅食的动作。用在这里,就是把滋泥,像鸟嘴啄食一样,一点一点,把衔来的泥偎在壶嘴与壶把周围。让它们与壶体真正地融到一起。

技术层面的活,是根据意念走的。明针先歇着吧,得用铁尖刀,一刀一刀刮,一点一点啄。

壶嘴与壶体的关系,就像拇指跟手掌的关系一样。当你伸出一根拇指的时候,其实把你的手掌也亮出来了。你会发现,拇指跟手掌的关系,跟树干与树枝是一样的。

啄完了,明针该上了。它等得太久,筋骨都痒痒了。它的耐心,在于一个韧字。它刮起某个部位的时候,是一波一波来的,疏可走马与密不透风都是它的风格。反正它瞄上一个地方,不把它刮得如镜面般光洁,是不会罢休的。

这是在赞美明针吗?没有壶手的手感,它不就是一张牛角片吗?只有它成为一双有灵性的手的延伸部分,它才是工具意义上的明针。

返回来讲,明针对一双巧手的成全与回报,有人想到过吗?明针不会说话,但它用自己的肢体语言,让一个粗糙的壶体脱胎换骨、焕发光彩，等于是在一把壶上演绎了一个传奇。

它是在用这样的方式，对壶手默默致谢。

壶手和明针的相互成全，靠的是手感与功力。如果彼此有感慨，那就应该向岁月致敬。

顺便说一句，明针干完活，也需要养一养。它只消一罐清水，你就把它放进去吧，清亮的水，浸润着柔韧的牛角片，我们听不到它的呢喃，但是，当你再次把它从清水里拿出来使用的时候，我们发现它的柔韧度更好了。你把它弯曲的时候，像打开一面神力满满的弓。

在一把壶上，壶嘴与壶把如何安放，它们身姿的最佳状态是什么？

当年刘海粟曾经这样评价顾景舟壶上的壶嘴与壶把：

> 别人的壶，壶嘴和壶把都是安上去的。顾景舟的壶，壶嘴与壶把，是从壶里长出来的。

海老的评价，贴切而传神。作为壶手，都想着自己的壶，在业界能占一席之地，在江湖上有个好口碑。壶嘴从壶里长出来，那应该是水滴石穿的功夫。古往今来，抟壶者无数，青名传世者能有几人？

接下来要做壶盖了。

如果把一个壶盖分解开来,你会发现,它是由盖板片、盖虚片、子口、的子(壶钮)四部分组成的。

先要把子口做出来。壶盖与壶体的吻合,就靠上下子口的紧密接触。就像人的上嘴唇与下嘴唇的吻合度一样。那也是一把壶的场面之一。

要把子口做好,蛮难的。

打子口泥条,你会听到一阵有规律的敲打声。接下来是打子口、围子口、上子口、勒子口。都是静心屏气的细发活儿。在子口的接缝处,我们最常见的滋泥,简直无孔不入。它大摇大摆,一点也不客气。是的,没有它,所有的活计都无法进行。

这其中,盖头这个活儿,亦颇见一个壶手的功力。坐在葛陶中对面,我看到他先把盖板片的周边,用一个小竹片轻轻勒出一个斜面。再把盖虚片放在虚砣上,慢慢用手掌击拍,使之成为一个碗状的坯体。然后,用滋泥棒从容撂起一坨滋泥,均匀地抹在它的周边,把盖虚片轻轻黏合到盖板上。然后,再把它放在小木转盘上,一个整合弧度的盖头篦只,两手轻轻地配合,一圈,两圈,三圈,如此,一个壶盖的形体便诞生了。

规矩与方圆,从一开始就在相互成全。弧度在规矩里并没有硬

做壶

性指标，但是，壶手的视觉经验却给出了划定的疆域。规矩走到哪里，都在以方圆做依托。篦只，既是规矩的执行者，又是方圆的逐梦者。无数遍地在壶体上刮来刮去，给出的是宗教般的虔诚。每一遍刮，恍如栏杆拍遍，叩问苍穹。刮，是一种成全的语言，是迈向圆满的脚步，一个心中的均匀的安稳的圆柱体，就是这把篦只一记一记刮出来的。它让你想起，那些跋涉千里前往布达拉宫的朝圣者，一步一叩首的五体投地，然后，均匀的用力在时时改变它的形体——向四处施展的匀称的弧度，构成了它的全部魅力。

弧度占据了壶盖。它时时不敢忘却，它与壶体是一个不可分割的整体。这里的弧度，是要营造一个舒坦的、似鼓非鼓的坡面。它的中心是一个叫壶钮的"的子"。看起来它的作用只是拿捏壶盖，其实，它是一个气流的中心。一把壶上的所有线条，都在往这里汇聚。美学家宗白华在《论素描》一文中说："抽象线纹，不存于物，不存于心，却能以它的匀整、流动、回环、屈折，表达万物的体积、形态与生命；更能凭借它的节奏、速度、刚柔、明暗，有如弦上的音、舞中的态，写出心情的灵境而探入物体的诗魂。"

把宗先生的观点引申开去，我们或许可以得出这样的结论：点线面在一把壶上的应用，跟明式家具有极大的相似性。其核心理念便是简素空灵。

严克勤先生所著《天工文质》一书里，把明式家具和明代文人画做了比较，他认为，文人画对线条与墨韵的追求，就是强调这种线所勾成的刚柔、焦湿、浓淡的对比，粗细、疏密、黑白、虚实的反差，运笔中急、徐、舒、缓的节奏处理，以净化的笔墨给人美感，表现内心深沉的情感、精深的修养、艺术的趣味，独特的个性，展现其文人性情深处超逸脱俗的心态。

其实，紫砂光器的制作，与明式家具、明代文人画的风格，是一脉相承的。

当一把茄段壶的嘴、把和壶盖各就各位，整体呈现出一种从容的仪态的时候，你会突然发现，它真的和明式家具以及文人画很搭。

一个壶盖的里里外外，有很多转折的角度，在壶手眼里，它们都是一道道坎，考量着他的功力。你的面前固然有那么多工具，但还要靠手腕来操控它们。

我的手可以给你，可是我的脑子无法给你。

这是当年师父对恨铁不成钢的徒弟学生讲得最多的一句话。

这里的手，就是做壶的规矩和方法。而最娴熟的手法还是要听脑子的使唤。脑子的局限最终会让一副好手艺流于平庸。

不得不再次提到"手感"这个关键词。关于手感，很多人都在说，它到底是个什么东西？有的壶手说，熟能生巧，手感就是那一股巧劲；还有人说，那是一种通过修炼得来的最佳状态。

我问葛陶中，他不假思索地说，做，就会有手感；不做，什么都没有。手感就是天天在做，不做就难受，无处安放的那种东西。

可是，平庸的壶手也在天天做。他要往前跨一小步都很难。我们如何来解读他的手感呢？

我相信天才的壶手一定有灵感的护佑。他做壶时的那双手，与平时的那双手其实是不一样的。但凡一接触到砂泥，一碰到做壶的工具，那双手就会来电，瞬间完成切换，与冥冥之中的某种灵性接通。技生器，大技则生美器。唯有艺，才是通向道的途径。我们喜欢讲大器近道，那种逼近，有仰望感，但还是差一口气。道，是一种可以触摸却不可逾越的高境。什么天人合一，那太难，也太遥远，他只能把当下当作未来，把眼皮下的那一坨泥，融入自己全部的心血。只问耕耘，不问收获。于他来说，心手合一，心无旁骛，便是道。冬做三九，夏做三伏，亦是道。日常里近乎枯燥的埋头做壶、不计名利，是离他最近的道。如此，壶手的手感，就是跟生命一样宝贵的东西，他要用一生的勤奋、追求来呵护它。而它对壶手最好的回报，就是把他状态最好的刹那留在一把壶上。

一个小小的壶盖，要做好真的太不容易。它与壶口的吻合，尺寸的大小，里里外外的各种照应，用文字来表达，会显得繁琐而不够耐读。一个壶手的耐心在这里便经受了一些考验。反复地、一遍一遍地黏合，然后让它们变得你中有我、我中有你。壶盖与壶口的严丝合缝，是要把泥料的收缩率算进去的，多一分则卡壳，转动起来不顺溜；少一分则晃荡，一种漏风的感觉，沏茶时，茶水也会趁机从缝里漏出来。

　　有炫技的壶手，会在壶盖与壶口的吻合度上下功夫。早年，蜀山古南街的老茶馆里，"斗壶"的指标通常有两个：一是比壶嘴出水爽利程度，二是比壶盖与壶口的吻合度。转动壶盖的那只手，会同时左右摇晃，这是最简单也是最严苛的检验方法。纹丝不动的壶盖，如果有表情，那一定是自得地一笑；也有窃笑的壶盖，那是因为，看上去有那么一丁点缝隙，但你摇动它的时候发现，其实那是半丝不动的。还有的壶，因为过于讲究严丝合缝，冷壶的时候，它的确是刚刚好，但是，沸水注入壶中，壶体里所有的毛孔都在吸水膨胀，壶盖受热，会有那么一点点让人感觉不到的扩张，加上壶内热气的氤氲流动，这个时候你再去打开它，就感觉它被撑住了。怎么也打不开它。彼时有经验的茶客，会对着壶嘴吹一口气，那壶盖终于噗的一声，松开了。

　　可是，你总不能每次泡茶时，都对着壶嘴吹一口气吧。

而且，口盖太紧的壶，用起来终是小心翼翼，磕碰的几率大大增加，这也不符合喝茶时疏放闲适的心情。

陶中记得，师父当年曾经这样说：壶，到底是拿来泡茶的。壶盖与壶口的紧密程度，应该以泡茶方便为前提。他主张在严丝合缝的前提下，给出一点点余地，让壶盖和子口的吻合有一个宽而不松的环境。

宽而不松。那是一种标配。继而是一种有人文温度的境界，那上面可以依附饮茶者的心情。

后来有仿顾壶者，处处毕肖，俨然顾壶再生。壶拿到葛陶中面前，他看了一眼，用手摸一下壶盖，就不再看了。

撇开风格气度技艺不说，单是壶盖，师父不会做得这么紧。

仿顾者，只见树木，不见森林，何以懂得"宽而不松"的理念呢。

一把妙壶的壶盖，宽而不松地旋转着，逸出其性情气度。以一种无声的语言，与饮茶者一起，演绎着闲适恬淡的人生。

壶嘴的最后修为是，爽利的出水之后，如何保持壶嘴不流"口水"。

所谓口水，就是茶壶倒水之后，顺着壶嘴的下沿流下的那点茶水。它的出现，通常被茶客认为是一种毛病——只有上了年纪的风烛残年，说话的时候，关不住风的嘴角，会有令人不爽的口涎流出。

子口勒只

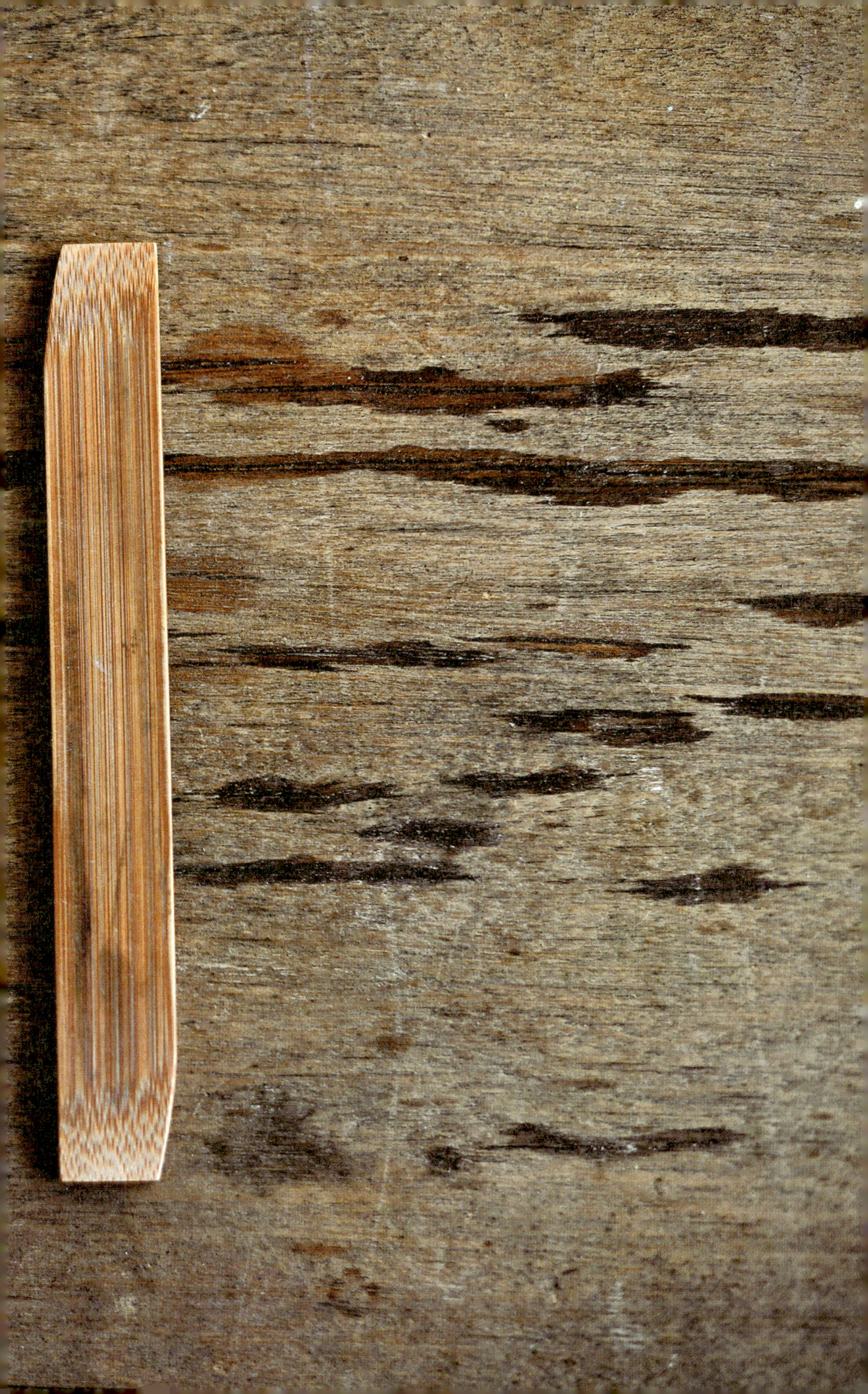

有的时候，茶客眼里的壶，就是一个人。

流口涎的茶壶，岂能不打折扣？

平庸的技艺走到这里，再也迈不动半步了。

壶手的心结是，如何在倒茶的时候不让茶水流口涎呢？

真正的秘籍，却也要功力来打底。100个壶手，或许有99个最终会望壶兴叹——终归有那么一点点口涎，在壶嘴的下端抱歉地流淌，这是对一个壶手的断然否定吗？非也。它是提醒你，还得努力，什么时候你能不让我流口涎了，你距离进入收藏级别就多了一个关键的指标。

倒茶的时候，由于壶体的倾斜，水流在壶内处于一种涌动的状态。顷刻间沏茶者把茶壶收回来了，向前奔涌的水流受到阻击，撤退的时间是那么短，这就需要蜂窝状的出水孔非常通畅，回流的水道更是没有半点遮拦，还有一个关键是，壶嘴的下端，要"不经意"地多出那么一点点，让其微微翘起，这会起到拦截余水下挂的作用，这个"一点点"是不易被人察觉的，在视觉上几乎看不出来。如果把它转换成一个姑娘的话，下嘴唇的微翘，是性感的，能给人产生美好联想的。

说起来容易，做起来却很难——你如何让出水孔恰到好处地通畅——并不是孔越大越好，你如何把握那微微翘起的一点点？

师父23岁出道时，洋桶壶一炮打响。在蜀山古南街的老茶馆里，那些挑剔的茶客，拿起一把顾壶沏茶的时候，众多的眼神啊，或冷观，或睥睨，或期待，或担忧，有的人连眼珠子都要凸出来了。当洋桶壶沏完茶，收将起来稳笃笃站在茶台上的时候，那峭拔挺秀的壶嘴下端，没有半点水迹。老茶客们或长吁，或喟叹，冷不丁，一个一下子就进入收藏级别的壶手横空出世，任谁也拦不住了。

每次做到装壶嘴这个步骤时，总会想到师父出道时的那把洋桶壶。那是一个终生膜拜的标杆。远去的师父可曾想到，早年他的洋桶壶出水一刹那飞流之下时的冲击力，持久地撞击着一个衣钵继承者的心灵。

手里的感觉，便如接通了电源。

做壶钮

茄子是有柄的。

茄段壶,是仿自然生态中茄子样式。其性情和神气,俱在壶钮——茄柄上。

茄柄——壶钮或壶的手。看上去它是歪的,给人一种歪打正着的感觉。但如果你从空中俯瞰,它的位置非常正,而它的仪态是放松、闲暇的。从某一个角度看,它甚至有点像古人的发髻,有一种精干却又恬淡的风仪。

它也有弧度。顶端是水平的,从水平的顶端往下走,两条弧线归并到一个圆圈中,它是壶钮——茄柄的圆周。它与壶盖的关系近乎于直角。它们之间的融合度非常棒,你感觉不到它们曾经是先来后到的关系。除非你看到了葛陶中做壶钮的过程。是的,在场的感觉就是这样,你会慢慢投入,不由自主地屏住呼吸,跟着他的手法走,那种细腻、熟稔,跟呼吸的节奏有点搭。他切下一小块紫砂泥的时候动作是轻捷的,然后他把它平放在泥凳上,张开五指,用手心搓。一来二去三回头,你发现他用力有适度的倾斜,那根泥条被搓成了一头大一头小,这一头到那一头的过渡非常自然。浑圆而绵长,这是它当下的状态。然后,葛陶中有少许的踌躇,他拿起一把鳑鲏刀,在空中停留了几秒钟。显然他在做某种取舍。是的,无论作为一个茄柄还是壶钮,它的长度都必须跟壶体、嘴把,形成协调的比例——即便它登高一呼,睥睨四海,但如果它自身的长度失控,便是孤家寡人。

终于定夺。被果断裁下的两段泥条,顿时没了气场。它们被移至泥凳的一边,只能等待下次的机会了。

壶钮留多长?这个也是秘籍。葛陶中只能告诉你,要根据壶的体量来定。壶钮,还是壶嘴与壶把贯气的一个枢纽。它应该有一个承前启后的功能。还有一个小秘密是,壶钮的腰部,必须留一个小圆气孔。它与壶盖中央的圆气孔是相通的。如果你沏茶的时候想让水流戛然停住,而壶体并没有归到正位,你只消用手指按住这个气孔,水流就突然停止了。

做壶

第四章 发力

线条

　　看一把壶,讲究没有一处直是直,没有一处曲是曲。它要的是天然,要的是砂泥本身的张力所形成的曲线,这和普通的曲线板不一样,不是凑合出来的,是制壶人顺势而为,利用紫砂泥本身那种自然的力度做出来的。当手感的力量和自然的力量之间达到一种完美平衡的时候,所产生的形,才是紫砂的形。

　　没有线条的优美,何来形体的优美?葛陶中说,紫砂壶上,那些优美的曲线,不是老天爷白白恩赐给你的。每一根线条看似天然,其实都有来路出处,内中蕴含着壶手的慧根。一种被制壶艺人称为"文武线"的线条是这样的:一根线细,那是文线;一根线粗,那是武线了。它们像是孪生姐妹,是妥帖的,相依为命的,制壶艺人通常把它

紫砂壶上那些优美的曲线不
是老天爷白白恩赐给你的每
一根线条看似天然其实都有
来路出处内中蕴含着壶手的
慧根。

们用来置于壶的口盖组合和口沿处，一般为上粗下细。文姐姐说，我就在上边了；武妹妹说，好吧姐姐，我就乖乖在下边挨着你。两根线条，一文一武，齐头并进，通畅开去，壶颈线条的流动感和上下呼应感，就是这样来的。

云肩线，多么美妙的名字。云一样的纹，然后还有肩，那是少女的肩，婀娜，圆润。她一般被安置在壶的颈部以下，壶口下沿等部位，这种线条具有韵律和节奏感。壶体在那里淡定不动，但壶的肩，壶的身，是在律动中的，只要你看懂了，你的心也在这律动中旋转了。

还有凹肩线，是一种双曲线，她是被用来配合云肩线的，为的是加强那种丰富的节奏变化。而灯草线，是因线条细如灯草而获名，或将其用于口沿部，或用于足部，具有贯通气韵的效果。

这些线条，在茄段壶上未必全部用到。但是，只有全部掌握它们，才能称得上一个老到的壶手。

一生二，二生三，三生万物。一把小小的壶上，层层推展、收放自如的线条，演示的其实是无止境的生命律动，是岁月赋予的灵性与力道。

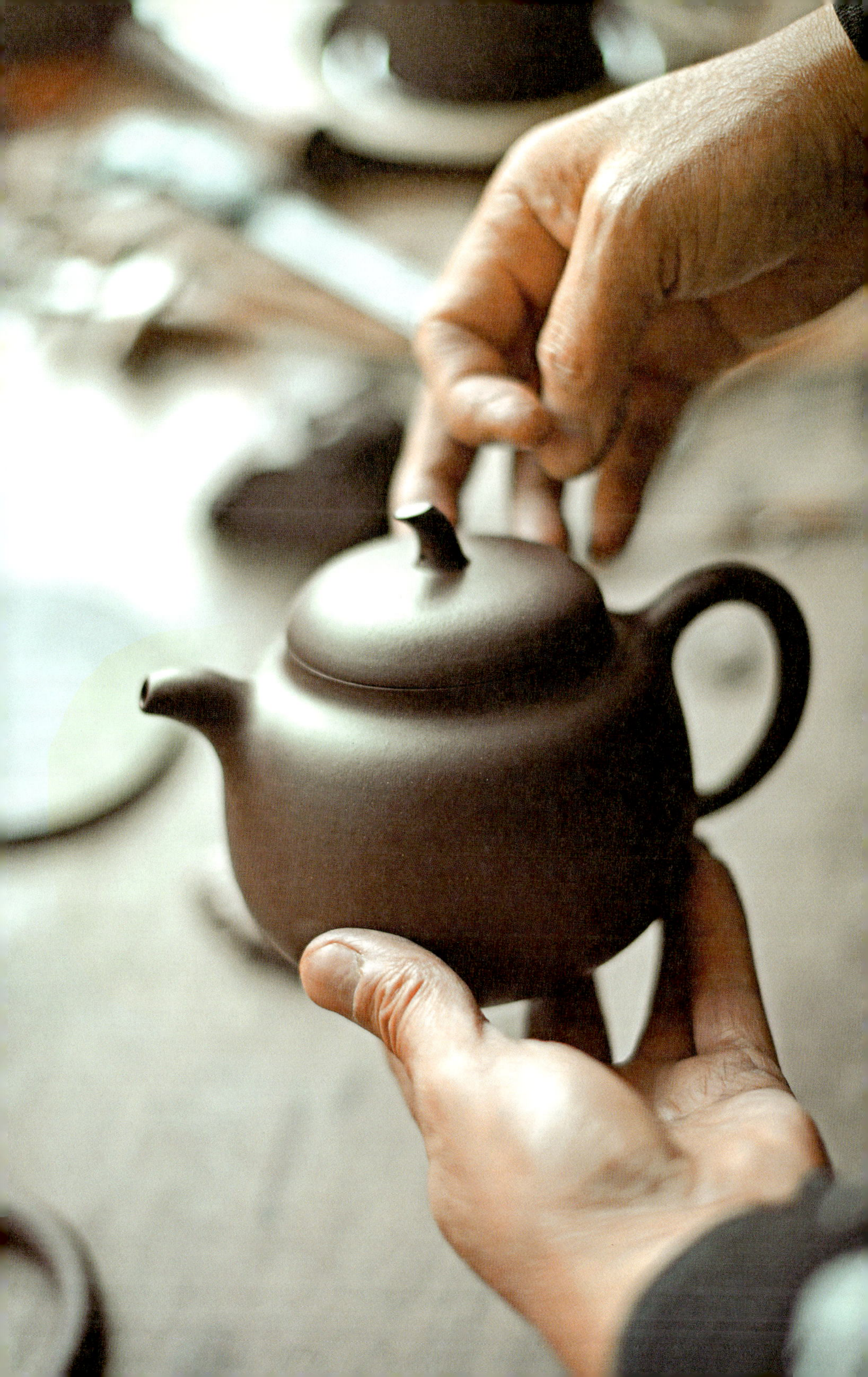

了壶坯

前面讲到"了坯布"的功效时,我用了"润色"和"定局"的字眼。

已然是一把不错的壶了,但肯定还够不上称心如意。或者说,跟自己内心的那把壶还有距离。还有那么多细小的毛病要修补。此时壶手反倒有点寝食不安——他就快要到目的地了,就像爬山,离山顶还有咫尺之遥。挥之不去的一种感觉是,有些毛病好像不及时修补,灵感就会稍纵即逝。

这多像我们刚写完一个长篇,最后一行字写完了,甚至"后记"之类也写完了,却依然沉浸在兴奋之中。回头看看,有些瑕疵要及时改,过后就不会有这么准确的感觉了。

是的，感觉也会老化。

他拿起一块布，细软的棉布。干吗？壶做好了，他还要给它擦擦身子。

这块布拿在他的手里，是何等灵巧。它的皱褶在他手掌的操控中随意变化着，就像我们拿起一支笔，一撇一捺、一横一竖，书写俱是自然。他先把壶盖"了"了一遍，看上去就像是帮壶盖擦澡——某些不够圆整的细小缺陷、瑕疵，就在这看似不经意的擦抹之中被摆平了。

再"了"身筒。此时身筒已然定型。但是，纵观全壶，觉得整个身架还可以再紧一紧。某个细部还可以再润一点，某项转折应该更柔和一点。有的地方经过梳理，还要用铁尖刀做点减法——这也像我们给文章润色的时候，某些段落读起来会觉得有点松，某个片段却又感到有点紧。节奏、韵律、句式，这些基本定局的东西，似乎无法再变动了。但是，突然移动一个标点，换一个字，句式的那种微妙变化，甚至生出文字以外的韵味。这些意外的小小惊喜，我们是始料不及的。

葛陶中手里的这块布，叫较坯布。当它被葛陶中捏在手里的时候，它已然不是布了。它是布，也是比布更柔软的纱。它可松可紧，可张可驰，若有似无是它，熨心贴肺是它，和风细雨是它，温润无痕天下归心最后也是它。

最后的擦壶坯,要用老旧棉纱布。它已然没有浆头,所有的筋道都没有了。我更愿意向它投去敬重的目光,它就是一个褪尽铅华的道长,只剩下普度众生。

要让壶坯像婴儿的皮肤一样。

这是葛陶中对壶坯的要求,也是给较坯布和老旧棉纱下达的指标。

最后的壶坯,要给人什么样的感觉呢?

想起了《司空图二十四诗品》里的一段话:

碧山人来,清酒深杯。生气远出,不着死灰。妙造自然,伊谁与裁。

是的。肌骨均匀、浑朴秀逸、清新鲜润、娉婷韵度。这是今人的语境。也是一把壶在进窑前,给我们的确切感受。

推墙刮底

对茶壶内部的整理，也进入最后阶段了。

没有经过整理的茶壶内部，毛糙之外，泥门也还松紧不一。对于一件饮茶器来说，最大程度地接受茶水渗透，使每一个毛孔都得到滋养，这对茶壶的透气性，特别是对养壶本身，都有极大的好处。

通常，老茶客拿到一把壶，除了看外表，都喜欢用手伸进壶内，沿着内壁摸上一圈。然后，看一看壶底以及周边，推墙刮底的效果如何。

何谓推墙刮底？葛陶中从工具堆里选了一把小竹拍子，在壶内沿壁有序来回推刮，壶底的推刮拟呈放射形，如此，会让茶汁更易于吸收。壶底和壶壁的交接处，推刮时要保持圆润，无死角。如果你愿意细细品味推墙刮底之后的效果,那么你看到的是无数根针一样的放射形图案,像太阳的光芒。彼时的壶体应该非常舒泰,它内外兼修、筋骨通达、血脉贲张,已然抵达最佳的状态。

然后,找出一件更小的工具——弯头独个,它能以一个高难度的姿势,伸进壶嘴的蜂窝眼孔,清理有可能残留的泥屑。所有的棱角都必须"倒角",即去除可能存在的棱角锋利——还要借助另一样小东西:皮磨布。两根手指捏住它,中间留一条缝,它所到之处,所有的棱角都会变得特别挺括,柔中带刚。

第四章 发力

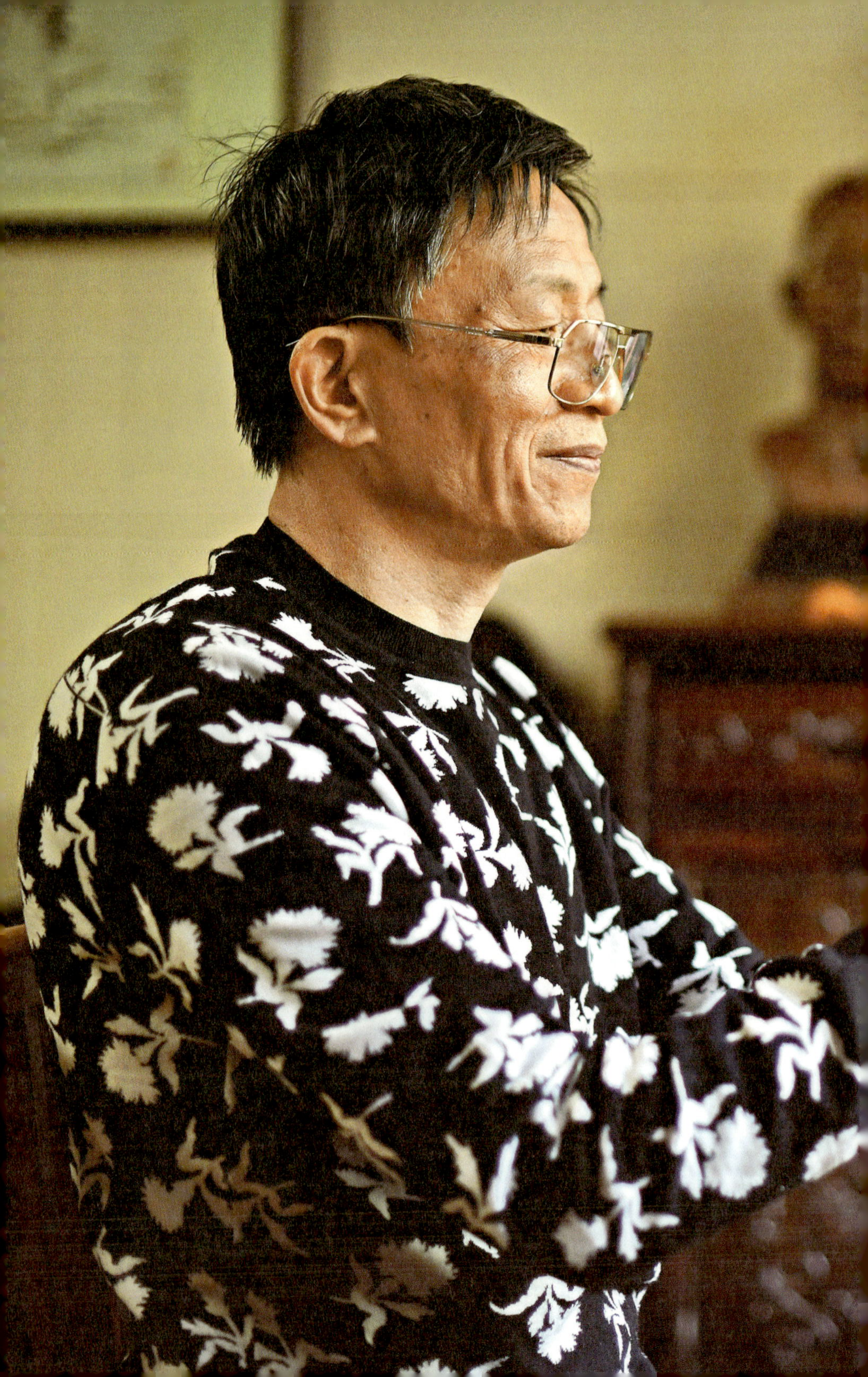

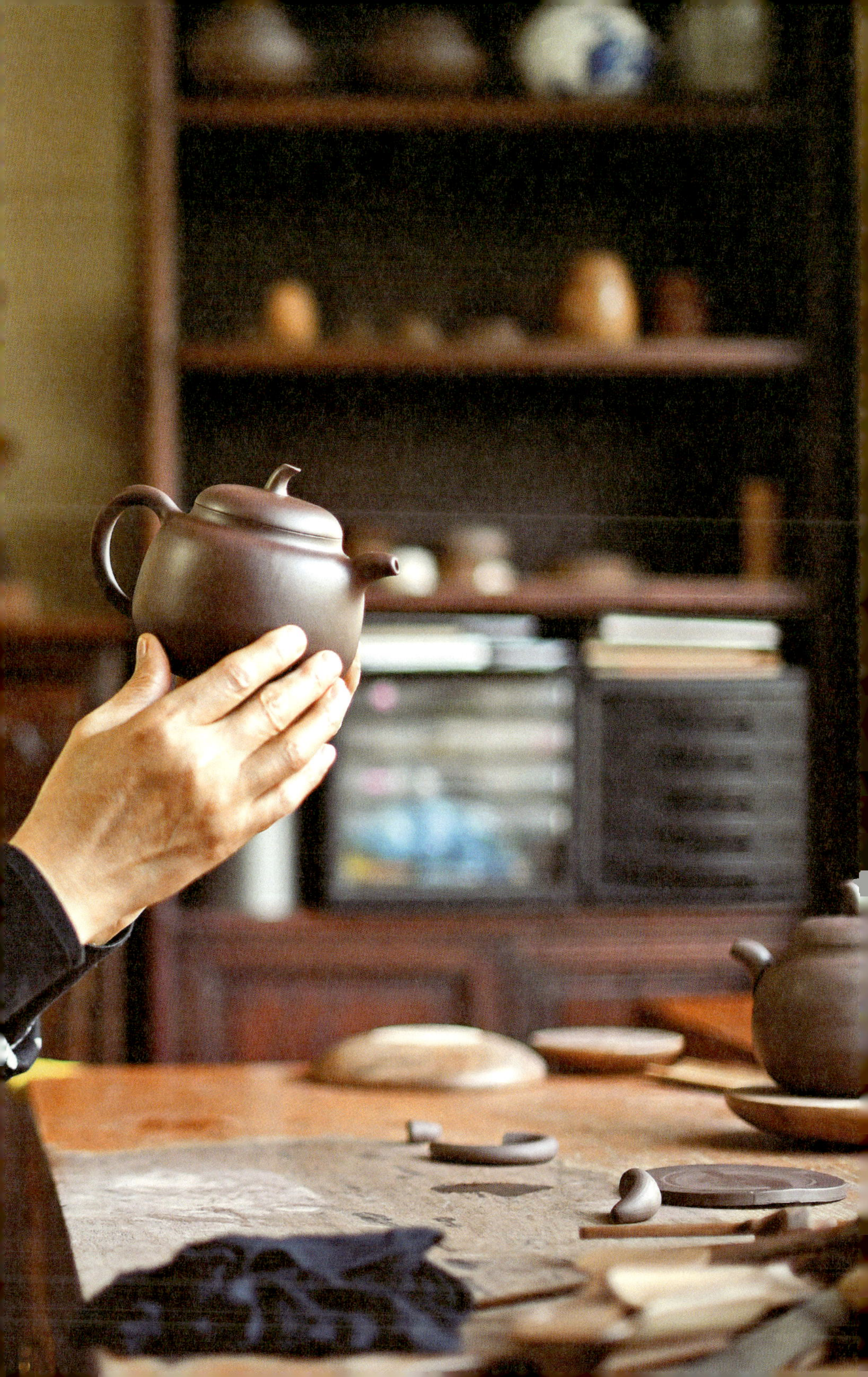

打印章

此乃雅事。

最早的时候,元代有个工艺家叫朱碧山,在自己所造的银槎杯上刻写诗词和名字,成为风雅之谈。后世的工手纷纷效仿,趋之若鹜。但到了明代前期,于紫砂壶上刻写诗文的情景反而少了,这情形与绘画类似,元代文人喜于画上大量题写诗文,但明代前期的浙派绘画上,题字却减少了。宜兴离浙江近,南部山区与浙江的长兴接壤,浙派书画的风气对紫砂壶是有影响的。

前面说到,在紫砂壶上打印章,是从时大彬开始的。文人有心要在紫砂壶上搞点名堂,艺人都很听话,还是因为底气不足——不单是读书少,而是文人的气场大,社会地位高。与书画不一样的是,紫砂壶上的印章，除了明款，还有暗款。

暗款，这个说法已经久违了对今人而言。江南有句俚语：螺蛳壳里做道场。比如壶内，靠壶把的地方，比米粒还小的微雕，被人忽略是容易的。葛陶中的师父顾景舟，早年在上海仿古，就是给古玩店做枪手，他不甘心自己做下的壶打上古代名家的印款，自己就在壶内做了暗款——一个"景"字，非常小，别人根本不会在意。但若干年后，顾景舟被聘请到故宫鉴定紫砂古器，他从那些蓬头垢面的老壶堆里，一眼就看到了自己当年仿下的"古壶"。一时欣喜不已。但别人不相信，明明是古壶，凭什么说这个壶是你做的，谁来给你证明呢？顾景舟的另一位徒弟潘持平回忆，那年师父去故宫，他是跟随去的。进到古代紫砂陈列室，顾景舟从一堆壶里突然发现一把壶非常熟悉。他不慌不忙，把壶移到明亮处，打开壶盖，他第一眼就看到了那个躲在茶壶深处的久违了的暗款，心下的激动，不啻于见到一个失散多年的孩子。别人也傻眼了，不得不服。

是的。此壶乃他早年在上海仿古壶时所做。壶底壶盖里的印章，当然是古人，形制亦是古器。但气息、手法是顾某人的，这个谁也改变不了。

现代的紫砂壶，一般情况下，一把壶上要打四枚印。一枚主印，是打在壶底正中的；还有两枚细小的印，是打在壶盖底部两端，分别是壶手的姓氏与名号，形状上，是一方一圆、一枚阴文，一枚阳文；最

第四章 发力

后一颗印是打在壶把梢上,这是对壶把的敬重,此处位置小,通常只刻一个字,壶手的姓氏。此印落在壶把的根梢处,也别有意味。

四枚印章,就把一个壶手的气格抬上去了。

也有壶底打两枚印章的。比如,一个艺徒的师父是个名人大师,他做此壶,有师父的耳提面命。他就会恳求师父打一枚监制印,人道是不忘师恩,自己的身价也跟着水涨船高。

作为师父,对满意的徒弟赞赏有加时,给他打一枚监制章,是对他的莫大鼓励,同时,也表明自己教徒有方。

如此,一把壶上就有五枚印章了。艺道上的风霜雨雪,俗世里的人情世故,俱在壶上。

监制章,是要师父授权才可以打的。葛陶中说,师父严谨,他轻易不会给别人打监制章。这一节,他建议我删掉。

但是,作为一种存在的现象,我还是把它保留了。监制本身没什么不好,真正意义上的监制,是会对被监制者有帮助的。而被监制者的壶上,一旦有了监制印章的气场,壶会愈加稳健笃定。

印章请谁刻?这个很讲究。一个壶手不管有名无名,他用的印章总是喜欢请名家高手来刻。师父顾景舟的印章,讲究很大,什么壶打什么印章,个中寓意,只有他自己知道。早年,沪上书画名家吴湖帆、江寒汀、来楚生,都给他刻过印章。他自己也操刀,等于玩票。年轻时，给自己的书房斋号"墨缘斋"刻过一方印，清峻可人。后来在上海仿古得到历练，信心大增。回到家乡后给自己刻了一方印——曼晞陶艺。取早晨的太阳之意。上了岁数，他还给自己刻过一方闲章：荆南山樵。自比铜官山下一介樵夫，自谦的背后也略现隐士心情。他晚年常用的印章，有徐悲鸿弟子黄养辉刻的，也有书画名家唐云刻的。说出来故事一串一串。

葛陶中的印章也有讲究。当年师父的好友冯其庸先生，曾经帮他请徽派书画名家王少华刻过一枚印章，大凡做到方形壶，王少华给他刻的这枚印章，就会用得比较多；另一枚在圆形壶上用得较多，比如茄段壶上经常使用的印章，上镌"陶中"二字，峭拔而古秀，有汉简味道，是陶中的好友，中国工艺美术大师吴鸣所镌刻的。

在葛陶中的印章匣子里，还有沪上名家单晓天、无锡名家高石农、紫砂名手鲍仲梅等人给刻的印章。随意拿出一枚，都可以讲出一段往事。篆刻家与制壶艺人惺惺相惜，印章打在壶上，气息也留下了，这个场面，都是相互在支撑。江湖上的佳话，是壶传壶，口传口。人走了，壶还在，印章还在，情谊还在。

如此，印章之于壶手，其紧要性，便不可忽视了。这是一把壶的底气，也是壶手信誉的象征。紫砂界的知情人回忆，花器大师朱可心老人，晚年突然把自己用了多年的印章全部销毁——他目睹紫砂界已经出现的"代工"造假现象，心下郁愤不已。他自知无力补天，为

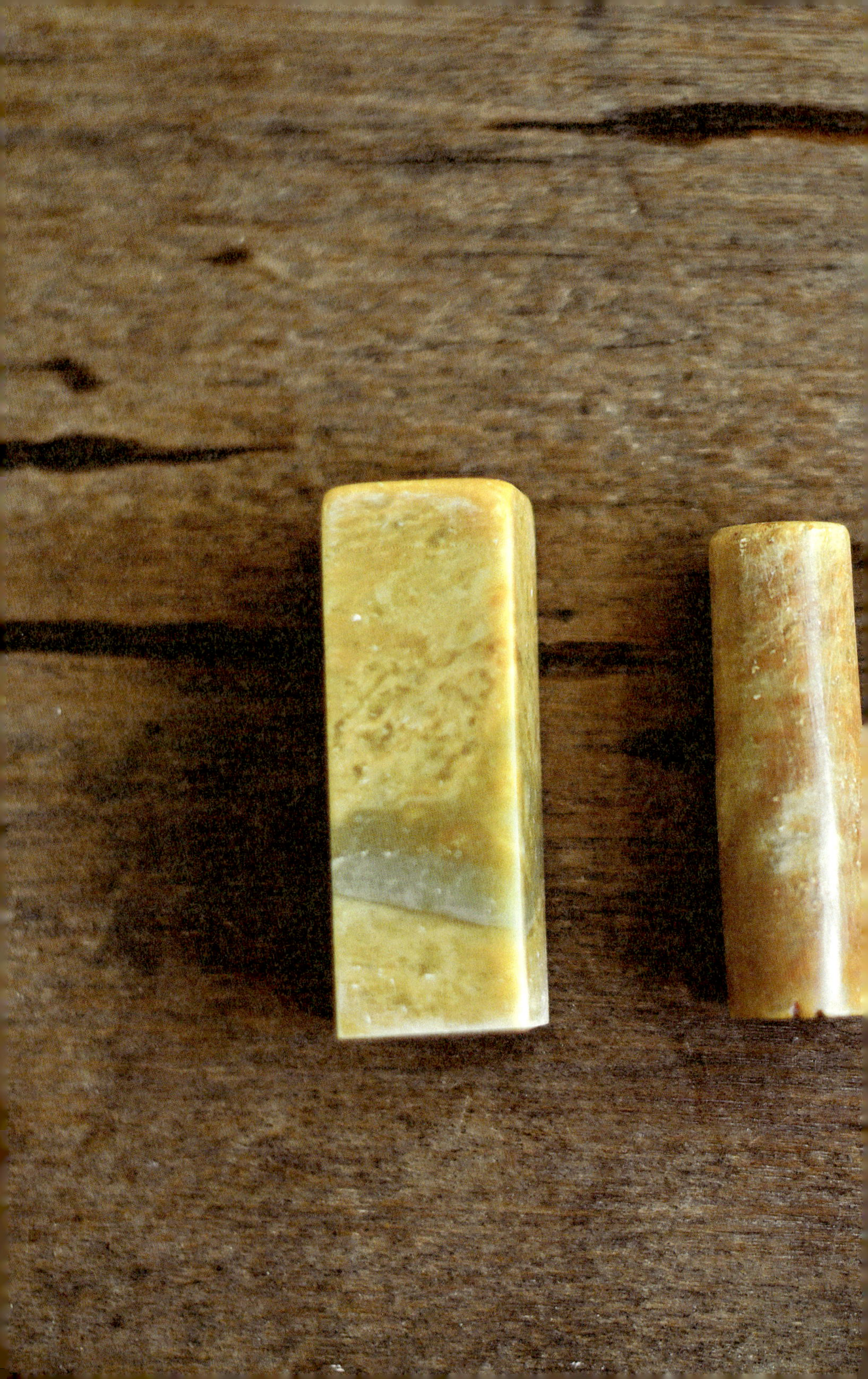

乙未年春
刻陽羨印

洁身自好，怆然宣布，世上再无朱可心，老子不陪你们玩了。

此等气概，令壶界内外振聋发聩。可心老人风骨可鉴，朗朗日月。

打壶底印时，用圆圆的顶柱衬在壶底，壶嘴向身边的方向，壶把在外，把所用的印章在火油盒内按一下，以免沾泥，如此，可保印章的每一细微处都清晰光亮。

用小木棰敲打印章的时候，用力要均匀。上下左右，不可偏离。深浅也要适度。

笃笃，笃笃，笃笃，笃笃。

这是小木棰敲打印章的声音吗？是。也不仅仅是。那是一个壶手做壶生涯的不紧不慢的节奏，是时间与空间相交摩擦远去的足音，是一个壶手呕心沥血做出一把壶而传递给世界真情的一种回响。

一半与一半

按照师父当年教的古法制壶规则,茄段壶做好了。

葛陶中拒绝跟师父的壶放在一起比较。他认为,在师父面前,他永远只有膜拜的份。

壶,搁在泥凳上,是一个自带气场的所在。

它除了是一把壶,还是一个壶手的精神状态。或者说,一个壶手总是无可避免地把自己气度、胸襟、嗜好甚至身体状况的某些特征,都留在壶上。

端穆浑厚,如老衲打坐,满腹经纶,神闲而气定,若空山听鹤,似弦月当空。

这些话,作为文人说辞,无非一风吹过。葛陶中对文人有敬重之心,但他内中素朴,承受不起那些绚丽的辞章,而更注重一把茶壶站在那里的感觉。

不敢跟师父的壶放在一起比。瑕疵和遗憾,终是有的。工艺上的问题不说,师父那种笃定闲静的神韵,继承得还不够。但是,师父的那一口气,他拼尽全力,是接上了。为了续上这一口气,他用了近40年。

手法乃古制,心亦追觅古人之神采。冥冥之中,时有对接。若高天流云,月到风来。那灵光一现的瞬间,俱在壶上。君若知音,定可分享。

这是陶中的拳拳心音。

壶上,还留下了一些空间,他希望等待一个懂壶的茶客来接手,最好是天天用它,然后不知不觉地把自己的精神状态也融入壶中。这样,壶手和茶客的精气神就汇聚在一起了,这才构成了一把壶的全部。

相互成全,相互弥补。紫砂壶就是这样,让壶手和茶客携手,一路走来,恍惚800年,如同一瞬。

闲聊中,陶中讲起一件往事。当年师父到一个朋友家做客,问起之前送给对方的一把壶,朋友赶紧打开加了锁的衣橱柜,从一包扎得紧紧的棉絮被里,层层解开,取出顾景舟当年送给他的壶。他以为顾景舟会称赞他几句,没料想,顾景舟脸一沉,说:就把顾某人的壶塞在棉絮堆里啊!

壶,就要用来泡茶;最好是天天泡,这样才是对茶壶最好的成全和尊敬。顾景舟说。

朋友说:此壶乃吾家镇宅之宝。兹事体大,若吾性命。我总不能把自己的命宝拿来泡茶吧。

顾景舟淡然一笑。

他其实没有听懂顾景舟话外的意思。

那就是,一把茶壶,壶手只完成了一半,另一半,需要一个对等的茶客,用泡茶的方式来涵养它的气质,继而把自己的性情也养进去,并且把壶手留在壶上的气质也发掘出来,唯有这样,才是对茶壶最好的交待和成全。他不希望自己的茶壶只是一个升值的、可以让商人或藏家相互追逐的宝器,而是期盼出现在暖心的茶楼或温馨人家的茶案之上,晨钟暮鼓,成为一把实实在在的泡茶用具。柴米油盐酱醋茶,他甚至愿意排在那些用来装油盐的瓶瓶罐罐后面,只要主人仁心有加,于茶壶,是真爱,随心所欲都行,而放下身段的前提是,茶壶一定要用。并且,用完要洗干净。然后,时间久了,茶壶就会焕发出玉气氤氲的包浆来。

他相信,他的茶壶,会越用越像顾景舟。

他最讨厌的是:有的人并不用茶壶泡茶,却爱附庸风雅,把茶壶作为炫耀身价的物件。难得泡茶的时候,爱用脸上的油光去蹭茶壶,

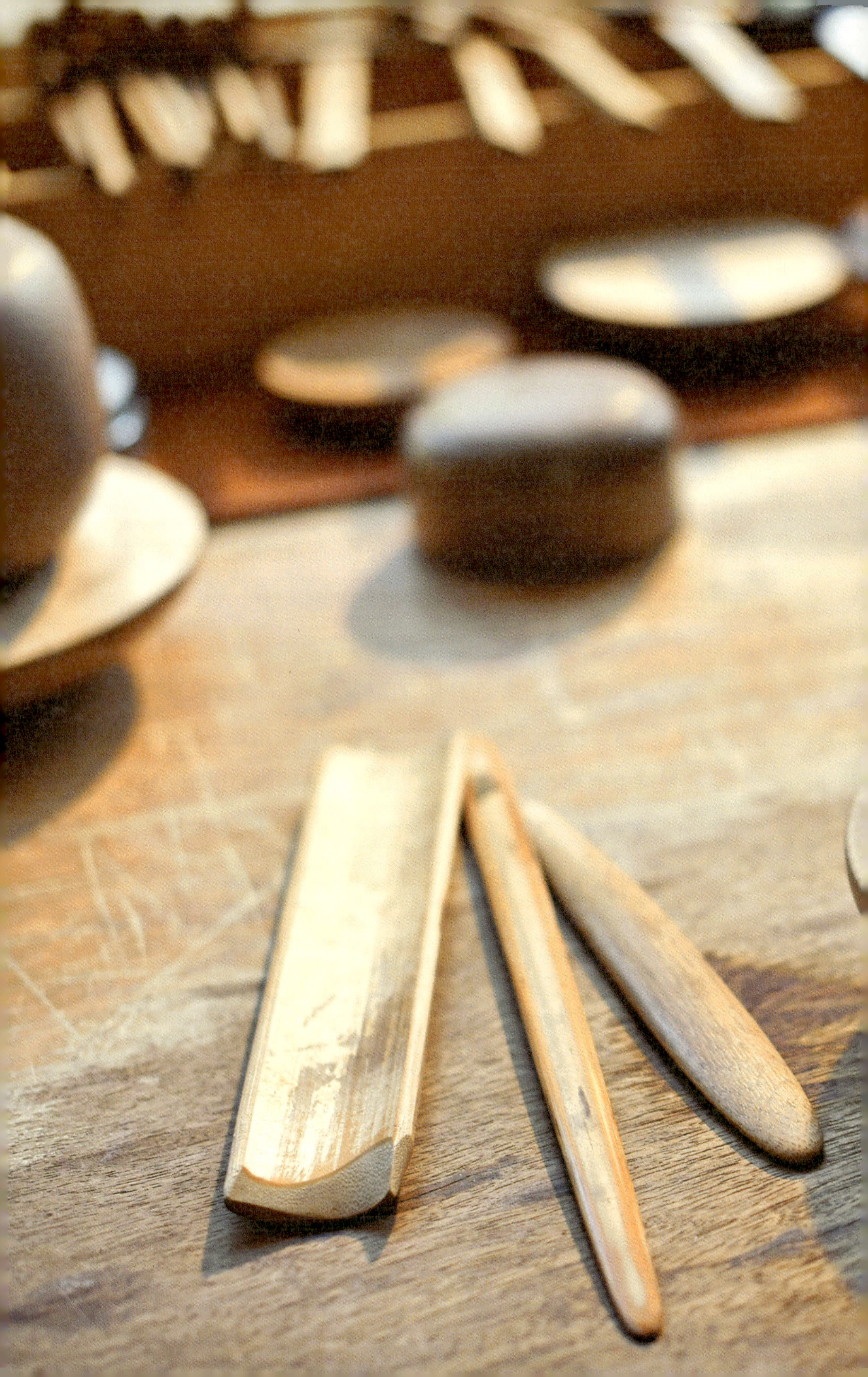

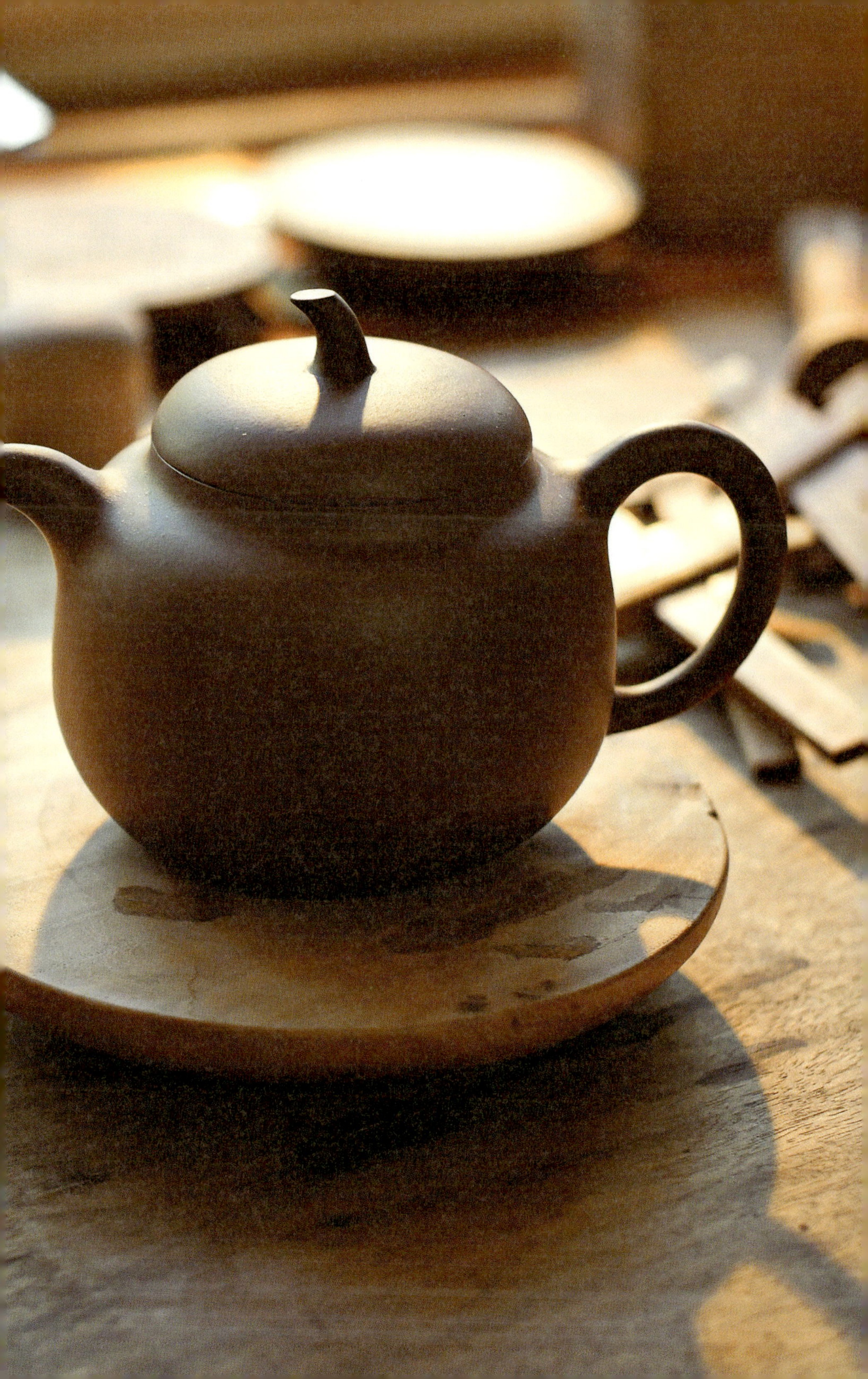

以博取表面的光亮。于是，油腻男脸上的分泌物，变成了涂炭茶壶包浆的杀手。这种近乎恶俗的行为，被鉴赏家们称为"和尚光"。实际上它对养壶是有害的，因为油腻的东西会堵塞砂壶的透气孔，最终把壶弄得很脏。

周高起在他的《阳羡茗壶系》里感叹，用这样脏的壶来泡茶，就像把冰清玉洁的美丽仙子安置在乌烟瘴气的地方，岂不是她的不幸吗？

后来很多年，顾壶价值疯涨。那些拥有顾壶的主儿，大都把它当成一种财富的象征，不但不可能把顾壶拿出来泡茶，连家里都不敢放，生怕被盗。怎么办呢？只好在某银行租一个保险柜，等于给顾壶关了一种"高级禁闭"，常年锁在昏暗的铁柜里。需要拿出来欣赏或显摆的时候，要提前跟银行打招呼，填写相关单据，然后在规定的时间里赶紧把壶送回去。

不敢想象，有多少顾壶至今尚在"高级禁闭"的关锁中暗自叹息。那些壶，没有包浆，也缺少持久泡养之后才会出现的韵味。也就是说，藏家其实只拥有了半把顾壶。

叹人世多遗憾，此乃一种。

葛陶中对收藏他茶壶的藏家也有要求：茶壶一定要用。

他喜欢与收藏家探讨养壶之道。尤其是，葛壶要怎么养，他自有心得。如果你把壶拿回去认真泡养两个月，养出包浆来了，再来找他，他看过茶壶泡养的成色，会非常高兴。与他交朋友并不难，好好养壶，把壶的精气神养出来，对葛陶中来说，那是一种褒奖。他清癯的笑容里，溢满了对茶壶知音的托付与恩谢。

第四章 发力

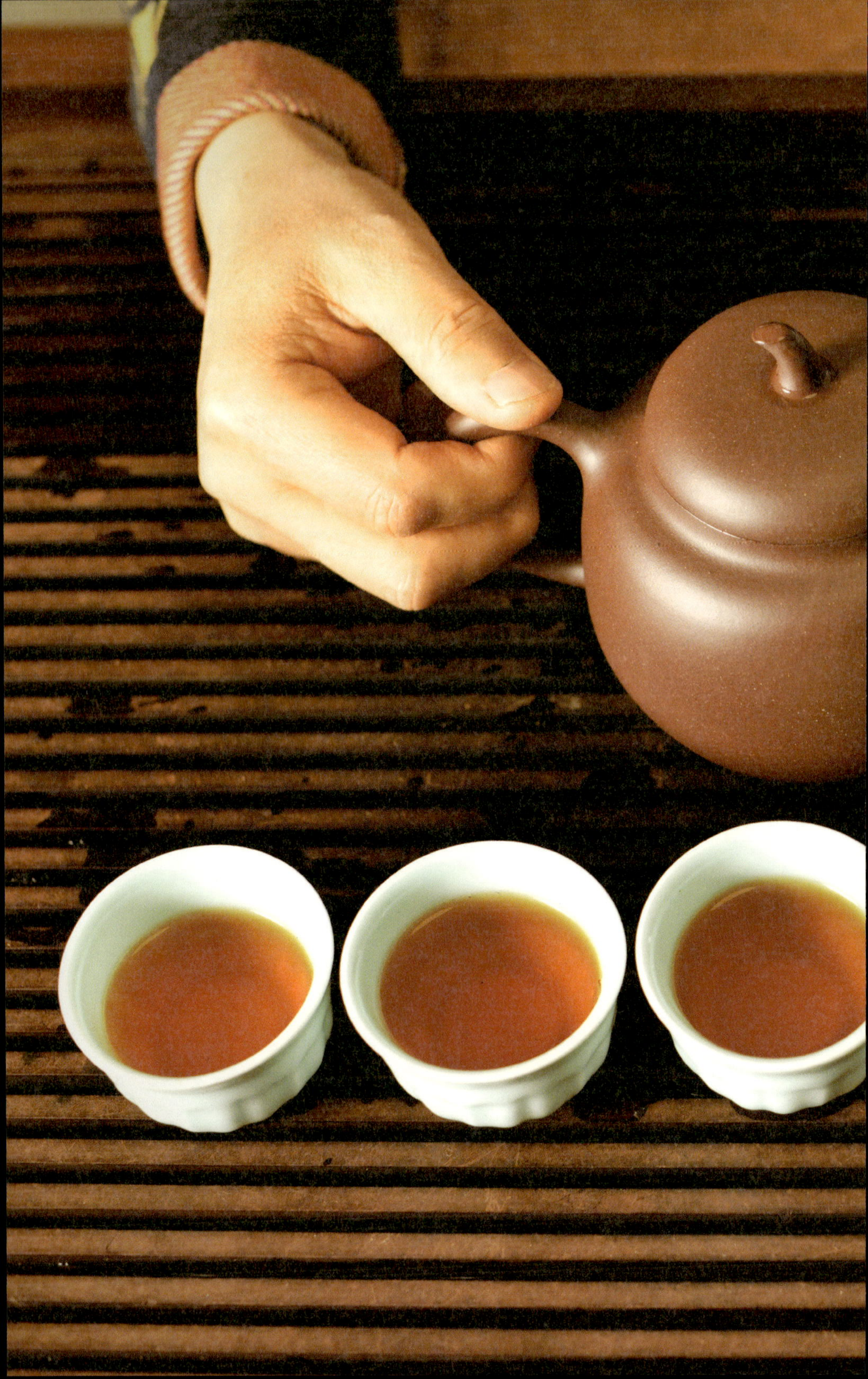

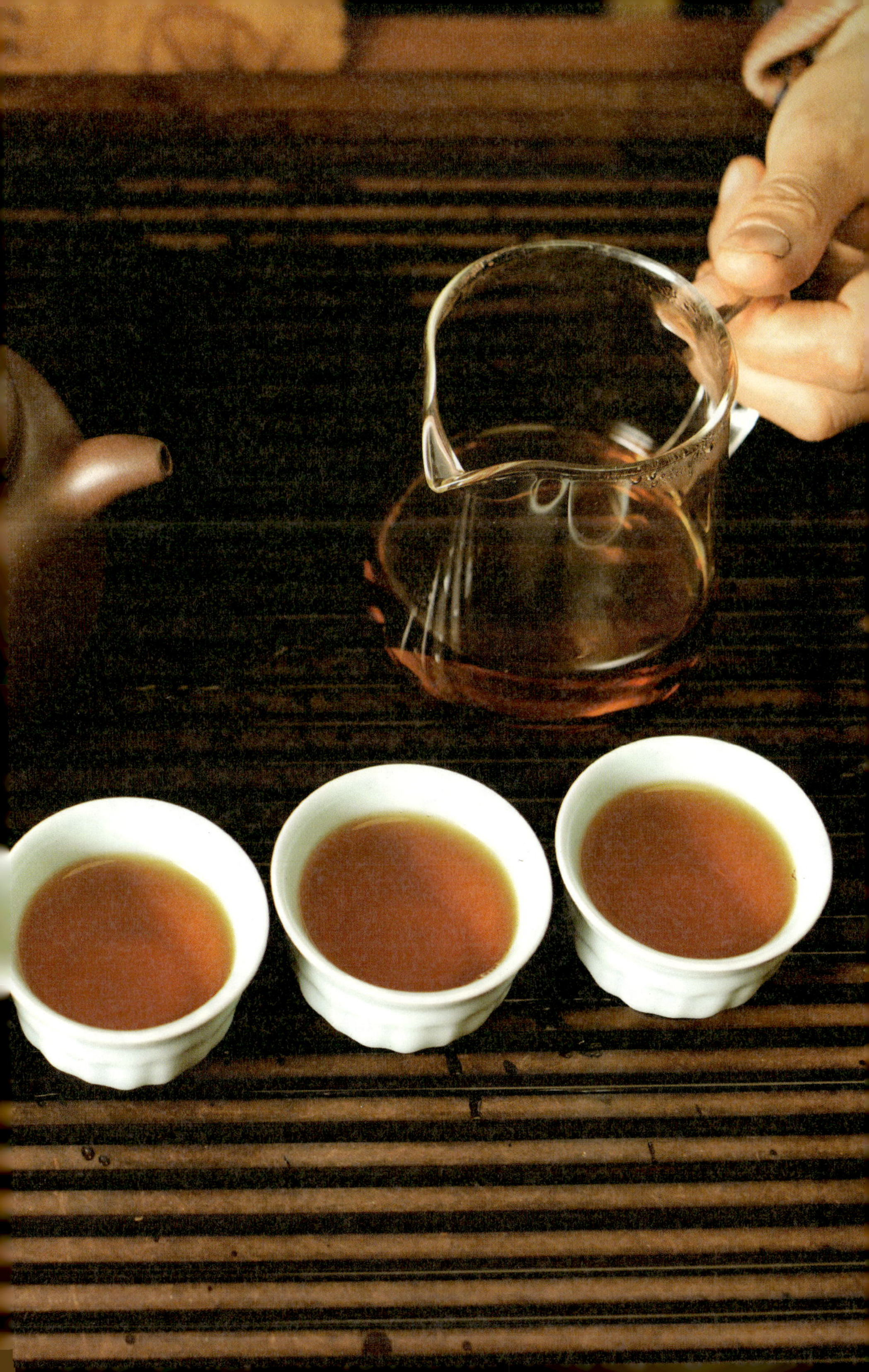

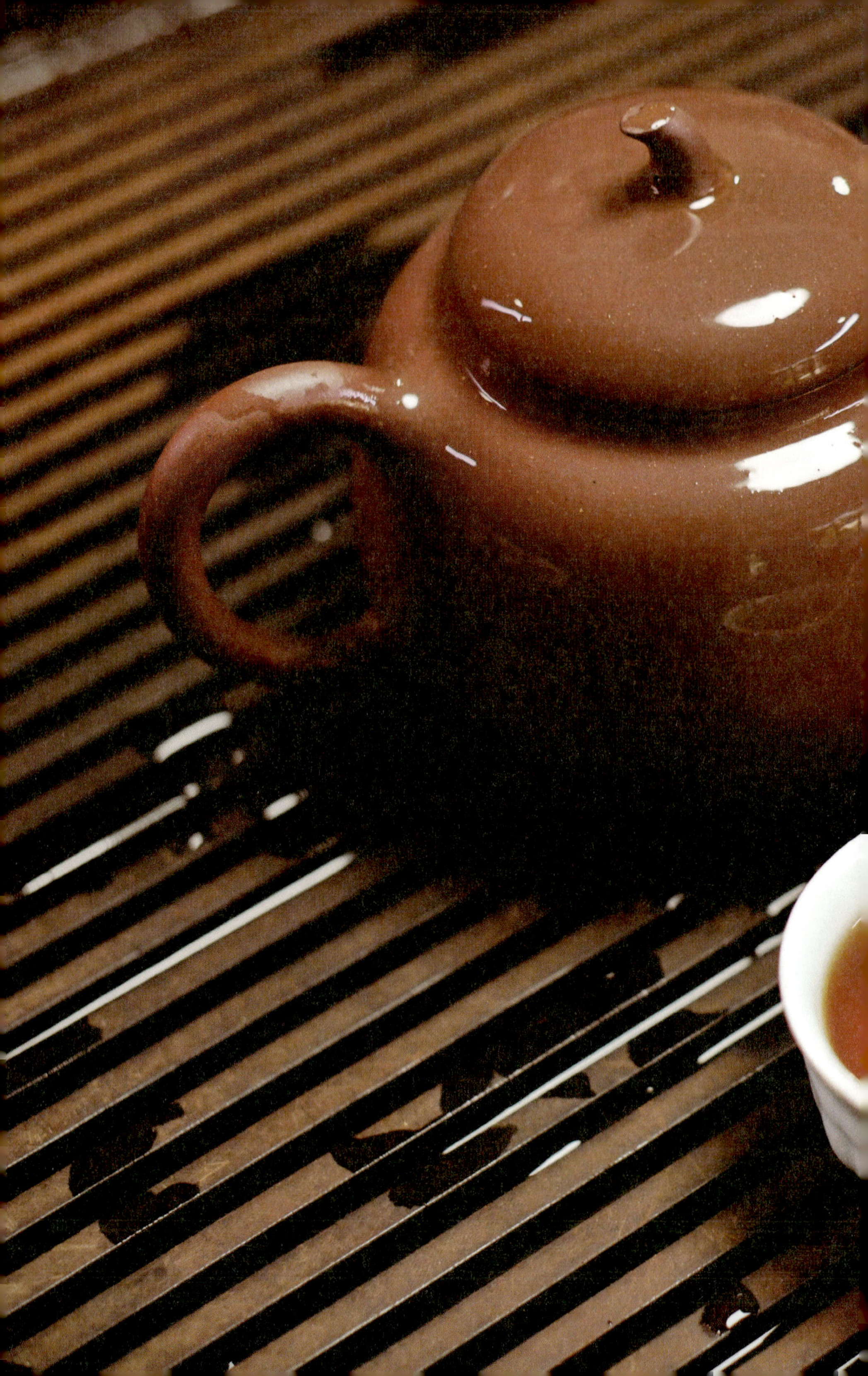

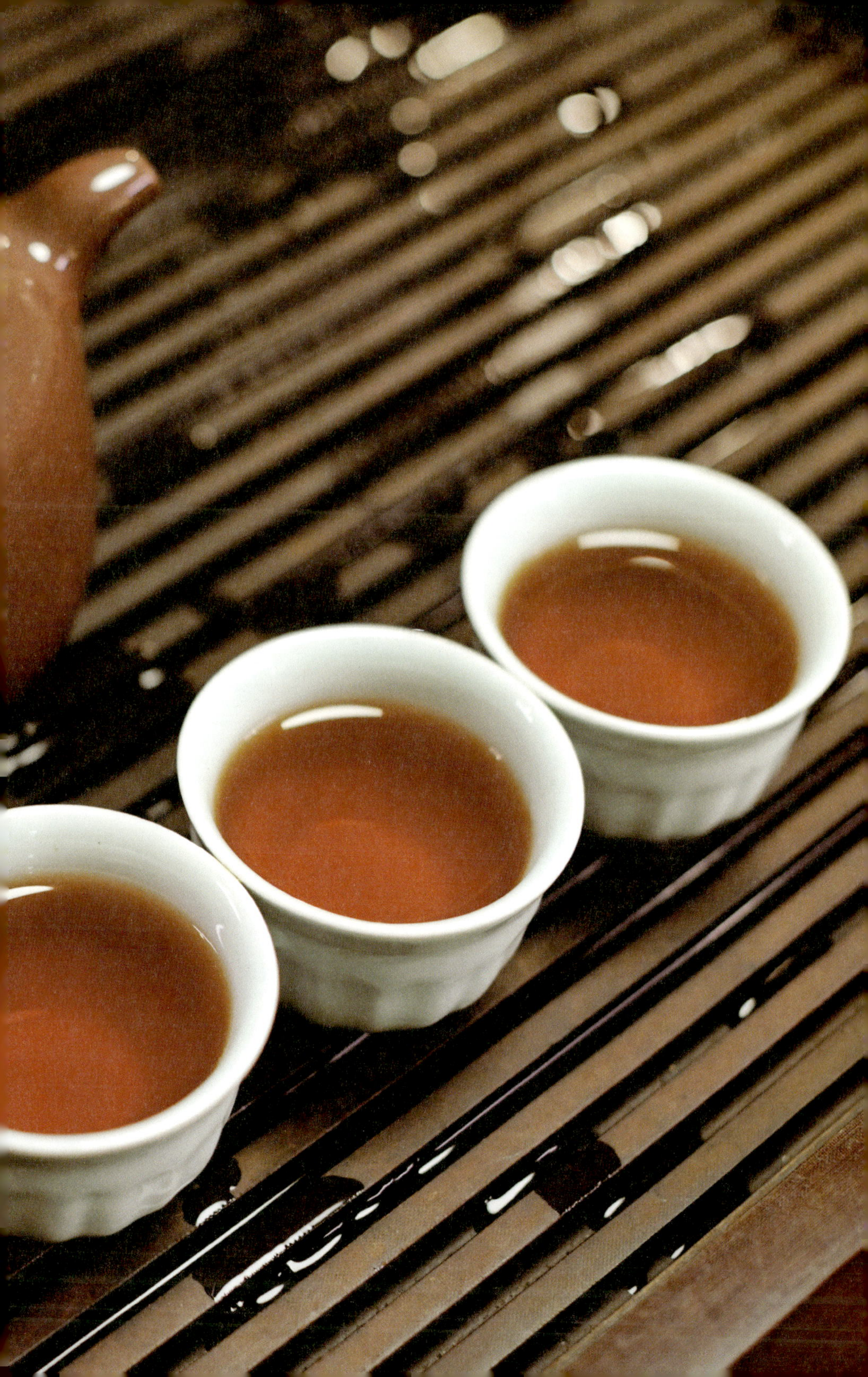

龙窑 | 电窑

旧时，紫砂茶壶最后的成全，俱在龙窑。

这一把茄段壶，完完全全以古法制作。故而茶壶完成，古气扑面。

按理，在古龙窑里烧成，当是对它最好的成全。

不过，这只是一个美好却不切实际的想法而已。

因为，现如今的紫砂壶，大都不在龙窑里烧了。

宜兴古南街南麓，前墅村，有牛角山。不高不陡，俨然土坡，看着也不像牛角。坡上匍匐着一座龙窑，迄今600年，窑火不歇。有风的日子，窑场上到处弥漫着松枝被燃烧后特有的香气。

窑烧，是制陶古法之一。

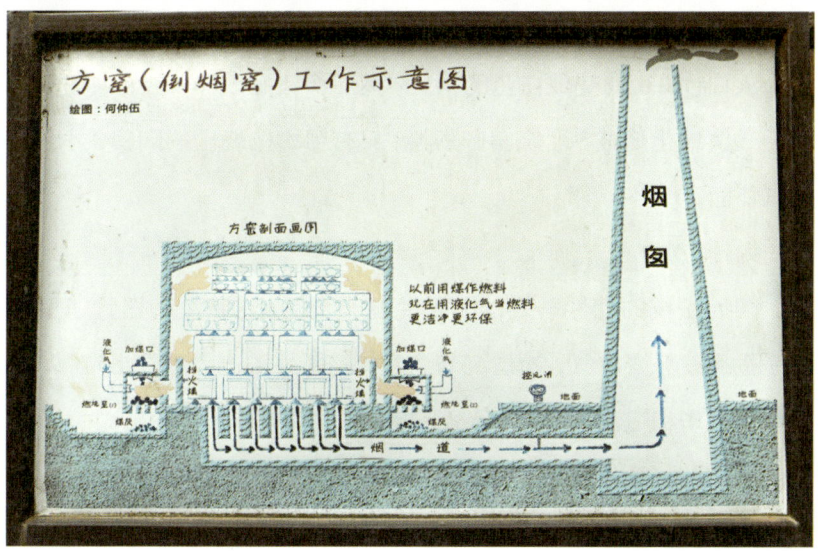

宜兴蜀山古南街倒烟窑遗址

烧窑师傅很牛，但比他们更牛的是看火先生。烧窑、装窑用的是体力，看火要用眼力。一窑货，什么时候用什么火力，都是他说了算。

想当年，清代的几位皇帝都喜欢"窑烧"这一口。根据宫中"造办处"记载，紫禁城和圆明园里，都有专供皇帝烧着玩的小窑。烧窑的过程熊熊烈烈，表明着千年火气稳当，陶器烧成，表明土性承足俱在。皇上很满足。龙窑本身就很符合中国文化特质。一是土性，土地是本源，造就了人们不加修饰的生活习性，苍茫大地也给百姓劳工提供了卖力出汗的平台；二是气性，烧窑所需要的风水，在燃起一窑完美的火场里，孕育生命，方显英雄本色。茶壶出名，窑也跟着出名，看火先生和窑工们也有了养家活口的依托。

古龙窑用松枝烧窑。烧窑师傅们奋力将松枝填进鳞眼洞，它们一进入火口，瞬间就变成白色的精灵。然后像飞蛾一样，在火中狂舞。然后飞快地化烟成灰。烧窑师傅说，只有用松枝烧出的陶器，才会有古气扑面。

为什么呢？

因为松枝的油性与陶器的土性是吻合的。它催发陶器骨子里那股子拗劲。所谓古气，就是沉着含蓄，是低处的高，是高处的低。是摒弃了浮华和喧嚣的静水深流般的淡定。

烧窑的场面很壮观。窑汉子的寿命却不长，与窑有关的活计，装窑、烧窑、开窑，都是要把骨头熬油的。

陶器，要在窑里烧一天一夜。人不能歇。1000余度的窑火，温度最高的时候，在看火孔里，那壶，竟是通体透白的。

无法解读它在火凤凰的舞蹈中，经受了怎样的洗礼。

只感觉它的高古。仿佛一出窑就有了几百岁的年纪。

那种老到，仿佛修炼了几世人生。

葛陶中喜欢讲大实话。

他认为，前墅龙窑历史上一般只烧制粗细类的日用陶瓷产品。缸、盆、钵、杯碟之类居多。茶壶烧得少，尿壶倒是大量烧制。民国的时候，烧制紫砂壶的窑大抵在蜀山上。有名的"品胜窑"出过很多茶壶逸品。抗战爆发，陶业萧条，一些龙窑被日军占领改成炮楼。窑汉子大都跑光了，改行了。

中华人民共和国成立后，陶瓷业迅速恢复元气。葛陶中听师父讲，紫砂合作社成立后，烧制茶壶多用方窑。20世纪70年代初期，隧道窑出现了，开始用煤烧，后来用重油。这是窑炉烧制的一次重大改革。之后又有了推板窑、液化气窑。

查资料得知，蜀山窑创烧于明代中期，一直延续到1966年隧道窑的兴起为止，延烧时间达500年之久。

此间，有一座建造于清代晚期的前进窑，是陶器烧造的主打之一。不光烧紫砂壶，还有茶叶罐、砚台、花瓶、省油灯、穿心铫，还有缸、瓮、罐、瓶、碗、花盆等。

　　窑跟人一样，拼到最后是拼寿命。烧制过太多传世作品的老窑都消失了，只剩下前墅龙窑这个标本。它就被赋予了特别的意义。它理所当然地成为紫砂窑烧的代言者。

　　葛陶中制作的这把茄段壶，最后的烧成是在自己的电窑里。前前后后，烧了两次。电窑的温度是可控的，一般情况下，不会有什么意外，但也很难有惊喜。你不要指望在中规中矩的电窑里发生那种让人喜出望外的"窑变"。电窑的出现，改变了农耕社会里那种手艺人对窑炉的守望和祈盼。你把温度和时间调到一个自己设定的刻度上，然后去做自己的事吧。当然如果你愿意，也可以在观火孔里欣赏一下茶壶在窑里的状态，此处没有火凤凰，没有噼里啪啦的柴火声音，没有看火先生的吆喝，没有窑工的打诨插科。过于安静的烈焰，被局限在一个不大的空间里。控制着一切的计算机消解着任何可能出现的诗情画意，工业文明的冷酷和精准颠覆了农耕社会对冥冥之中神明的种种膜拜。窑神爷就此失业了吗？他在蓝天上俯视苍生，他能不能透过厚厚的围墙和厚厚的双层玻璃，为一座箱子格局的小小电窑祈祷呢？

　　真不知道。

　　守着龙窑，等一把壶。你可以把这个语境放到古代去。你可以去参观龙窑并向它致敬。你的生活与它没有一丝一毫的关系。它的年份和资格,在年年岁岁的沉默中早已被大家接受,每个人都需要一个精神上的寄托——当你用最新的华为手机对它的躯壳拍照时,你仿佛听到了它的一声叹息。

从电窑里取出茶壶的时候。葛陶中的心里有激动吗?

看上去他很平静。

壶的余温暖着他的心。他仿佛听到了不远处的一声咳嗽,是清亮的,那么熟悉。师父的咳嗽声,也是有个性的。高兴的时候,那咳嗽充满了磁性。

然后,一个清晰的背影,递给他一个表情,那就是,壶做得还行,烧得也还不错。

这几乎是师父最高的评价了。

他站在那里,如释重负。

前墅龙窑，在宜兴市丁蜀镇前墅村，创烧于明代，延烧至今。

前墅龙窑通长43.4米，窑身外壁宽约3米，内壁底部宽约2.3米，高约1.55米。窑身左右有投柴孔（俗称鳞眼洞）42对。西侧设装窑用壶口（窑门）5个。燃料主要为煤、松、竹枝等。现产品以盆、瓮、罐、壶等日用陶为主，间烧少量紫砂器，是宜兴地区目前仍以传统方法烧造陶瓷的唯一一座龙窑。

1985年1月，宜兴县人民政府公布为县级文物保护单位。2002年10月，江苏省人民政府公布为省级文物保护单位。2006年5月，中华人民共和国国务院公布为全国重点文物保护单位。

前墅龙窑

全国重点文物保护单位
宜兴窑址

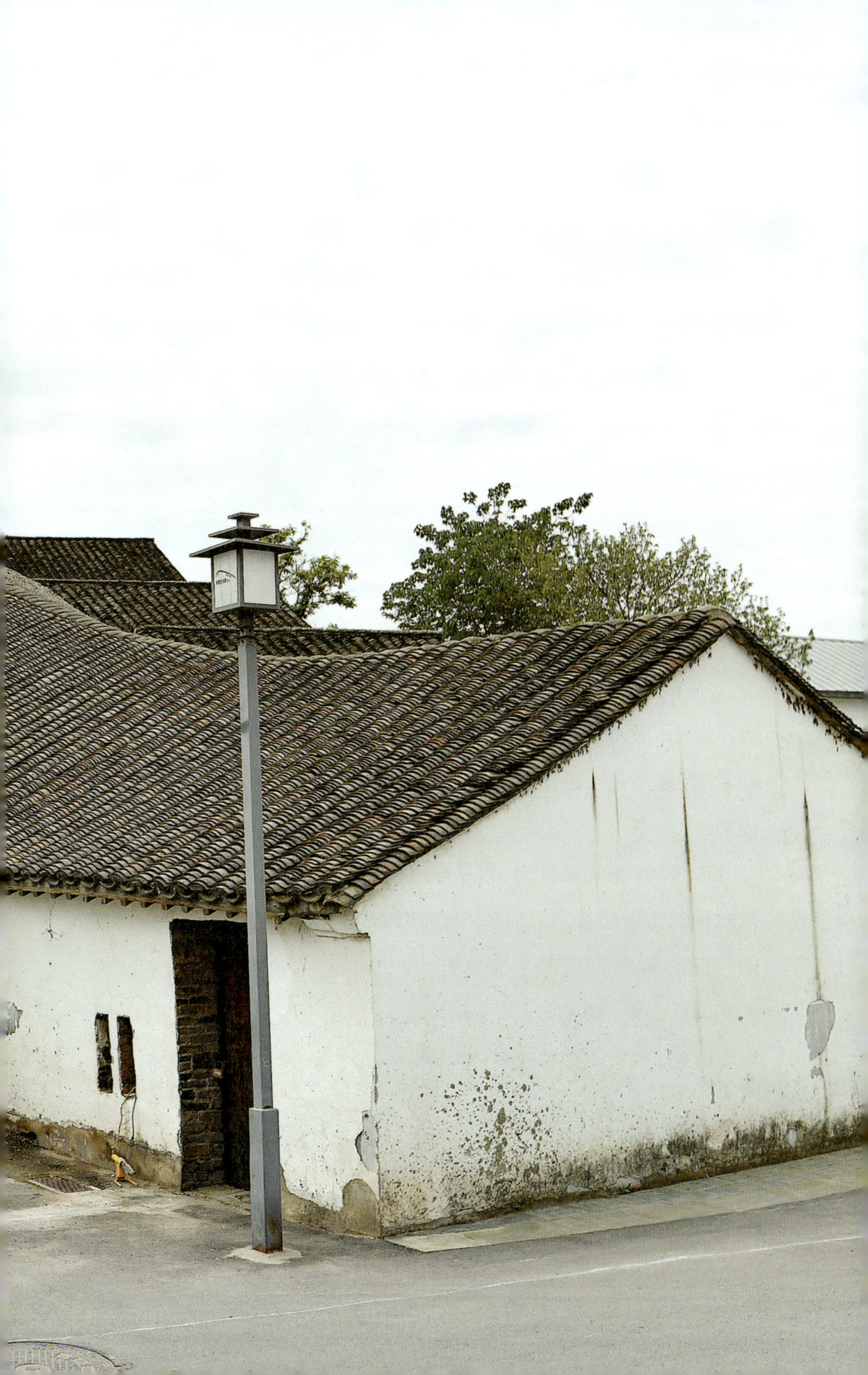

发力

很多年后,陶中懂得了一句话:用时间换取空间。

一个会说话的人,从来不多说一句话。或者外人在的时候,他基本不说话,眼神也不乱扫,就知道低着头,干活。心,可以敞亮,嘴巴要紧闭。那不是哑巴,也不是硬憋出来的缄默,而是一种慢慢修炼的内功。

那些年,在师父身边,很多名头大的客人来访,葛陶中在一旁,默默地给客人沏茶,然后退下,默默地做自己的活儿。师父做事讲规矩,他呢,时间久了,特别懂规矩。很长时间,来访的客人里,很少有人知道他是谁。关键是,师父和来客的谈话,不管他听懂没听懂,只当没听到。师父制壶有很多讲究,在壶底打章的时候,他就悄悄走开了，这个师父并没有规定。但他识趣。师父打什么章，打几颗章，他没看到，所以不知道。师父的印章有几十颗，随便地散放在半开的抽屉里。他从来没有去碰过那个随意半开的抽屉。

师徒间的一份默契，多不容易。

他很寡言。很长时间里，许多外地来的客人以为他是个哑巴。私下里也有人纳闷，顾辅导怎么身边弄了个哑巴啊？

有时，葛陶中的朋友会替他抱怨，别人都这样那样了，这样下去，你什么时候能够出头呢？葛陶中说，能跟师父好好学艺，我很知足。

1993年，顾景舟师生代表团访问台湾地区。这在壶艺界，是件大事。开始，领导定的名单里，并没有葛陶中。师父知道了，淡淡说了一句，加上陶中吧，我要他照顾我的生活。

领导起先有些为难。名额有限，去的人，都是选来选去、几番斟酌。论资排辈，无论如何也排不到葛陶中。

况且，名单已经报到省里。但顾景舟的话一言九鼎，他就撂那么一句，也不多解释。上上下下一阵折腾，葛陶中的名字添上去了。

临行前，师父又撂了一句话：配好泥料，带上工具。

葛陶中嗯了一声，也不多嘴，闷着头去准备了。

宜兴蜀山古南街顾景舟旧居

蠡河上的蜀山大桥（原来是石拱桥）

到了台湾，盛大的欢迎场面，给足了顾景舟面子。洗尘的宴会结束，宾主兴致很高。师父突然说：陶中，把泥料和工具拿出来。

原先代表团的行程安排里，并无现场紫砂手工制壶表演一项。

葛陶中以为师父要亲自表演制壶，赶紧取出备好的泥料和工具。谁知师父对着麦克风说：诸位朋友，下面由我的徒弟葛陶中为大家表演制壶技艺，博大家一笑。

然后，师父朝他笑笑，说：陶中，你做个壶模给他们看看。

葛陶中没有一点心理准备。但他在师父身边多年，耳濡目染，慌乱是没有的。他取过一张白纸，众目睽睽之下，用几十秒画了一个最简洁的圆珠壶型，然后坐下，摆开架势。他看到师父正向他投来温煦的目光。那道目光很亮，很暖。把他们十几年的师徒生涯照亮了。

葛陶中干净利落地打泥片，围身筒，打身筒。他每一个动作都是轻巧、迅捷、利索、稳当的，手感从来不是凭空的恩赐，而是十几年水滴石穿，冬练三九、夏练三伏的结果。一个外人眼里的"哑巴"，今天发力了。谁能知道他内心的潮汐汹涌、阴晴圆缺。

恍惚之间，又回到了厂里的工作室，师父身后的那张泥凳上。师父的低沉的吆喝，像鞭子，像戒尺。跟空气一样同在。那么多年，没有一日懈怠。

一阵阵的掌声像雨点一样漫过他的头顶。几十架摄像机、照相机，犹如长枪短炮，对着他不断闪光咔嚓，他一点也没有感觉。

然后他站起来，一手端着壶坯，一手拿着壶图，向大家深深鞠躬。那圆珠壶图，已然矗立在他手掌之上，简洁空灵，亭亭玉立。

然后他看到师父笑了。

然后他的名字很快传遍了台湾岛。

他并不知道自己会有这一天。但他想起师父说过的一句话，做壶，就是要修成正果。

就像一位作家写的那样：中国的手艺人，自古就有对器物的崇拜，但对器物的崇拜里，包含着对自己的崇拜。

离开台湾的前夜。师父应邀做了一场"论紫砂壶的形气神"的学术讲座。一个多小时的讲座意犹未尽，听众都不愿离开。师父又对他说：陶中，再做一把壶给大家看看。

这一次，他更从容了。什么是中国紫砂，什么是知行合一、天人合一，请来看制作一把紫砂壶吧。什么是端庄、古典，什么是庙堂之上的尊贵和文人的雅致之美以及壶手的鬼斧神工，请来看制作一把紫砂壶吧。

紫砂壶，这是最典型的中国表情、中国表达。

2017 年 11 月 17 日　急就

2017 年 11 月 28 日　修改

2020年8月1日　完稿

2020年10月7日　定稿

2022年大年初二　最后定稿

宜兴·宽斋·铭泽园

参考文献：

《阳羡茗壶系·骨董十三说》，〔明〕周高起、董其昌著，司开国、尚荣编著，中华书局，2012年。

《阳羡名陶录》，〔清〕吴骞编，黄山书社，1992年。

《长物志》，〔明〕文震亨著，李霞、王刚编著，江苏凤凰文艺出版社，2015年。

《天工开物》，〔明〕宋应星著，中国画报出版社，2013年。

《天工文质：明式家具美器之道说略》，严克勤著，江苏凤凰文艺出版社，2019年。

《紫砂小史》，陈传席著，上海人民出版社，2019年。

《宜兴窑》，张浦生、王健华、霍华、黄兴南著，江西美术出版社，2016年。

《宜兴紫砂传统工艺》，徐秀棠著，上海书画出版社，2017年。

后记

2015年12月21日,我和顾景舟弟子葛陶中先生,受央视《读书》栏目之邀做一档访谈节目。在赴京的高铁上,陶中先生兴致很高,一改过去的沉默寡言,讲述了很多紫砂界的陈年往事,其中最出彩的部分,就是顾景舟当年如何教授他用"古法"制壶。之前为了写作《布衣壶宗——顾景舟传》,我曾经多次采访过他,基本是一问一答的路数。他是诚恳的,也提供了很多珍贵的资料。但是,出于某种谨慎,他对自己与顾老的关系说得不多。"古法制壶"之类,基本没有说到。

那次北京之行,听葛陶中讲故事,于我是十分意外的收获。

后来与陶中先生交往颇多。在他洒满阳光的工作室喝下午茶,庭前花草,树影婆娑,与他悠悠笃笃地描摹当年学徒的语调很搭,有些活色生香的细节，鲜活且有回味，都融入了茶里。其中，关于"古法制壶"，常常是我们茶叙的核心话题。陶中先生认为，师父当年教他的以古老手法来制作一把茶壶，续接了古人"天人合一"的理念，其精神脉络，一直可以接通到《阳羡茗壶系》和《阳羡名陶录》。其意义超出了技艺层面，是对紫砂文化的一大贡献。而这一点，在《布衣壶宗——顾景舟传》里，尚未有足够的展开。他认为，当下真正掌握这些"古法"的艺人不多了，如果不以做壶的方式，把它详尽地记录、传承下来，用不了多少年，它就会随着时间的推移而消失。

在陶中先生略带忧郁的讲述里，我仿佛看到时光深处有一口紧闭的油漆剥落的箱子，深藏其间的制壶秘籍已然隔世许久，作为一个知情者、写作者，如果不去把它打开并且传之于世，这本身就是一种遗憾甚至罪过。

基于陶中先生的信任，我决定来写这样一部"古法制壶"的书，我把它看作是《布衣壶宗——顾景舟传》的续章，是他的衣钵弟子对其精神的一种续接和弘扬。

陶中先生是个散淡的人。当时我们相约，从2017年的夏天开工，他按照"古法"，准备做两把师父传下来的壶，一把是"满瓢"，一把是"茄段"。我的工作是在现场记录，除了文字，还有视频音频。我们的配合还算默契，不过事情的进展，常常会因为我的缘故停顿下来——或是外出讲学采风，或是接待来访来客。陶中先生古风扑面，总是不急不躁，顺其自然。其间，2018年，多年前的一个因缘，我去比利时和台湾地区采访，导致另一本书稿《忘记我》的催生，"古法制壶"的事，就被长久地耽搁下来，他也不催。但只要我有空找他，他便立即可以进入工作状态。其为人做事之认真、诚恳，令人感佩。

时任江苏凤凰文艺出版社社长黄小初先生得知我正在写"古法制壶"，当即表现出一个职业出版人的高度敏感——我被明确告知，此书必须给出版过《布衣壶宗——顾景舟传》的江苏凤凰文艺出版社。并且，他表示，和《布衣壶宗——顾景舟传》一样，他要来做这本书的责编。记得，他和同事张黎赶到宜兴，在葛陶中工作室，一锤定音，并把书名定为《做壶》。

随后，《雨花》主编朱辉兄来宜兴找我组稿，也是在葛陶中工作室，在主人慢悠悠的讲述里，朱辉兄很激动，要我立即动手开写。于是我在《做壶》的素材里很不舍得地挖了一小块，写出一篇一万三千字的"非虚构"散文，朱辉居然很满意，很快就在《雨花》上发表出来，据说反响还颇不错。

之后的两年，因为写《忘记我》，我不得不把《做壶》放下了。但在心里，我还是会经常想起它。一直到2020年春天，我终于从"二战硝烟"的氛围里走出来，当我挥别《忘记我》，再次坐在葛陶中的工作室里喝茶时，感觉时光荏苒，岁月不居。真有一种"壶依旧，人已老"的感觉。

用文字做一把壶。让不懂壶的人能看懂做壶的奥秘，并且生出许多意趣和怀想；让懂壶的人读后也觉得受用，从中获得他们之前没有的视野和认知，并且，要回答什么是"古法制壶"，我这个定位有些偏高，实际上难以做到。但我喜欢《做壶》这个朴素的名字，也为写此书尽了最大努力。我得承认，写这部作品的难度，超过以前写的那些紫砂散文。制壶领域里，很多生涩的术语、行话，做壶过程中那些只可意会不可言传的手势、做法，成型的方言表述，等等，常常让我在写作中举步维艰。我也不止一次有过实在写不下去的状况，只能拿起电话，于是葛陶中来了，他总是自带一个保温茶杯。我们一起反复调看他做壶的视频，然后他为我耐心地讲解某个我不理解的细节，一边讲的时候，还拿过一张纸，把原理和步骤画给我看。这样的场景，现在想起来，很是温馨。

2020年8月在珠海参加《人民文学》采风笔会，与该刊副主编徐则臣谈起《做壶》，他很感兴趣，要我裁剪出3万字给他。这3万字，好比是一只西瓜的瓜心。《人民文学》是一本待我有恩的杂志。在《做壶》出书之前，主编施战军先生以极大的慷慨接纳了我那看上去有点长的3万字，这是《人民文学》的风格，它看上了，就不会嫌你长。

2020年11月，书稿完成。江苏凤凰文艺出版社新任社长张在健先生、副总编辑赵阳女士、文化出版中心主任张黎女士专程为了《做壶》一书来宜兴看我。我们一起到葛家拜访，当张社长一行和葛陶中一起站在顾景舟的紫砂雕像前合影时,我的内心非常感慨。前后三年,两任社长关爱此书,这是《做壶》的造化,也是紫砂的福分。

写作本书,还得到了葛陶中先生妻子李惠芳女士、公子葛明琪先生的大力支持。戴军、范益求、朱旻珺、查元康、李小煌、王丽萍、蒋君、汤智勇诸友,也为本书采访写作提供了帮助,在此一并致谢。

2020年12月15日　宽斋

一张珍藏的老照片：当年顾景舟为葛陶中讲授壶艺。

默契在长达 3 年的工作中慢慢形成，作者与葛陶中谈壶论艺。

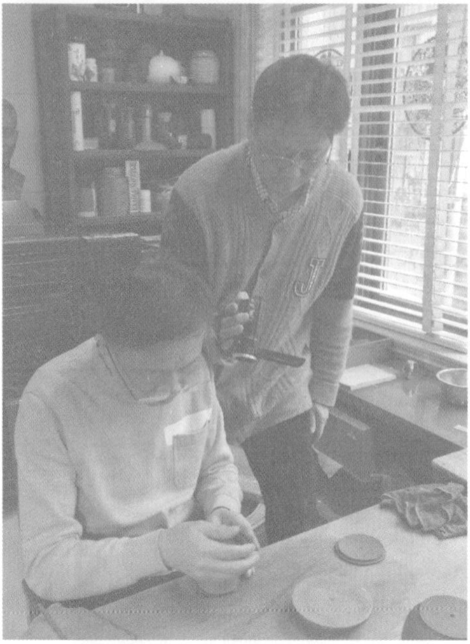
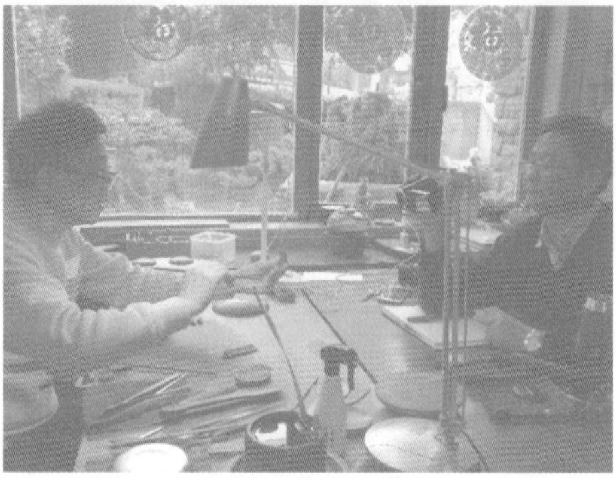
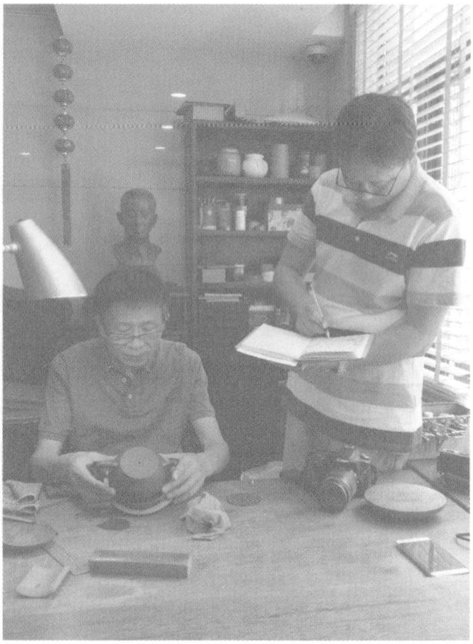
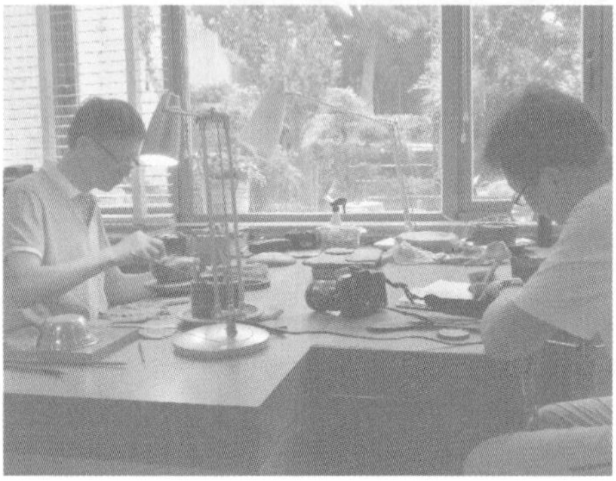

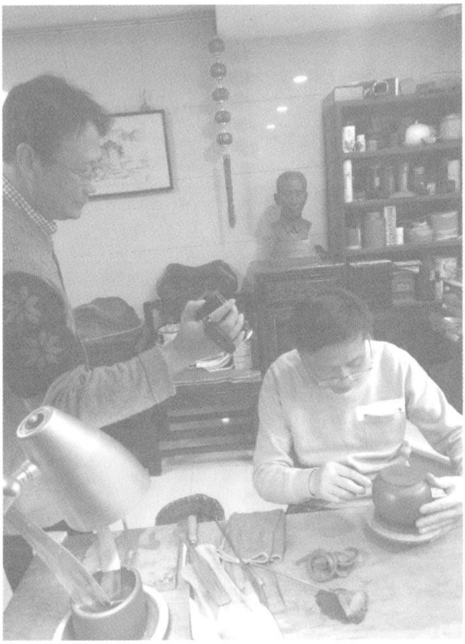
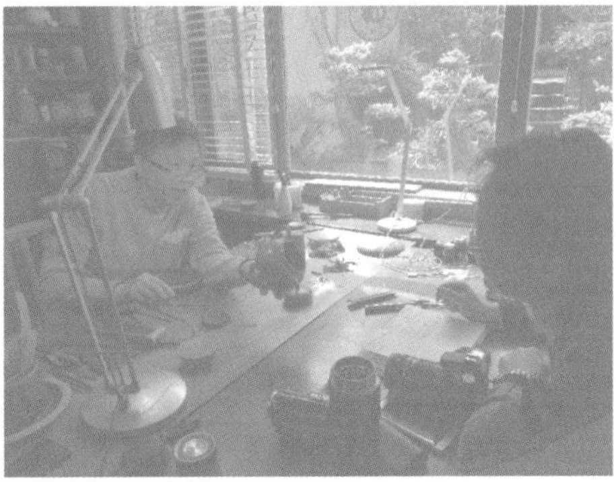
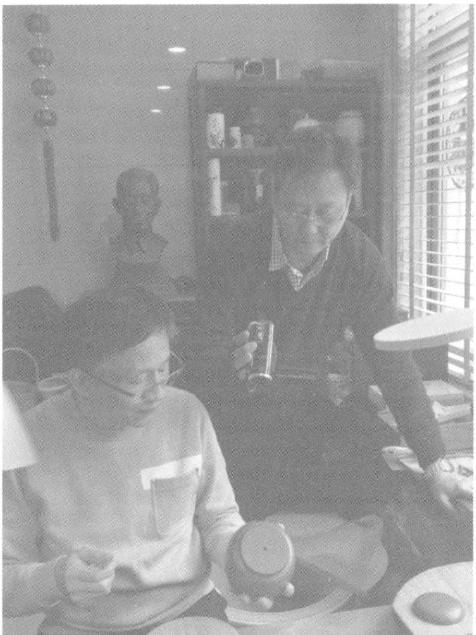
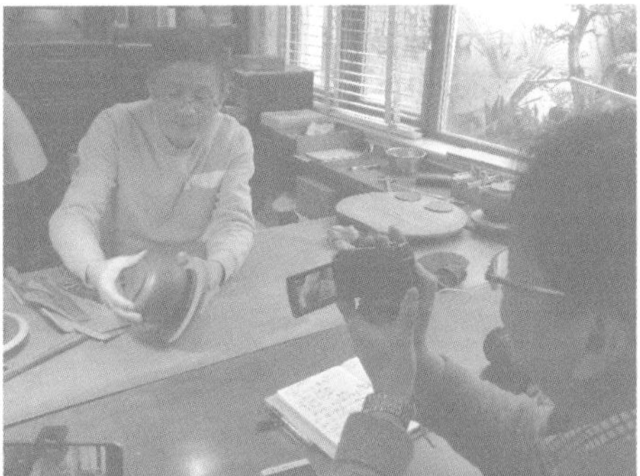

葛陶中反复用最简便的语言说壶,徐风在想着如何把壶搬到书上。用紫砂泥做壶,用文字做壶,都不容易。

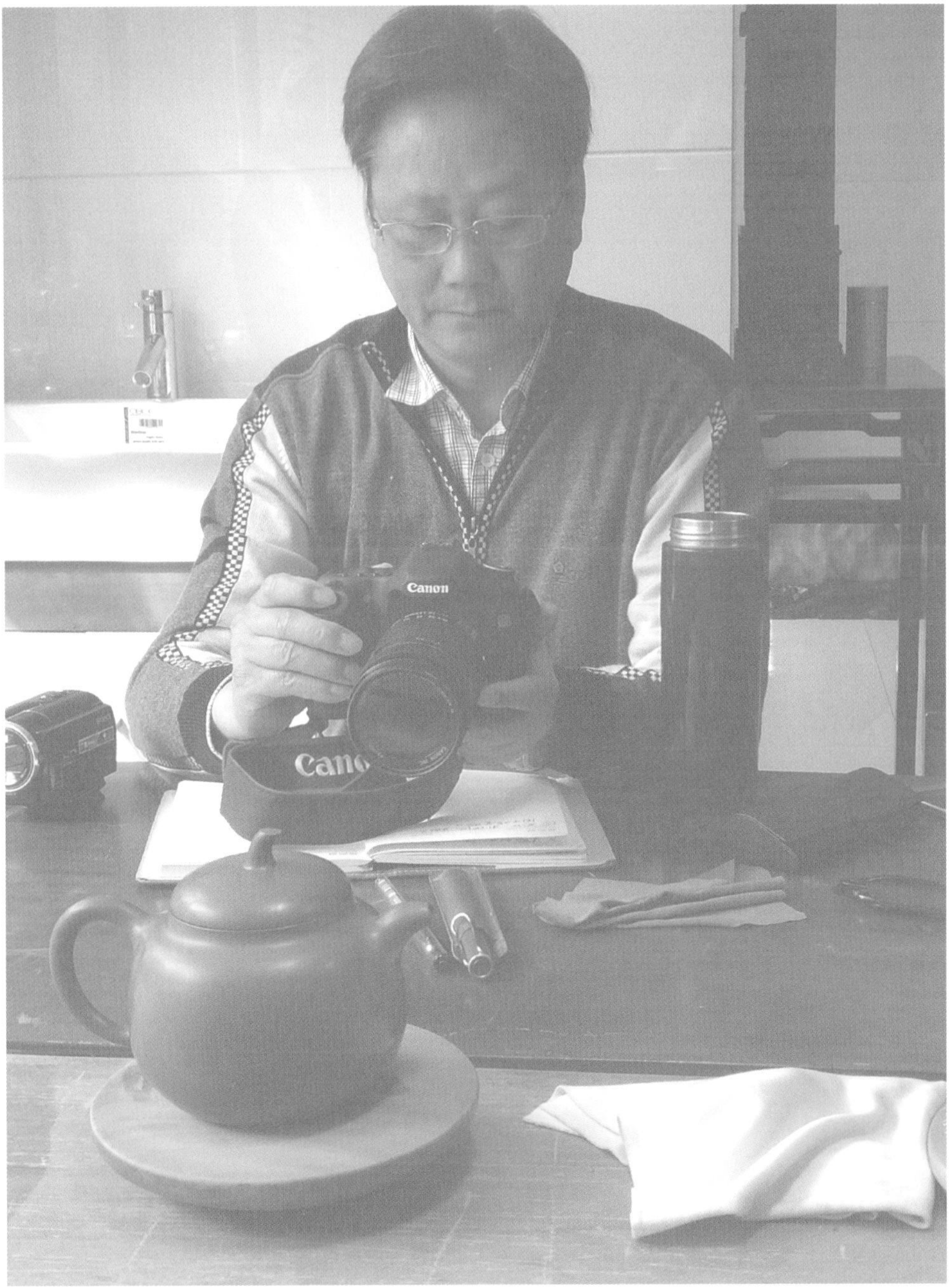
Canon
Canon